Stacy Temple

Virgem por acaso

Valerie Frankel

Virgem por acaso

Stacy Temple

Tradução de
MARIA CLÁUDIA DE OLIVEIRA

2ª EDIÇÃO

EDITORA RECORD
RIO DE JANEIRO • SÃO PAULO
2004

CIP-Brasil. Catalogação-na-fonte
Sindicato Nacional dos Editores de Livros, RJ.

Frankel, Valerie
F913s Stacy Temple, virgem por acaso / Valerie Frankel; tradução
2ª ed. de Maria Cláudia de Oliveira. – 2ª ed. – Rio de Janeiro: Record, 2004.
320p.:

Tradução de: The accidental virgin
ISBN 85-01-06924-8

1. Ficção americana. I. Oliveira, Maria Cláudia. II. Título.

04-2174 CDD – 813
CDU – 821.111(73)-3

Título original norte-americano
THE ACCIDENTAL VIRGIN

Direitos exclusivos de publicação em língua portuguesa para o Brasil adquiridos pela
DISTRIBUIDORA RECORD DE SERVIÇOS DE IMPRENSA S.A.
Rua Argentina 171 – Rio de Janeiro, RJ – 20921-380 – Tel.: 2585-2000
que se reserva a propriedade literária desta tradução

Impresso no Brasil

ISBN 85-01-06924-8

PEDIDOS PELO REEMBOLSO POSTAL
Caixa Postal 23.052
Rio de Janeiro, RJ – 20922-970

EDITORA AFILIADA

Dedicado a

Stephen Quint:

Mágico quebrador de feitiços

Mágico encadernador de livros

Capítulo Um

Segunda-feira de manhã

Stacy Temple, 32, cabelos vermelhos e bochechas rosadas, a própria imagem da saúde, se não da felicidade, levantou o queixo pontudo do seu rosto em forma de coração e disse:

— Suicídio no pão.

Ela estava esperando na fila da deli havia mais de dez minutos e conseguira aplicar a maquiagem completa e ler até a página seis do *New York Post* antes de fazer seu pedido.

— Manteiga também? — perguntou o homem de avental atrás do balcão cromado.

— Não, obrigada — disse ela, virando a página do jornal.

— Ah, vai — disse o homem da deli. — Dois ovos fritos com bacon e queijo no pão? Por que não acrescentar um pouco de manteiga para lubrificar a digestão?

Stacy freqüentava este buraco gorduroso, espremido entre duas torres prateadas de cinqüenta andares na Park Avenue, para tomar o café da manhã nos dias de semana, havia mais de um ano. Nunca sua conversa com o sujeito do grill fora além do padrão normal: o pedido feito com prazer, o grunhido dele de concordância, a apreciação quase inaudível dela, a garfada dele sobre a comida.

Mobilizada por essa mudança na conversa habitual entre eles, Stacy olhou para o homem que preparava sua refeição matinal. Ele podia ter 24, 25, e cabelos negros, fortes como arame. Grego? Italiano? Ascendência mediterrânea, mas sem sinal de qualquer sotaque. Seu rosto redondo descansava solidamente sobre um grosso pescoço de touro. Então ele sorriu para ela, um sorriso franco que se espalhava por seu rosto como a manteiga que ele estava passando. Chicletes nos dentes. Ele vibrava no limite nervoso de um animal humano enjaulado, forçado pela necessidade financeira a fritar ovos para estranhos sobre uma chapa quente em julho, em Nova York, buscando um pouco de ternura numa segunda-feira de manhã, uma conversinha amigável com uma garota bonita para dar brilho ao trabalho duro do dia.

Ela sorriu de volta para ele.

— É muita consideração da sua parte pensar na minha digestão, mas vou dispensar. Obrigada de novo.

Por trás de uma sobrancelha única, negra e espessa, o homem piscou para ela. Depois piscou com o outro olho. E depois disso encolheu os lábios e fez um ruído de "beijinhos".

Stacy Temple, cabelos vermelhos e subitamente ainda mais vermelha nas bochechas, arfou. Alguém atrás dela riu. Ela apertou seu embrulho e o *Post* contra o peito e saiu o mais rapidamente possível em suas mules de saltos de pelúcia.

— E o pior de tudo: onde vou tomar meu café da manhã agora? — A salvo atrás de sua mesa de trabalho num andar próximo ao topo de uma daquelas torres prateadas da Park Avenue, Stacy deitou o telefone no ombro, pegou raivosamente o maldito muffin ressecado que comprara da máquina da cafeteria do prédio e rolou a tela do computador com seus e-mails.

No telefone, a voz impaciente do seu melhor amigo, Charlie Gabriel, perguntou:

— Você está fazendo outras coisas enquanto fala comigo? Estou ouvindo cliques. E mastigação.

— Já estou me virando.

Culpada, Stacy virou a cadeira e a atenção para longe da tela do computador. Antiga produtora da NPR, ela atualmente trabalhava como vice-presidente de merchandising e marketing para a calcinhas.com, loja on-line de peças íntimas rendadas. Encarando a parede ao norte, alinhada com prateleiras cheias de coisas frágeis penduradas em cabides e rolos de cetim vermelho empilhados no carpete cinza, Stacy disse:

— Me senti violentada.

— Os caras devem dar em cima de você o tempo todo — arriscou Charlie.

— Eles não dão.

— Você *está* em baixa — disse ele. — Cada parte da sua linguagem corporal comunica: "Não olhe para mim. Não fale comigo. Fique a sessenta metros de distância." Mas suas roupas embaralham os sinais.

Charlie vivia em alta. Quando eles entravam juntos num lugar, qualquer lugar, todos os olhos se viravam para ele e ficavam lá. Não era apenas seu físico brilhante (cabelos louros desarrumados, dois metros de músculos rijos, lábios vermelhos e olhos verdes inacreditáveis) que sugava a atenção. Sua voz alta de barítono, e as palavras que ele escolhia com o mesmo grau de esforço que um peixe fazia para nadar não podiam ser ignoradas.

— Os homens sabem que você é assexuada — disse ele. — Eles conseguem sentir o cheiro. O mais fraco sopro de indiferença ao pau leva um homem a ignorar completamente, com desdém, a mulher mais maravilhosa do lugar.

— Se eu tivesse tanta indiferença ao pau, o que, por sinal, daria um grande título para o seu próximo documentário, por que o homem da deli ia dar em cima de mim? — disse Stacy.

— Duas explicações possíveis — disse Charlie. — O olfato dele, que é o meio pelo qual os homens podem medir a sexualidade de uma mulher, estava prejudicado pelo bacon. E, dois, ele sabe que você é solteira e queria mexer com você para se divertir. É uma viagem poderosa. Uma pequena forma de assédio sexual.

— Então estou certa em me sentir violentada — disse Stacy. — Rejeito a hipótese de que o mundo inteiro pode sentir o cheiro da *in*atividade sexual. Além do mais, não sou uma solteira que fede a falta de uso. Só que tem sido uma longa época de seca. E pare de dizer as palavras *sexo, sexualidade* ou *sexual*. Ainda não são nem nove da manhã. — Stacy olhou para o relógio. — Tenho de ir. Reunião de emergência.

— Avanços miraculosos subindo pelas coxas? — perguntou Charlie.

— Busca desesperada pelo próximo grande negócio. Vou promover a ressurreição do corselete de barbatanas — disse ela.

Charlie, que já fora candidato a doutor em estudos medievais (e atualmente era crítico de filmes para a noir.com e aspirante a diretor de documentários), perguntou:

— Está vendendo armaduras?

— Corselete — corrigiu Stacy. — Corselete é um encaixe amassa-costelas de lycra que se adapta ao corpo de uma mulher, espremendo seus seios, barriga e quadris protuberantes num pacote compacto, rijo e atrevido. Pense em Elizabeth Taylor em *Butterfield 8.* Em aproximadamente noventa segundos, vou entrar numa reunião de oito horas para convencer minhas chefes de que esse traje cheio de magia e beleza seria mais atraente para as mulheres da América com botões de rosa de seda costurados no entresseio.

— Então serei breve — disse Charlie. — Só diga sim ou não. Você virá à projeção hoje à noite?

— Não.

— Vamos almoçar juntos na quinta?

— Duvidoso.

— Isso é um não.

— É — disse ela.

— Você acha irônico que alguém que vende roupas de baixo finas para viver nunca tenha tido a ocasião de usá-las?

— Estou usando uma agora.

Na verdade, Stacy envolvia seu próprio corpo esguio e sensual com uma saia de fino couro dourado na altura do joelho e de corte diagonal, uma camiseta baby rosa e, sob aquilo tudo, sutiã e calcinha de algodão branco esfarrapado e gasto. Charlie tinha um fetiche por lingerie. Ele afirmava que podia reconhecer uma assinatura La Perla num gancho de sustentação de sutiã sob um suéter de lã (ele achava que as propagandas da calcinhas.com eram de má qualidade). Ele também fazia mais sexo do que qualquer outra pessoa que Stacy conhecia. Charlie tinha um batalhão de amantes, algumas desde a época da escola secundária. Parecia que depois de haver dormido com ele, uma mulher ficava compelida a retornar para obter mais, sempre que estava entre dois namorados ou maridos (ou entediada com o namorado ou o marido). Stacy não tinha certeza se a alta taxa de fidelidade da clientela de Charlie se devia a sua maestria erótica ou a sua disponibilidade magistral. Ele nunca se envolvia por muito tempo. As mulheres pareciam girar em sua agenda por várias noites ou semanas, e depois saíam girando para fora, criando um vácuo que só podia ser preenchido por outra brincadeira de quinze dias. Forças cósmicas em andamento, as mulheres ressurgiam apenas quando necessárias. Não havia lotação esgotada. Stacy era a única amiga mulher com quem Charlie não tinha dormido. Eles tinham se conhecido na universidade havia mais de dez anos, quando ela andava ocupada dormindo com todos os amigos dele.

— Você talvez queira reconsiderar a projeção — disse Charlie. — Jason vai estar lá.

— Jason, o belo homem peludo? — perguntou ela. O outro telefone de Stacy tocou. Ela girou de volta para sua mesa a fim de olhar o identificador de chamadas. Era o ramal da sua chefe. A reunião devia estar começando.

Charlie riu.

— Ele é peludo? — perguntou Charlie, rindo.

Stacy lembrou-se de Jason no encontro para o almoço que Charlie tinha arranjado para eles alguns meses antes. Estava quente demais para a estação naquele dia de primavera e Jason tinha enrolado as mangas da camisa até o cotovelo. Seus braços eram cobertos de pêlos castanhos escuros até as articulações dos dedos. Pesados como o solo da floresta, seus cabelos. Tufos brotavam do V do seu colarinho desabotoado. Enquanto eles tinham o que qualquer pessoa classificaria como conversa espirituosa (fluindo fácil, quebrada prazerosamente por risos, troca de percepções valiosas), Stacy viajava da linha dos olhos castanhos de Jason para sua boca de tigre e logo em seguida para suas mãos peludas. Ela imaginou aquelas mãos em torno da sua cintura, levantando-a do chão (as mules penduradas) e carregando-a para dentro da selva onde homens menos peludos com armas de fogo viriam resgatá-la.

— Tenho de desligar — disse ela. — Se me atrasar, elas me chicoteiam com arames de sutiã.

— Não me importaria de assistir a isso — disse ele. — Tenho certeza que Jason também não.

Stacy sabia que Jason gostava dela. Ele tinha pagado o almoço e ligado para ela algumas vezes durante aquela semana. Aparentemente, como tinha contado em detalhes no almoço, ele estava feliz com o término recente de um relacionamento intenso com uma bailarina francesa. Ela o havia torturado (tanto no bom quanto no mau sentido) de todas as formas por muitos anos. Depois de uma última briga — "eu te odeio, eu te amo, eu te odeio" (que aparentemente incluiu arremesso de vinho tinto, tapas no rosto, beijos esfomeados de língua e depois soluços às três da madrugada) —, Jason decidira dizer um *adieu* final. Stacy passou maus momentos imaginando Jason, um homem quieto e acanhado, lançando palavras raivosas e fatias voadoras de Brie numa mademoiselle de 45 quilos com um coque e um tutu. Por outro lado, quem sabia onde (ou por que) a paixão se escondia?

— Gostei do Jason. E teria ligado para ele de volta — disse ela — se não estivesse tão atolada. O trabalho...

— Não culpe o trabalho pelo fato de você estar fedendo a falta de uso — disse Charlie. — Não é de espantar que uma piscada do cara da deli faça você entrar em pânico. Atenção sexual indesejada/atenção sexual *desejada* estão além do seu alcance de referência.

— Você é um tarado — disse ela. — E o meu alcance só está um pouco enferrujado, é isso.

— Está mais do que enferrujada, Stacy — disse ele. — Deve estar fechada de tanta ferrugem agora. Dois anos sem sexo? Como consegue? E deixe-me analisar isso, o cara da deli pode estar certo numa coisa. Eu compartilho a preocupação dele com a sua digestão.

— NÃO foram dois anos — disse ela, na defensiva. — Brian e eu terminamos há apenas seis meses. — Stacy consultou o Palm III. — Posso lhe dizer a data exata. Aqui está o registro. "Jantar de término com Brian." Vinte e três de julho.

— Fez sexo com Brian na noite em que terminou com ele? — perguntou Charlie.

— Foi o último grito de vitória — disse ela.

— Então falta menos de uma semana para completar um ano — disse Charlie.

Realmente fazia tanto tempo? Stacy conferiu novamente a data. Ela não estava acreditando. Na universidade, estudara sexo como se fosse a mais moderna arte liberal. Aos vinte e poucos anos, um *mês a seco* tinha parecido insuportável. E agora, aos trinta e poucos, ela tinha passado quase doze meses *sem nem sentir falta daquilo*. Como tinha mudado sem notar? A paixão tinha sido sua força vital — com a luxúria no coração não havia espaço para o colesterol. Desinteresse por sexo era... o quê? Um sinal da idade? Uma espiral suave e para baixo, para dentro da morte cheia de rugas? Stacy sentiu um calafrio, um aviso em seu sangue ralo e fraco (entupido de colesterol?). Ela tinha se colocado sem querer num patamar na direção da autodestruição: perda de interesse em sexo aos 32; morta — sem filhos e miserável — aos 42. Charlie estava certo. Por que diabos alguma mulher normal iria ficar tão intimidada por um cara paquerador de deli? Em algum lugar no ano passado, ela tinha se transformado. Antigamente ela era uma fêmea adulta normal. E tinha se tornado uma outra coisa. Mas o quê?

— Você é quase revirginizada — disse Charlie.

— O quê?

— Li sobre isso no swerve.com. Revirginizadas. Se você passa um ano sem sexo, é como se tivesse renovado o título perdido. — Swerve.com era o website de todas as coisas "intelectualmente eróticas".

— Isso é oficial? — perguntou Stacy, horrorizada.

— Duvido que consiga um certificado pelo correio.

Stacy gemeu.

— Minha virgindade já foi muito difícil de perder a primeira vez. — O aviso de mensagens em seu telefone piscou, a luz vermelha e raivosa. — Esta foi uma conversa profundamente preocupante.

— Vou dizer a Jason que você não vai poder ir — disse Charlie.

— Não — disse Stacy. — Estarei lá. E não ouse dizer nada sobre isso para o Jason. Diga a ele que fui muito tímida para retornar a ligação dele. Ou então diga que gostei tanto que me assustou. Não, não diga isso. Não diga nada. — Ela iria aparecer sem avisar, com os cabelos soltos, tocar seu ombro algumas vezes e convidá-lo para ir à sua casa depois da exibição. Ele aceitaria o convite, eles procederiam ao coito, e ela corrigiria seu equívoco sexual ainda esta noite.

Stacy Temple não era virgem. E jamais seria novamente. Ela desligou, agarrou suas amostras de corseletes e correu na direção do escritório da sua chefe.

Capítulo Dois

Segunda-feira à noite

Stacy chegou vinte minutos atrasada à projeção. Sua chefe estava na maior falta de humor (mergulhando nos preços de estoque) e a subchefe estava ainda pior (nadando em prospectos de encontros). Unidas como uma verdadeira equipe em suas negativas, tinham cruelmente desprezado os corseletes de escamas de Stacy. Ela tinha saído da reunião se arrastando, num estado lamentável, as amostras de cetim emboladas, tristes e brilhantes em seus braços. Talvez pela milionésima vez desde que fora contratada como empregada número três na calcinhas.com, Stacy questionava o real valor do seu comprometimento com o trabalho. Certamente o valor em jogo não era o mesmo de antes (no dia do lançamento das ações na Bolsa, as opções de Stacy valiam — no papel — uma mansão vitoriana em Sag Harbor; agora mal davam para comprar um estúdio num prédio sem elevador no East Village).

Ela sabia que devia colocar alguma maquiagem. Borrifar algum perfume. Fazer o que pudesse para recuperar seu humor e ir à projeção pronta para seduzir. Mas teve de esperar. Este era um aspecto particularmente estranho do seu trabalho: depois de uma reunião humilhante, uma das suas chefes aparecia em sua baia e tentava ressuscitar a lealdade de Stacy com promessas e presentes. Como uma criança espancada pelo pai abusivo, Stacy reagia relutante a essas ofertas de paz. Ela *queria* acreditar nos beijos e promessas. *Queria* aceitar aquilo com fanatismo. Tinha de fazê-lo enquanto se sentisse útil e poderosa na empresa. Era uma funcionária fundadora. Ajudara a criar o site, sacrificando seu namoro, muitas amizades e alguns ideais ao longo do caminho. O traço definitivo de uma heroína romântica era o auto-sacrifício. Stacy fizera sacrifícios enormes pela empresa; assim, ela devia estar loucamente apaixonada pela calcinhas.com. Não podia simplesmente ir embora.

Para matar o tempo, decidiu procurar o artigo da swerve.com que Charlie mencionara ao telefone. Alguns cliques mais tarde, o ensaio apareceu na tela: "Virgindade: perdida uma vez e agora reencontrada" fora escrito por Gigi XXX, uma colunista de sexo do site. Sua foto aparecia ao lado do texto. Ela estava sentada na beirada de uma cama, descalça, num conjunto preto de calcinha e sutiã (meio lisa e elegante demais para ser um produto da calcinhas.com), cotovelos nos joelhos, a cabeça para baixo e cabelos escuros caídos e escondendo o seu rosto, a não ser pelo brilho vermelho enrugado dos seus lábios. Ela tinha uma figura bonitinha, gostosa e com membros esguios.

Os olhos de Stacy se moveram da foto para o texto. A frase de abertura era de tirar a respiração.

"Eu amo o meu corpo. Adoro as coisas que ele pode fazer por mim, e me comprometo a fazer o que puder para manter o meu corpo feliz e saudável. Em outras palavras, vou foder, foder e foder. E quando me cansar disso, vou foder mais um pouco."

Stacy pensou: E a *ingestão de fibras*?

O ensaio continuava:

"Nem todas as mulheres compartilham minha filosofia de bem-estar físico e espiritual. Chama a atenção o fato de que há um novo movimento sexual em ação: o celibato por opção. Pelo menos três amigas minhas decidiram parar de fazer sexo. Eu conseguia entender, alguns anos atrás, quando a nova moda era as mulheres pararem de fazer sexo *com homens*. Mas isso agora? Celibato é o novo lesbianismo? E não fica só na simples abstinência. Há um objetivo: passe um ano inteiro sem sexo e você se torna uma (em teoria) revirginizada. Seus pecados são limpos. Trezentos e sessenta e cinco dias de teias de aranha e vai ser como se você não tivesse dado para o time de futebol inteiro na escola secundária. Você fica tão fresca e inocente como uma gatinha recém-nascida. Por alguma razão (o time de futebol é uma de minhas lembranças mais carinhosamente cultivadas),

isso é interessante para essas minhas amigas rebeldes. Uma delas (eu não ousaria escrever seu nome e humilhá-la) disse: 'Sexo tira a concentração e perturba. Sem ele, eu consigo fazer o meu trabalho e ter energia suficiente para tricotar suéteres de pêlo de cabra. Já fiz cinco esta semana.'

"Outra amiga disse, durante o café: 'Tudo bem, admito, parece uma maneira estranha de buscar a autoconsciência. Mas quero me definir a partir de outros parâmetros. Até agora eu me definia pelo sexo. Muitas pessoas fazem isso. Nós somos quem estamos fodendo, como estamos fodendo, quando, onde e com que acessórios. Nunca paramos de perguntar: Por quê? Por que o que fazemos durante uma hora por dia com alguém pode pesar mais em nosso sucesso ou fracasso pessoal do que quem somos nas outras 23? Estou tirando um ano de folga para voltar a ter um espaço mental mais livre. Minha felicidade e satisfação não deveriam depender dos altos e baixos da minha vida sexual.'

"Ainda bem que ela não disse 'as entradas e saídas' da sua vida sexual, ou eu poderia ter ficado excitada. Essa amiga é uma gata. Ela tem pernas longas e tetas que parecem ter sido enfiadas num apontador de lápis. Meu amado namorado me implorou que marcasse uma trepada a três com ela, e Deus sabe que tentei. Mas agora que ela está nessa missão idiota, nessa busca imbecil dessa besteira, está bem menos atraente. Então é meio que um alívio.

"Sexo *é* definidor, por uma boa razão. Durante o sexo — por sexo quero dizer o bom tipo, que pode ser ou não com amor — você *é* seu verdadeiro eu. Você se torna uma criatura de instinto egoísta. Você permite que sua natureza animal brilhe. O sexo despe artifícios (intencionalmente deixando de lado que sexo é artifício) e deixa você nua em todos os sentidos metafóricos. E se você está procurando autoconsciência, não há nada como um pau na sua boca e outro na sua xoxota para descobrir rapidinho exatamente que tipo de pessoa você é. Se conectar (num sentido mais profundo do que inserir o plug A no buraco B — mas isso também) com outra pessoa (ou pessoas) é a única maneira de aprender e crescer. De outra forma, tudo o que você vai ver, ouvir e pensar é o que você já sabe (a mesma bosta na qual tem fixação há anos), perdendo a nova percepção de alguém que pode ser mais inteligente do que você e negando a si mesma a chance de compartilhar aventuras de corpo e de alma. Atenção amigas celibatárias: me liguem dentro de um ano, quando tiverem começado a foder de novo. Até lá, divirtam-se. Ninguém mais vai se divertir."

No fim do texto Stacy viu um botão vermelho que dizia RESPONDA PARA GIGI. Ela clicou nele e começou a digitar:

"Gigi, meu nome é Stacy Temple. Sou vice-presidente na calcinhas.com, a loja de lingerie online. Gostaria de

falar sobre possíveis idéias de promoção cruzada com você, e com a swerve.com. Acabo de ler seu texto sobre revirginização, e acho que você tem inteligência e conhecimento para escrever o conteúdo necessário para o nosso site."

No passado Stacy tentara convencer suas chefes de que conteúdo — algum texto narrativo, talvez alguma ficção barata ou até algumas legendas longas sobre os poderes sedutores de um corpete de renda — iria aumentar as vendas, ou pelo menos aumentar os acessos. Mas ela tinha sido detonada (sua diretora acreditava que pagar por conteúdo era uma despesa desnecessária). Então Stacy não fazia muita fé em que ela e Gigi teriam um relacionamento profissional. Mas alguém tinha de ter uma intenção ostensiva para escrever esses e-mails. Além do mais, teria mais chance em obter uma resposta de Gigi se ela acenasse com a possibilidade de um pagamento. Desonesto, traiçoeiro? Sim, mas uma garota tinha de fazer o que uma garota tinha de fazer.

Stacy digitou mais:

"Seu texto é bem provocante. Ser passional é fundamental para a felicidade. Às vezes, entretanto, isso pode escapar de você (bem, não de *você* especificamente; pode escapar de algumas pessoas). Fico pensando em mulheres que estão resvalando no limite da revirginização, mas não intencionalmente. Acredito que você pode chamar

essas mulheres de celibatárias *por acaso*. Sua revirginização seria um acidente infeliz — e portanto inválido. Se alguém tem, quer dizer, um trabalho absorvente, o que não a torna uma rejeitada para aventuras. Se ela é tímida, isso não significa que está se escondendo da vida. Revirginizadas não intencionais são apenas distraídas com outras coisas, isso é tudo. Elas ainda são passionais e potentes, ainda são vitais e relevantes. Sexo, embora estimulante e aeróbico, não é o que você é. Revirginizadas por acaso não merecem seu escárnio. Elas estão numa classe especial. Elas merecem compreensão e encorajamento."

Hora de finalizar, ou então vou parecer muito na defensiva, pensou.

"Enfim, estou apenas trocando algumas idéias com você", digitou Stacy. "Por favor, responda para me falar sobre sua disponibilidade como *freelancer*."

Clicou em ENVIAR. Com seu e-mail cruzando o ciberespaço, Stacy sentiu-se mais leve mas não completamente aliviada. Algumas coisas no artigo a tinham golpeado direto na testa, em particular a noção de que o isolamento leva à ruminação dos mesmos velhos pensamentos que se agitam no cérebro da pessoa, girando rapidamente em círculos, chegando rapidamente a lugar nenhum. Uma roda de hamsters intelectual. Stacy imaginou-se nela, suada e frustrada. Talvez Gigi estivesse certa: o jeito de sair da roda de hamsters era arrancar as defesas da pessoa. Parecia complicado, mas só havia um meio de descobrir.

Agora inspirada para ver Jason, Stacy correu para passar um batom e sair. Mas uma voz soou do lado de fora da porta da baia de Stacy:

— Eu sei o que você está pensando.

Sem precisar olhar, Stacy disse:

— Que você é uma sádica em miniatura?

Janice Strumph, a outra das duas chefes de Stacy, era pequena demais. Aos quarenta e tantos, tinha ombros e quadris estreitos, uma barriga lisa, um decote curvilíneo e os olhos negros e profundos de um leão-marinho. Seus cachos louros dourados, como os seios, eram dádivas de Deus. Ela tinha três sardas no lado esquerdo do rosto formando um triângulo isósceles. Às vezes, quando tinha uma conversa frente a frente com Janice, Stacy não conseguia resistir à tentação de ficar ligando os pontos.

Divorciada, Janice estivera casada por sete anos com o pai dos seus três filhos (dois garotos e uma garota, todos na faixa dos vinte anos). Ele a abandonara no dia em que o filho mais novo entrara no jardim de infância, anunciando que ele tinha feito sua parte com as crianças — fora um pai durante os primeiros cinco anos, cruciais para o desenvolvimento do cérebro — e que agora estava livre para ficar com outra mulher. Isso já fazia uns 16 anos. Janice nunca se casara novamente, mas não por falta de tentativas. Por uma questão de orgulho, ela tinha um encontro viável todos os sábados à noite desde que seu marido a deixara (exceto nos primeiros seis meses — o que teria sido inaceitável socialmente para uma jovem mãe que ainda não estava divorciada). Stacy respeitava Janice por sua perseverança e a crença de que, num fim de semana, ela conheceria o homem que apagaria uma década e meia de desapontamento. Janice uma vez fizera as contas: até aquele momento ela tinha ido a 786 encontros sábado à noite, estimando que 40% dos relacionamentos terminavam lá, 40% se esticavam por cerca de um mês (quatro encontros) e 20% foram bons por mais de um mês (cinco encontros ou mais). Janice não tentara calcular quantos homens ela tinha colocado entre as pernas ou quantas vezes tinha tido de contar novamente a história de sua vida (uma estatística que devia ser muito deprimente, mesmo para Janice). Stacy tinha pouca fé na magia do sábado à noite. Mas Janice era devota. Quase toda segunda-feira de manhã, ela sustentaria sua fé declarando que, se não pudesse garantir um encontro decente no fim de semana, jogaria fora os seus sapatos de noite para sempre. Ainda estava para acontecer.

— Deixei uma limusine esperando por você lá embaixo — disse Janice com sua voz de pessoa pequena enquanto se encostava na porta do escritório de Stacy. — Você pode ficar com ela a noite toda, ir a qualquer lugar que quiser, com qualquer pessoa, fazer a limpa no bar, usar o telefone e o videocassete.

— Você foi impiedosa lá dentro — disse Stacy.

— Corseletes de escamas, preço sugerido ao varejo, cento e cinqüenta? É incrível que você tenha apresentado isso.

— Quanto mais baixo o preço de estoque, mais baixas nossas aspirações.

— Quando você coloca as coisas assim, nossa filosofia de venda parece quase um compromisso — disse Janice. — Pense em quantidade. Quanto mais itens pedidos, mais dinheiro fazemos.

Como todas as empresas de vendas por correio, Internet ou outras formas, os lucros estavam em enviar e entregar encomendas. Quando um usuário fazia um pedido de dez itens, a calcinhas.com rotineiramente enviava a metade imediatamente, e aí mandava os itens restantes em três dias úteis, tornando possível dobrar as taxas de entrega num único pedido (sempre dizendo ao consumidor que ele estava ganhando um desconto na entrega). O rendimento-base de seus clientes era em média de 46.000 dólares por ano; a quantia média gasta num pedido da calcinhas.com era de 58 dólares; a taxa aumentada de envio e entrega acrescentava um lucro adicional de 8 dólares por pedido. Janice gostava de chamar isso de “roubo da auto-estrada”.

De maneira impressionante, os clientes faziam muitos pedidos de itens baratos (cinco calcinhas mais alguns poucos sutiãs, por exemplo). Enfeites caros eram pedidos um de cada vez, limitando as taxas de envio e entrega e esticando o orçamento de lingerie da cliente. Mas Stacy se agarrava teimosamente à noção de roupas de baixo desejadas (que mudavam a vida). As margens de lucro do produto eram mais altas e, se uma mulher se apaixonasse por um corselete, ela voltaria ao site para todas as suas necessidades de roupas de baixo (repetir o negócio era a fonte de vida de qualquer operação de varejo). O plano de negócios de Janice — quantidade acima da qualidade — podia funcionar para o McDonald's, mas a calcinhas.com estava vendendo intimidade, não nuggets de frango. Stacy nunca apresentara a idéia de que a vida de encontros de Janice — um reflexo de sua filosofia do varejo — podia explicar por que ela jamais tinha se casado de novo.

— Usando a limusine — disse Stacy —, devo perdoar sua crueldade e aparecer com novas e inventivas cintas-ligas amanhã.

— Cintas-ligas pagam o seu salário — retrucou Janice.

— Eu gostaria que você admitisse que em parte você descarregou sua frustração de um mau encontro em mim.

Janice deu de ombros.

— Odeio os encontros de uma hora. Demoro muito mais do que isso para me vestir. Devia haver uma regra dizendo que o encontro em si deve durar tanto tempo quanto se leva para se preparar para ele.

— Você vai encontrar alguém — disse Stacy.

— Com certeza. — A mulher mais velha não parecia tão segura de si nesta segunda-feira. Stacy temeu que Janice pudesse estar perto do fim do seu longo período de encontros. — Pegue a limusine e tenha uma boa noite hoje — disse Janice. — Recomeçamos amanhã de manhã.

Stacy agradeceu a ela, colocou um pouco de batom rosa e saiu. Na viagem de elevador quarenta andares abaixo até a rua, Stacy lutou contra uma decisão. Ela podia dar uma volta tranqüila por Manhattan, e depois voltar para casa e dormir para esquecer o gosto amargo do ultraje público OU ir para a projeção de cinema e fisgar um homem atraente. Lutou contra a inclinação natural na direção dos confortos do lar, mas sabia que a sedução do seu colchão de penas era o motivo por que pairava à beira da revirginização. Janice podia afundar de desapontamento em desapontamento, mas pelo menos tinha alguma ação. Stacy tentou se lembrar da visão e das sensações do sexo.

A limusine esperava na beira da calçada. Stacy cumprimentou o motorista uniformizado e deslizou para o assento traseiro. Depois de preparar um White Russian, Stacy deu o endereço da Sala de Projeção Silverbowl na rua 46 Oeste. O motorista seria rápido, tempo suficiente apenas para terminar o drinque e praticar seu sorriso de vencedora. Assim que a limusine chegasse ao seu destino, Stacy estaria renovada e pronta para escalar uma montanha, se necessário. Mas ela esperava que Jason fosse só um formigueiro.

Três horas mais tarde, enquanto Stacy e Jason andavam pelo corredor até seu apartamento de um quarto no SoHo, a vizinhança de Manhattan que já fora famosa pelos artistas e agora era reconhecida por suas lojas de sapatos, ela fez sua investida.

Antes mesmo que tivesse uma chance, o belo e peludo homem disse:

— Está ficando tarde.

Eram dez da noite.

A noite não estava funcionando como o planejado. Quando Stacy chegou à sala de projeção — muito menor do que a de um cinema comum, com cerca de uma dúzia de assentos de couro, uma cantina com comida liberada e bebidas nos fundos —, o filme já tinha começado. Ela localizou facilmente a cabeça loura de Charlie (tão grande que ele sempre se sentava no fundo por educação) e abriu caminho até ele, perturbando muitos executivos de estúdio com aparência importante em seu caminho.

Ela sentou-se na cadeira vazia perto de Charlie. Sem olhar para ela, ele apontou para a tela e disse:

— O ano é três mil. Devido à Terceira Guerra Mundial, à fome em massa e ao câncer de pele epidêmico, a população na Terra caiu para meio bilhão de pessoas. Um quarto é de homens; as mulheres mandam no mundo. Essa é a Glenn Close, como presidente dos Estados Unidos. Sua equipe de cientistas mulheres loucas descobriu um jeito de produzir esperma humano num tubo de ensaio e ela acaba de confessar à sua vice-presidente — a corajosa e amável Renée Zellwegger — que não vê mais razão para a existência dos homens. Está planejando iniciar a exterminação deles o mais rápido possível.

— Onde está Jason? — perguntou Stacy.

— Banheiro — disse Charlie.

Stacy encostou-se e ajeitou o cabelo graciosamente no assento de couro. O lugar perto dela estava vago. Ela pegou seu casaco e colocou-o na cadeira vazia do outro lado de Charlie, só para ter certeza de que Jason teria de se sentar ao seu lado. Feito isso, recostou-se novamente e observou um pouco o *Atração química*. Aquele era o Tony McGuinty! Seu ator favorito.

— Você não me disse que Tony McGuinty estava nessa — ela sussurrou para Charlie.

— Ele faz o papel de um macho criador de confusão — disse ele —, forçado a deixar depósitos de esperma de hora em hora no laboratório de reprodução dirigido pela cientista chefe louca Kathy Bates.

Na tela, a sra. Bates abria e fechava um monte de compassos afiados enquanto pedia a Tony para melhorar sua produção — ou então seria exterminado. Tony, esgotado, implorando por sua vida, era um deleite. Stacy era muito fã dele. Quantas fantasias ela tinha tido no último ano centradas em Tony McGuinty, com seus olhos castanhos amendoados e seu corpo esbelto. Stacy nunca sentira nada por astros de cinema, mas algo em Tony a enchia de desejos adolescentes. Ela já vira uma vez uma foto dele nu na Internet. A imagem lhe trouxe à mente as palavras "mangueira de incêndio". E ali estava ele, com todos os seus dois metros, sem camisa, a jugular pulsando, sendo levado de volta a sua cela por Kathy Bates, sempre lançando uma fala bacana sobre liberdade, independência e a escassez da porção de proteína. "Você acha que tocar punheta dez vezes por dia é fácil? Preciso de carne!", dizia Tony na tela.

Distraída com Tony, Stacy quase se esqueceu de Jason. Mas aí a imagem mudou para um close de Renée Zellwegger (que tinha os poros mais bonitos que Stacy já vira). E Jason voltou. Stacy sorriu francamente para ele. Ele retribuiu o sorriso, embora a eletricidade não fosse capaz de fazer uma lâmpada piscar. Ele viu os casacos na poltrona perto de Charlie e pareceu confuso.

— Esse assento está vazio — disse Stacy, dando um tapinha na poltrona à sua esquerda. Charlie gemeu. Stacy pisou no pé dele.

Jason sentou-se na poltrona e cruzou as pernas. Seu joelho estava a dois centímetros da coxa de Stacy. Tony estava de volta à tela agora, conspirando para libertar os machos reprodutores, seduzindo uma guarda piranha da prisão, representada por Jennifer Tilly. Tony colocou a mão na coxa de Tilly. Stacy inclinou-se na direção de Jason — seu ombro pressionando o braço dele — e sussurrou:

— Acho que Renée Zellwegger vai se apaixonar por Tony McGuinty e juntos eles vão frustrar os planos de Glenn Close de extermínio em massa. Quando ela descobrir a traição, uma Glenn enlouquecida pelo poder vai tentar matar os dois com a ajuda da má Kathy Bates.

O homem belo e peludo — o qual, Stacy notou, estava especialmente gato e atraente com calças cáqui e uma camisa de lã de mangas curtas — colocou seu dedo peludo nos lábios delicados e fez um ruído de *shhh*.

Stacy afastou-se dele. Fazer *shhh* não era a marca comportamental de um homem apaixonadamente atraído por uma mulher. Um observador casual poderia presumir que Jason não estava interessado e que Stacy estava se jogando em cima dele. Felizmente, como ela sabia, apesar das aparências a situação estava sob controle e Jason sentia-se bem com seu poder feminino. Ele tinha pagado o almoço, tinha ligado três vezes para ela.

Refazendo-se, Stacy serviu-se do saco de pipocas dele. Ele não mostrou desagrado com a intrusão. Ela pegou uma mão cheia, muitas pipocas caindo em cima do colo de Jason. Stacy espanou as pipocas soltas, pegando uma delas para enfiar na boca de Jason. Ele sorriu nervosamente para ela depois de haver permitido o gesto e colocou o saco no chão.

Mais uma vez, pensou ela, o observador casual estaria se contorcendo de embaraço com as tentativas aparentemente desesperadas de Stacy para seduzir um homem indiferente. Ela sorriu para si mesma: como as pessoas realmente sabiam pouco sobre os estranhos. Como era difícil fazer um julgamento correto sobre as interações das sombras num cinema escuro. Esses observadores casuais não sabiam a história passada. Não sabiam que Jason tinha pagado o almoço. Ele tinha ligado para ela. Ela só tinha de ficar se lembrando dos seus truques femininos, especialmente agora que ele estava se rearrumando numa postura esquisita para evitar a pressão da perna dela contra a dele. Muito curioso, pensou Stacy. Mas ela continuou, destemida.

O filme seguiu como Stacy adivinhara. Heroicamente, Tony salva Renée Zellwegger de ser sexualmente reprogramada por Kathy Bates, enquanto lidera os homens combatentes da Terra numa rebelião triunfante. Renée e Tony são indicados como co-presidentes para assegurar a liberdade e a justiça para todos os gêneros. Glenn Close não é assassinada no sangrento golpe de Estado, mas é condenada a servir os homens como lavadeira pelo resto da vida.

As luzes se acendem.

Cochichos enchem o pequeno ambiente. Naquele aposento se podia dizer com certeza que todo mundo ali era crítico. Charlie observou:

— Mesmo num filme sobre dominação feminina, os homens ganham no fim. Eu gostei das cenas de sexo futuristas, usando rifles como utensílios sexuais, muito criativo... mas o tema filosófico homem *versus* mulher me entediou, mesmo com a reversão do papel dos gêneros. E Glenn Close, a esta altura, consegue fazer alguma outra coisa além de Cruela Cruel?

Stacy estava prestes a dizer: "Guarde isso para sua crítica", mas Jason acrescentou:

— Acho irônico que o bastião da virilidade masculina tenha sido representado por Tony McGuinty. Ele é o cara mais efeminado de Hollywood. Coloque um vestido e uma peruca nele e vai parecer tão mulher quanto Stacy.

Charlie concordou totalmente:

— Você está certíssimo! Posso usar essa observação para a minha crítica?

— Eu ficaria honrado.

— Acho que sou um pouco mais feminina do que Tony McGuinty — disse Stacy.

Os dois homens deram um tempo na rasgação de seda e dirigiram a Stacy a atenção que ela deveria ter tido desde o início.

— Claro, Stacy — disse Jason. — Eu estava exagerando.

— Renée Zellwegger pode me ajudar a fazer meu depósito diário nos laboratórios de reprodução em qualquer dia. Vou mostrar a ela a safra — disse Charlie.

— Você se importa de não dizer depósito nem safra? — pediu Stacy. — Ainda não são nem nove horas.

Os três colocaram seus casacos e saíram da sala de projeção. Na saída Charlie derramou-se para a elegante publicitária do estúdio de cinema, falando sobre o quanto ele tinha adorado o filme, que Kathy Bates certamente ia ganhar seu segundo Oscar e que sua crítica apareceria na noir.com na quarta-feira. Ela ronronou sua gratidão e deu a Charlie seu cartão, rapidamente escrevendo seu telefone de casa:

— Só para o caso de você ter alguma dúvida sobre a produção. Me ligue quando quiser. Mesmo no meio da noite.

Aquilo foi suficiente. Charlie disse que tinha algumas poucas perguntas que poderiam ser respondidas agora mesmo, enquanto estavam frescas em sua mente. Ele perguntou à publicitária se ela estava livre para ir tomar um café. Ela precisou de um minuto para desmarcar seus compromissos. E, pronto. Stacy iria indubitavelmente ter a reportagem completa de Charlie de manhã ou quando quer que ele aparecesse para pegar ar e comida.

Stacy e Jason saíram da sala de projeção para a noite infernalmente quente. A limusine estava parada exatamente onde Stacy a havia deixado, encostada na calçada, o ar-condicionado funcionando. Ela ofereceu a Jason uma carona para casa. Ele aceitou. Ainda não se dera conta de que era uma carona para a casa *dela*.

Quando pararam no prédio dela no SoHo, Jason disse ao motorista:

— Próxima parada, Lower East Side.

— Na verdade, Jason, o motorista não pode trabalhar depois que me deixar em casa. Espero que não se importe. — Ela mentia por uma boa causa.

Ele esfregou o queixo com a mão peluda.

— Tudo bem. Vou descer aqui também. Obrigado pela carona. Vou andar o resto do caminho.

Eles saíram da limusine. Stacy dispensou o motorista, mantendo uma mão no pulso de Jason. O carro partiu, deixando um sopro de fumaça negra para se somar ao claustrofóbico ar do verão nova-iorquino.

— Você devia subir para se refrescar antes de ir andando para qualquer lugar neste calor — disse Stacy. — Está insuportável aqui fora.

— Não ligo para o calor — disse ele, direto.

— Pelo menos me leve até a porta do meu apartamento. Estou sempre com medo de ser atacada à noite — disse ela. Na verdade, Stacy sempre se sentia segura em seu bairro e em sua cidade.

Enquanto eles subiam pelo elevador até o quarto andar do prédio, Stacy tentou se recompor. Ela achava que Jason seria uma coisa garantida. Mas algo o estava incomodando. Stacy tinha sido direta em suas intenções a noite toda. Talvez as regras de sedução tivessem mudado. Fazia anos que Stacy não paquerava, mas ela tinha achado que fricção de coxas e uma ajudazinha com a mão ainda funcionavam. Foi quando Stacy se inclinou para um beijo e Jason fez o comentário "Está ficando tarde". Stacy ignorou-o e lançou seus cabelos vermelhos brilhantes sobre os ombros enquanto se ocupava com a fechadura da porta.

— Você deve estar com a garganta seca — disse ela. — Quer beber alguma coisa?

— Não estou com sede.

— Quer comer?

— Estou empanturrado de pipoca.

Com o cotovelo e seu ombro magro, Stacy abriu a porta e acendeu a luz. Jason olhou para dentro e arfou de horror. Seu apartamento não estava uma bagunça, estava atravancado, muito atravancado. Ela estava sem namorar há tanto tempo que esquecera que aquela zorra poderia impressionar algumas pessoas: a coleção de sacolas na estante; as pilhas na altura da cintura de jornais e revistas; duas dúzias de jaquetas jogadas no sofá. Stacy fechou a porta rapidamente e disse:

— Vou entrar e arrumar tudo. Se importa de esperar um pouco aqui fora? — Ela sabia que era arriscado perguntar. Se um homem chegasse a lhe pedir que ficasse em seu corredor enquanto ele corria para limpar tudo, ela desapareceria noite adentro.

Jason sacudiu a cabeça.

— Stacy, você é uma pessoa muito legal...

— Você não precisa usar o banheiro? — Aquele *seria* um lugar mais apropriado para esperar, a menos que ele implicasse com suas cinco prateleiras de coleção de perfumes antigos, o assento fofo do vaso, os baldes de vidros de esmalte e as caixas de sapatos cheias de batons.

— Vou sair fora — anunciou Jason, passando a mão nos cabelos. Stacy notou que os pêlos dos seus dedos eram dois tons mais escuros que sua cabeleira.

Ela o estava perdendo; ou talvez nunca o tivesse ganhado. O que acontecera? Ele a tinha querido depois do seu último encontro. Ela simplesmente presumira que o tinha nas mãos. Charlie sempre dizia a Stacy: "Se ele quer você hoje, vai querer amanhã." Talvez Jason tivesse visto muitos amanhãs.

Stacy fez uma última manobra. Abrindo os olhos castanhos grandes e inocentes, perguntou:

— O que foi, Jason? Não gosta de mim?

— Gosto — disse ele. — Mas não tenho certeza se você gosta de mim.

Ele era mulher?

— Eu gosto de você. Claro que gosto, de verdade.

Ela gostava. Claro que gostava, de verdade. E, mais importante, ele estava ali.

— Charlie me disse que você só queria dormir comigo para não completar um ano inteiro sem sexo.

— Vou matar Charlie agora.

Da mesma maneira que podia sentir olhos em suas costas, Stacy sentiu ouvidos no corredor. Ela tinha certeza que cada um dos seus vizinhos estava com um ouvido pressionado contra a porta. Sussurrou para Jason:

— Podemos conversar sobre isso lá dentro?

Jason sacudiu a cabeça.

— Você mal me conhece. Além do mais, não está tornando isso muito interessante para mim.

— Será que eu devia correr pelo corredor para você poder me perseguir? — perguntou ela.

Um casal de vizinhos tinha aberto grosseiramente a porta com um estalo. Jason disse:

— Se você quer sair comigo, ótimo. Mas não vou entrar agora. Me sentiria usado e não respeitaria você de manhã. Não haveria futuro se fizéssemos isso agora.

Ele queria um relacionamento; ela queria sexo. Quantas vezes isso acontecia?

— Charlie não disse a você que estou usando calcinha sem fundo? — indagou ela.

— Falou.

— E?

— Isso não parece muito higiênico.

Ela teve certeza de ter ouvido risadas por toda parte no corredor. Sentindo a primeira pontada de uma dor de cabeça — daquelas bem grandes —, Stacy encarou Jason: alto, bonito, peludo, nervoso, enfraquecido por sua agressão. Evitar a revirginização poderia ser mais difícil do que ela tinha pensado. Difícil mas não impossível. Ela podia fazer uma lista de possibilidades. Tinha de haver dúzias de homens que ficariam excitados para realizar esse servicinho a fim de assegurar a ela saúde cardíaca e colesterol baixo. De fato, fazer uma lista detalhada dos seus candidatos era o que ela faria. Bem agora.

Mas primeiro Stacy sorriu com o que costumava ser o seu sorriso doce e irrresistível e disse:

— Se é assim que você se sente, então vou dizer boa noite, Jason. — Ela abriu a porta do apartamento.

— Boa noite, Stacy — disse ele.

Enquanto ele andava pelo corredor, ela disse:

— Boa noite, todo mundo.

Suavemente, por trás das portas fechadas, as vozes dos seus vizinhos fizeram um coro:

— Boa noite, Stacy.

Capítulo Três

Terça-feira de manhã

Em seu relacionamento de três anos com Brian Gourd (na verdade, uma união de conveniência e hábito mais do que de paixão desesperada), Stacy tinha ficado cada vez mais acostumada a alcançar suas necessidades semanais mínimas. Durante o primeiro ano e meio o sexo deles tinha sido bom. Ela pensava nele — naquilo — o tempo todo. Stacy acordava de um devaneio com ele e percebia que tinha se passado uma hora. No final, quando Brian não parava de reclamar e Stacy se descobriu entediada com o rosto dele, a peça principal das suas fantasias eróticas tinha mudado do pênis para as ações.

Foi mais ou menos nessa época que ela começou na calcinhas.com — antes da entrada na Bolsa de Valores, depois da oferta de ações. Ela saboreou a possibilidade de ganhar milhões — nem tanto pelo que esses dólares todos poderiam comprar, mas só pela idéia de tornar-se fabulosamente rica. No verão e no outono de 1998 fortunas virtuais eram bem mais excitantes do que o querido, doce e que-nunca-machucava-ninguém-de-propósito Brian. A calcinhas.com era um amante sedutor. O romance de 12 horas de trabalho ao dia, opção de compra de ações, chefes mais-importantes-que-a-vida, peças de seda, boas matérias na imprensa (em meados de 1998 a calcinhas.com foi eleita a Empresa Virtual do Ano pela seção de negócios do *New York Post*), tudo isso servia para intensificar sua obsessão. Depois de um bom dia de trabalho, Stacy flutuava para casa numa nuvem de orgulho e arrogância. Ela não conseguia se lembrar de um único dia em seu relacionamento com Brian que a tivesse feito se sentir tão vergonhosamente orgulhosa. O fim foi inevitável. Ela tinha certeza de que fizera a escolha certa entre o seu homem e o seu trabalho. (Se ainda estivesse tão apaixonada pela calcinhas.com, poderia não sentir aquele pânico com a ausência de romance em sua vida agora.)

Nunca quisera casar-se com Brian. Para começar, Stacy não tinha exatamente certeza de como acabara tendo um relacionamento longo com ele; foi um caso de fim de semana que acabou durando três anos. Ela constantemente se perguntava se era um relacionamento importante, sabendo o tempo todo que não era. Mas a possibilidade de acumular fortuna, isso, sim, era importante. O pai de Stacy, Sol Temple, investidor de fundos de mercadorias na Smith Barney, acreditava que "você é o que você ganha"; sua mãe, Belinda Temple, decoradora de interiores, era mais tipo "você é o que você come", gordurofóbica anoréxica quase profissional. Eles ainda estavam casados, apesar dos casos, e pareciam tolerar um ao outro bastante bem, especialmente durante a temporada de *Mostly Mozart* no Lincoln Center.

Mesmo que o trabalho fosse uma distração, ainda assim parecia peculiar que sua vida sexual tivesse emperrado. Como acontecera? Ela achava que era uma combinação de força de vontade e inércia. Depois-de-Brian, nos primeiros meses: Stacy sentira falta do contato físico, mas não do ato sexual em si. Ele se tornara sem sabor no fim do relacionamento, e ela aliviava seus desejos manualmente, por conta própria. Ela se consumira na cama com admiração, comentários lisonjeiros e dedos dos pés penetrantes. Mas a adoração de um homem, ela se lembrava com freqüência, não era um sustentáculo de vida. Homens não eram obrigatórios. Ao contrário de comida, água e fazer compras, Stacy podia sobreviver sem os lábios e as mãos de Brian. Ela era uma mulher forte, emocionalmente estável, orgulhosamente independente, construindo seu lugar no mundo. Ela gostava de sua própria companhia. Mas houve algumas vezes, no outono e no inverno do último ano, vezes inegáveis, quando ela captava uma visão sua, largada de pijama tarde da noite, e esse pensamento a preocupava: *Não gosto de mim mesma*. Aí o desespero, o medo de "o que vai ser de mim?" tinham de ser superados antes que conseguisse dormir.

Com exceção dessas horas eventuais, Stacy conseguia dormir. Ela ia trabalhar nos dias de semana (e aos sábados). Fazia exercícios. Comia pelo menos três pedaços de fruta por dia.

Os meses e a necessidade de afeto passaram. Foi tudo embora sem alarde. Ela nem tinha notado. Com o tempo, a inatividade sexual tinha se tornado parte da sua identidade. Charlie estava certo: ela realmente fedia a desuso, todo mundo sentia aquilo. E agora podia sentir isso em si mesma. Era embaraçoso.

Tais reflexões entraram por dentro de um depressivo passeio de metrô. Não que o ruído do metrô fosse melhor do que se ela estivesse contemplando o oceano profundo e azul. A temperatura no trem parecia de pelo menos 90º, e o ar, praticamente visível enquanto o vapor pressionava seu peito e suas pernas. Stacy agarrou-se ao balaústre e repassou a cena de rejeição da noite passada. As regras de sedução tinham mudado tanto assim?, pensou. Nunca em sua vida tinha sentido tão pouca tensão sexual, tanta falta de interesse por parte de um homem. Ela tinha uma chama apaixonante de cabelos vermelhos. Tinha as faces rosadas. Não era mais suficiente?

Aos vinte e poucos, os padrões sexuais de Stacy eram descomplicados. Ela conhecia um cara num bar ou numa festa, dormia com ele em seguida e eles se tornavam namorados durante várias semanas ou meses. Quando terminavam, ela conhecia alguém novo. Talvez as regras mudassem quando a mulher entrava na quarta década. Ou talvez o problema fossem os homens com mais de 30. Se Jason tivesse 25, ele não teria hesitado. Aos 35, queria o respeito de Stacy de manhã. Era isso evidência de um declínio nos níveis de testosterona?

Stacy estudou os outros passageiros do metrô, tentando imaginar a última vez que cada um deles tinha feito sexo. Aquele casal arrulhando, solteiros (nada de alianças), maduros (quarenta e poucos), tinha claramente copulado no período de uma hora antes de entrar na estação de metrô. A mulher de 140 quilos, suando copiosamente apesar do miniventilador, usava uma aliança e provavelmente tinha trepado naquele mês. Um homem altamente atraente de terno listrado, segurando-se perto de Stacy, tinha a expressão satisfeita de consumação sexual. Ele sorriu para ela enquanto ela o examinava. Stacy virou-se rapidamente. Ela praticamente podia sentir o pulsar de um *V* vermelho em sua testa.

Ela desceu na estação Grand Central. O enorme aglomerado de lojas da estação estava formigando com milhares de pessoas que certamente tinham vida sexual decadente. Preocupada com os passantes ("noite passada", "no último mês", "duas vezes esta semana e a terceira no domingo"), Stacy avançou através do edifício e saiu na rua 42. Virou-se na direção da deli gordurosa para comer o seu sanduíche de sempre no café da manhã. Aí ela hesitou. Se entrasse, ele naturalmente presumiria que ela tinha voltado para receber outra porção de assédio.

Ela não podia encará-lo — não neste estado deplorável de impotência. Olhou pela janela da deli e o viu, seu atormentador, espátula na mão. Ele notou-a também e lançou uma piscadela e um beijinho.

A vergonha aumentada, o embaraço refrescado, Stacy escapuliu na direção de sua torre de prata da Park Avenue. Tropeçando num pedaço de grade, conseguiu manter-se de pé mas quebrou o salto da sandália. Já que tinha diversos pares de sapatos sobressalentes no escritório, um trauma desta magnitude normalmente não reduziria Stacy às lágrimas, aquelas do tipo quente, atiradas das glândulas como balas líquidas. Normalmente, não. Hoje, naquela lama, sim.

Stacy mancou para dentro do elevador do seu prédio de escritórios e viu Taylor Perry, a funcionária número quatro da calcinhas.com, vice-presidente de produção. Loura descolorida — o cabelo ainda úmido — e com um vestido desconjuntado cor de laranja, fechado e com laços (apesar do fato de que uma mulher com suas proporções não deveria jamais ser vista em público sem sutiã), Taylor deu uma olhada na maquiagem borrada de Stacy e colocou sua teoria.

— Você deve estar com TPM — disse ela, acrescentando: — Eu estou. Todas nós estamos. A reunião hoje vai ser uma merda.

Taylor Perry, 22, antiga mestre em ciência política em Dartmouth, era a única pessoa sem a qual a calcinhas.com não poderia existir. Os olhos de Stacy ficavam vidrados sempre que Taylor começava a falar sobre servidores, uploads, caches e cookies, mas, sem o tipo de conhecimento dela, a calcinhas.com ou qualquer empresa de vendas pela Internet não podia fazer negócio. "Criativos", como Stacy, havia às dúzias. Pessoal de tecnologia, como Taylor, era raro e muito solicitado.

Ao ver sua colega, Stacy imediatamente rearrumou a postura, esticando as costas como se puxada por uma corda invisível do topo da sua cabeça. Ela sorriu fracamente para Taylor e disse:

— O que a traz aqui tão cedo? — Eram pouco mais de 8 horas da manhã e Stacy tinha esperado ganhar muitos minutos de tempo sozinha para organizar seus pensamentos e sua lista de possibilidades de desrevirginização antes que suas chefes chegassem e começassem a distribuir ordens.

— Estou atrasada, na verdade. Normalmente chego às sete — disse Taylor. — Acordo às cinco e meia, corro dez quilômetros e venho em seguida. Gosto do silêncio. Não posso fazer muita coisa com As Mulheres vagando no corredor. — As Mulheres, como a equipe as chamava, eram Janice Strumph e Fiona Chardonnay, as fundadoras e líderes da empresa.

Stacy assentiu enquanto sua colega falava, imaginando o exercício na madrugada de Taylor e o gigantesco top de esporte que ela precisaria para segurar aquilo tudo. Taylor se formara na universidade no ano passado e, num excesso de seleções, tinha sido convidada por dúzias de empresas de Internet antes de escolher a calcinhas.com como seu primeiro emprego. Stacy imaginou o pacote de opção de compras de ações que Fiona e Janice deviam ter oferecido para tirar Taylor da (pré-fusão) AOL e da (pré-afundamento) Amazon.

Apesar da atmosfera de fofocas na calcinhas.com (inevitável com as horas extras e o cappuccino grátis), Taylor ficava de boca fechada sobre sua vida fora do trabalho (como se houvesse tempo para uma coisa dessas). Stacy tinha reunido gotas suficientes de informação para encher um bebedor de passarinho:

Taylor tinha tido um namorado na universidade, viciado em computadores como ela (dito com admiração, não ridicularizando), que tinha se mudado para Grand Cayman depois de se formar para criar um site de jogos de Internet altamente lucrativo. Sua parceira era outra formada em Dartmouth, uma mulher que não era nem viciada em computador nem abençoada com as curvas abundantes de Taylor. Stacy e Fiona tinham visitado o site, casinoroyale.com, e examinado a fotografia dos dois magnatas dos jogos, acenando numa praia de areias brancas: ele, um gorducho sem camisa, bronzeado, boné de beisebol e bebendo piña colada; ela, magrela, de biquíni, vermelha de sol, sobrancelhas arqueadas, moreninha, com muitas pulseiras de tornozelo. Se a boa sorte vertiginosa pudesse ser captada digitalmente, essa fotografia granulada era o ideal.

Sempre que Stacy tinha inveja de Taylor (ela era jovem e talentosa demais), Stacy pensava no ex-namorado naquela alegria toda banhada de sol, com uma mulher que ele conhecera um dia antes de dar o fora em Taylor e desaparecer no paraíso. Não importava que Taylor alegasse que tinha "virado inimiga de todos os homens" sempre que Janice consumia metade de uma reunião de equipe desconstruindo seu mais recente encontro desmoralizante de sábado à noite.

Stacy só agora imaginava se Taylor a via como uma alma afim. Por todas as aparências, Stacy também tinha decidido esquecer os homens intencionalmente (uma das solteiras-por-opção de Gigi XXX). Stacy era reticente sobre sua vida pessoal (de antemão: nada a declarar). Taylor e Stacy compartilhavam a duvidosa ligação de abstinência — e também a proximidade biológica da menstruação. Talvez aquilo explicasse por que Taylor sempre se sentava perto de Stacy nas reuniões e escrevia bilhetinhos para ela em seu bloco de notas ("Que saco", "Me tira daqui", "Como as etiquetas de atalho para teclado se tornaram o centro da minha vida?"). Deus sabia que Taylor e Stacy não compartilhavam o amor pelos circuitos eletrônicos e gigabytes, nem por laços antigos e enfeites de cetim. Seu único território (infértil) em comum era a inatividade sexual.

Taylor era especialista, entretanto, em sublimação. O elevador subiu uns doze andares em segundos. Enquanto Stacy fazia seu sorriso tocar suas orelhas, Taylor tagarelou sobre correr, sobre como suas pernas tremiam com o esforço, seu coração batia, sua pele latejava por toda parte e depois como, em torno do quilômetro oito, acontecia a incrível liberação de endorfinas.

— É a melhor parte da corrida — explicou. — A explosão no final.

— Eu devia fazer mais exercícios — disse Stacy enquanto elas saíam do elevador no andar da calcinhas.com.

— Ajuda com os gases — acrescentou Taylor.

Stacy mancou pelo corredor até seu escritório, um sapato no pé, o outro na mão. Ela adorava essas sandálias com margarida no topo. Depositou sua bolsa e o *Post* na mesa e lembrou que não tinha café da manhã para tomar enquanto lia o jornal. Em vez de chorar por isso (ela poderia, facilmente), distraiu-se folheando um catálogo da Pottery Barn e pintando suas unhas de rosa. Fechando sua janela do tamanho de um basculante de banheiro para ficar só, importou um arquivo do Palm III para o seu iMac cor de amora. Soprando os dedos — esmalte fresco —, ela avaliou a tela.

LISTA DE HOMENS QUE NÃO PODEM DIZER NÃO

1. Brian. Ex-namorado. Vou ter de engolir um monte de conversa mole para ligar para ele de repente, mas sei como manipular (exemplo, cócegas no pescoço, carícia no braço, dizer a palavra com "T").
2. Stanley. Mau encontro libidinoso de abril. Ele não é repulsivo nem pegajoso; é galante e atencioso. Quando olha para a frente do vestido e lambe os lábios, penso: "Que gracinha."
3. Charlie. Amigo platônico. Poderia seduzir com a ajuda de um vinho e lágrimas/pedidos. Pode arruinar amizade. Preparar o discurso de "dia seguinte" em frases tipo "O que *aconteceu* na noite passada? Devo ter perdido temporariamente o juízo."
4. Match.com. Território de Janice. Preciso caminhões de coragem. Ainda não suficiente (em estoque, no mercado).

Ela brincou levemente, acrescentando o homem sobrancelha-única da deli em sua lista, mas concluiu que seria melhor ser uma revirginizada pelo resto da vida do que descer tão baixo.

No entanto o adorável entregador de pizza albaniano da Salvatore's não estava aquém da sua dignidade. Stacy, os dedos pousados no teclado, estava prestes a aumentar sua lista quando ouviu uma voz de mulher atrás dela.

— Eu uso garotos de programa — disse a voz. — Poupa tempo e energia, que seriam mais bem gastos no trabalho.

Stacy reconheceu o tom imperativo da presidente da calcinhas.com, Fiona Chardonnay, antiga especialista em desenvolvimento urbano da Heritage Foundation. Contraindo-se, Stacy virou-se para observar sua chefe. Fiona estava usando uma roupa apertada vermelha, meias pretas finas com costura aparente na parte de trás e saltos stiletto. Vestida para a noite às 9 da manhã, como sempre. Os cabelos ondulados de Fiona eram lustrosos e pretos; seu rosto, estranhamente sem rugas. Oficialmente, Fiona era uma garota de 45, mas devia ser anos mais velha (nas entrevistas, falava abertamente sobre a melhoria dos cosméticos e sua devoção ao Botox). Em relação à idade, apenas seu cirurgião plástico sabia com certeza.

— Venha comigo — disse Fiona e dirigiu-se para o corredor.

Stacy seguiu-a como uma escrava. Ela tinha de correr atrás de sua patroa — Fiona e seus passos largos — de pés descalços. O carpete parecia sintético sob os dedos. Sua lealdade a Fiona também era artificial. No início Fiona tinha parecido uma Deusa nas Alturas. Depois de cinco meses de declive, pós-ações na Bolsa, a fachada divina de Fiona estava se quebrando. Janice "Ainda estamos agüentando" Strumph trazia a queda das cotações das ações nas rédeas; Fiona não absorveu os golpes tão bem.

Sempre que o preço escorregava, ela convocava sessões de criação e fazia pedidos impossíveis à equipe. Stacy sempre odiara as reuniões particulares de improviso de Fiona. Elas sempre resultavam em horas de trabalho extra (muito do qual era jogado fora mais tarde) e no estado seguinte de prostração. Com um salário-base de 160 mil dólares por ano, Stacy não tinha outra escolha senão tratar Fiona como sua dona e senhora.

A "Dama Negra" (o apelido que a equipe dera a ela) entrou dentro do quarto de provas, onde cada corpete de renda, fio-dental e meia-taça era testado pela equipe de design de cinco pessoas (ninguém tinha chegado ainda). Trajes dependuravam-se de cabides, transbordavam de gavetas e ficavam em prateleiras de pilhas rendadas e coloridas. As estantes estavam lotadas com caixas Lucite de pérolas, taças, botões, botões de pressão, ganchos e tiras. Tecidos brilhantes e exuberantes estavam amontoados numa pirâmide no chão. Evitando o olhar levemente apavorante de Fiona, Stacy olhou-se na parede espelhada. Ela também estava usando uma roupa apertada vermelha — nada de meias (ou sapatos), mas seu esmalte Doce de Maçã combinava perfeitamente com o de Fiona. As duas mulheres eram quase da mesma altura. Stacy vestia tamanho 42. Fiona, que vestia um magro 38, ainda parecia maior. Maior que a vida.

Esperando dirigir a conversa a seu jeito, Stacy disse:

— Você viu o Agente Provocador esta semana?

O website rival delas de lingerie, agenteprovocador.com, tinha adicionado filminhos leves, com clipes de filmes pornográficos para expor seus novos modelos, tudo muito bem-feito. Stacy esperava mover a calcinhas.com naquela direção, para longe da apresentação de catálogo de supermercado com roupas de baixo para as massas.

— No mínimo — continuou Stacy — deveríamos conversar sobre nossas modelos. — No momento a calcinhas.com usava manequins humanos de baixo custo, garotas com corpos perfeitos e rostos de cachorro. O corte das fotos (sem cabeça) perturbava Stacy política e esteticamente.

Fiona pegou algumas peças de uma prateleira de bustiês e disse:

— Rede arrastão.

— Rede arrastão? — perguntou Stacy.

— Vai ser muito grande.

O estômago de Stacy se contraiu. Claro, Fiona não tinha escutado uma palavra do que ela dissera, nem faria a cortesia de fingir ter escutado. Obedientemente, Stacy perguntou:

— Uma linha de lingerie de arrastão?

— Sutiãs, calcinhas, camisolas, espartilhos — confirmou Fiona. — Quero uma combinação de rede arrastão. Penhoar de rede arrastão! Você pode ter seu precioso corselete, de arrastão, se quiser. Tudo em tecido bem forte. Tudo em cores metálicas, tecidos brilhantes. Muito futurista.

— Estou vendo — respondeu ela.

— O que você está vendo? — perguntou Fiona, com toda a atenção.

— Estou vendo o que você quer dizer? — tentou Stacy.

— Eu *estou vendo* arrastão na bunda pelada de todas as mulheres americanas, e parece bonito — disse sua chefe. — Se trabalharmos dez por cento a mais, vamos ter o produto por volta de setembro.

— *Este* setembro? — Aquilo parecia totalmente otimista. Normalmente eram necessários cinco meses para desenhar, produzir e colocar no mercado uma nova linha. Fiona queria fazer esta em dois e meio.

— A gente consegue — insistiu Fiona. — Vai ser grande. Anúncios na imprensa e na TV, e-marketing direto para milhões. Quero que você cuide disso.

Stacy engoliu em seco. No espelho, ela pôde ver o suor escorrer pela pele branca de seu pescoço e desaparecer sob a gola do vestido.

— Ano Arrastão 2001 — anunciou Fiona. — Você gosta?

— Não tenho certeza — disse Stacy.

— Não gosta de arrastão? — perguntou ela. — Eu gosto. Fim de conversa.

Stacy sacudiu a cabeça.

— Não, arrastão, na verdade, bem, é fresco. Mas não vamos conseguir fazer para setembro. Teríamos de trabalhar o dia inteiro...

Fiona interrompeu.

— Todos os empregados desta ou de qualquer outra empresa pontocom investem tempo, Stacy. É um requisito para o trabalho. O trabalho que pode tornar você milionária.

A chefe realmente acreditava naquilo. Stacy duvidava que o preço das ações voltasse a atingir o pico. Mas nesta economia *qualquer coisa* era possível. Com uma injeção de dinheiro e uma grande idéia (rede arrastão era uma grande idéia?), a calcinhas.com podia recuperar sua posição, que já fora forte, como a varejista número um de peças íntimas na web. O pensamento de trabalhar 18 horas por dia, os milhares de detalhes para cuidar, o horror daquilo tudo... ela não poderia fazer aquilo. Ela não faria.

— Arrastão é mais para a primavera, não acha? — arriscou Stacy.

Fiona encarou-a por uma batida de um, dois, três, quatro, cinco, seis, sete, oito, nove, dez. A cada batida, o pulso de Stacy dobrava de velocidade.

— Se precisa de mais tempo para a sua vida pessoal — disse a chefe —, você pode tê-lo. Integralmente.

A Dama Negra virou-se em seus saltos stiletto e saiu rebolando do quarto de provas. Mesmo enquanto o ar saía de seus pulmões, Stacy não podia deixar de admirar a bunda de Fiona — era como um pescoço de esquilo, redonda e estreita.

Sozinha agora entre os elásticos e contas, Stacy estudou seu reflexo no espelho — corpo esguio, cabelos longos e expressão chocada. Ela tinha acabado de perder seu emprego? E aquela era uma perspectiva tão horrível? Supostamente, 13 anos separavam Stacy e Fiona. Em que se transformaria a próxima década de Stacy? Fiona nunca tinha se casado. Era uma multimilionária (mesmo depois da queda das ações), vivia num loft de mil metros quadrados em TriBeCa. Ela tinha amigos famosos, era uma pseudocelebridade. Taylor acreditava que Fiona era infeliz em sua solidão luxuosa. Stacy desejava que Taylor mantivesse suas crenças ingênuas, teimosas e infladoras de ego para si mesma. A verdade óbvia para Stacy era que Fiona era feliz. Ela tinha tudo o que queria. Se mostrava qualquer aflição, era meramente um toque de medo de que sua vida de sonhos seria amaldiçoada pelos caprichos de Wall Street (vide esta reunião privada). Além do mais, Fiona fazia todos os esforços para espalhar sua felicidade, e sua riqueza, em torno dela, banhando sua equipe com presentes (subornos), almoços caros, viagens a Paris, Milão e Londres para os desfiles de moda de estação. Ela era uma mulher difícil e impetuosa, mas generosa. Inspirada. Stacy estava feliz por conhecê-la. A calcinhas.com era um bom trabalho. Era.

Triste, Stacy voltou para o seu escritório. A luz de recados piscava em seu telefone. Digitou a senha e escutou. A primeira e única mensagem era de Fiona, gravada segundos antes. Dizia:

— Acho que fui um pouco dura demais com você. Peço desculpas. Dei minha vida para essa empresa. Quando lhe peço que lidere um projeto, estou confiando minha vida a você. Enquanto eu estiver aqui, você será minha número três. Descanse uma hora. Vamos começar a reunião de Rede Arrastão 2001 às dez. Mandei um e-mail geral para a equipe. E ligue para este número: 555-6969.

Stacy não conseguiu deixar de se sentir aliviada. Ela ainda tinha seu emprego, além de uma hora de folga para se recuperar antes de ter de dizer “Como queira, Fiona” novamente. Enquanto isso, curiosa, Stacy discou o número que Fiona lhe sugerira.

Uma voz masculina profunda respondeu do outro lado.

— Acompanhantes executivos. Justin falando — disse a voz.

Um serviço de sexo. Fiona falava sério quando disse que usava garotos de programa. Stacy inspirou o oxigênio do seu escritório. Fiona realmente acreditava que Stacy ia contratar um encontro profissional. Aquilo era um insulto ou um gesto de camaradagem? Ambas as possibilidades horrorizavam Stacy (e a excitavam, suas emoções claramente confusas).

— Alô? — disse o homem no telefone.

Tateando e tremendo, Stacy desligou.

— Stacy, tem um segundinho? — Janice Strumph (“A Boneca”, como a “Dama Negra” de Fiona) inclinou-se para dentro da porta do escritório.

Stacy virou-se para encarar Janice, pequena e macia, a não ser pelos pés de corvo. Estava usando as calças e blazer cor de canela que eram sua marca registrada. O que não devia passar para conseguir o mesmo conjunto em tecidos diferentes para inverno, primavera e verão maravilhava Stacy.

— Gostaria de apresentar alguém a você — disse Janice, empurrando um jovem para dentro do campo de visão de Stacy.

No lugar onde Janice ocupara uma porção pequena da porta, esse garoto dominava o espaço. Seu físico extralargo bloqueava a luz que vinha do corredor. Ele crescia sobre Janice, um braço interminavelmente longo em torno de seus pequenos ombros. Apesar da extrema discrepância de tamanhos, o garoto tinha os mesmos cabelos louros de Janice, o rosto oval e pele branca. Eles tinham maçãs do rosto idênticas. Janice sorriu alegremente para ele, loucamente apaixonada pelo garoto. Stacy podia ver o porquê. Os jeans eram perfeitos para corpos masculinos de 20 anos.

— Este é meu filho — anunciou Janice, como se estivesse apresentando o presidente dos Estados Unidos. — Meu filho mais novo, Tommy.

— Tom — disse ele, estendendo a mão para apertar a de Stacy.

— Olá. — Stacy sorriu docemente. Ela ficou de pé (ele não era *tão* grande, na verdade só parecia ser quando ficava perto da mãe) e deu um aperto apropriado na mão dele. Pele suave com calos que arranhavam nas pontas dos dedos. — Você deve tocar violão — disse ela.

O garoto (Stacy sabia que ele era calouro na universidade em... onde era mesmo?, tentou se lembrar) disse:

— Toco numa banda na Northwestern.

Northwestern, claro, pensou ela.

— Em casa para as férias de verão. Que bom para você, Janice.

A Boneca fez uma cara zangada e disse:

— Ele está indo embora amanhã para a Inglaterra, e eu não vou conseguir nem almoçar com ele. Essa reunião vai durar horas.

Exatamente o que Stacy temia. Seria uma rodada interminável de idéias medíocres, bateção de cabeça e logística sugadora de energia. De volta ao vaivém ("Odeio meu emprego, adoro meu emprego, odeio meu emprego" etc.). Stacy tinha de sair fora. Ela já tinha chorado hoje uma vez e aquele era o seu limite. Fiona jamais a deixaria ir, especialmente depois do que acontecera no quarto de provas. Talvez Janice a desculpasse. Uma aventura arriscada: o balanço delicado de poder entre Fiona e Janice era precário. Dedos seriam pisados. Mas aqui estava — parecia — uma saída para a reunião e, bem possivelmente, para sua questão sexual.

— Sem tempo para o almoço? — disse Stacy. — Isso é horrível, Janice. Você não pode deixar um jovem vagando pelas ruas de Nova York sozinho durante horas e horas.

Tom riu.

— Cresci em Manhattan, Stacy.

Ela tentou flertar alegremente.

— As coisas mudaram desde que você foi para a universidade. Agora homens malucos jogam tijolos nas cabeças das pessoas. Picam as pessoas com seringas nas esquinas das ruas. O prefeito é republicano, sabe. Esta cidade está aterrorizante.

Tom lançou seus olhos azuis para Stacy de uma maneira que a encheu de confiança e coragem.

— É verdade, posso precisar de proteção — disse ele.

— Eu levo você para almoçar — anunciou Stacy. Ela notou um leve rubor na face curva de Tom, e um sorrisinho acompanhando.

Fosse Janice uma observadora casual desse jogo, teria visto o que realmente fora trocado entre as duas pessoas jovens e atraentes. Mas como Janice era mãe de Tom e chefe (*quase parente)* de Stacy, sua mente não conseguia medir o potencial incesto daquelas horas roubadas dela. Mas algo mais a fez dar uma pausa. Janice disse:

— Não tenho certeza se podemos fazer a reunião sem você hoje, Stacy. Mesmo por pouco tempo.

Stacy quase caiu.

— Um almoço rápido.

— Foi o que eu disse.

— Não vou prendê-la por muito tempo, mãe — disse Tom, com os grandes olhos pedintes de um filho favorito. — Prometo, vamos falar sobre você o tempo todo.

Capítulo Quatro

Terça-feira à tarde

— Minha mãe é uma piranha — disse Tom Strumph. — Eu a respeito por isso. Se houvesse mais piranhas no mundo, as estatísticas de estupro iam baixar. Estupros em encontros não iam existir. E eu até daria o grande palpite de que as vendas pornográficas iam entrar em queda livre.

Stacy e o garoto universitário estavam sentados no restaurante favorito dela, o Genki Sushi, no Midtown, na rua 43 com a Quinta Avenida. Tinha levado apenas dois minutos para convencer Janice, a mãe de Tom (a piranha), a concordar em liberar Stacy durante uma hora de uma reunião planejada para o dia inteiro na calcinhas.com. Em troca, tudo o que Stacy tinha de fazer era entreter seu filho mais novo.

— Sou um grande advogado dos direitos das mulheres — continuou Tom. — E o fato de alardear o direito das piranhas não significa que as mulheres devem se colocar à disposição dos homens. Que elas devem abrir as pernas sempre que um homem mostrar o mais leve interesse em sexo. Você já leu *A tribo da caverna do urso?* As mulheres das cavernas eram obrigadas pela lei pré-histórica a cair de joelhos, no estilo cachorrinha, sempre que um homem das cavernas grunhia e apontava para o chão. Isso é barbarismo! Eu jamais ia querer que as mulheres agissem assim. Qualquer homem que queira isso é um porco. Mas a *Tribo* é realmente um livro divertido. Você devia ler um dia.

— Vou ler. Parece fascinante — disse Stacy.

Como tinha a conversa chegado ao assunto de sexo casual? Stacy não tinha certeza, mas ela estava satisfeita por ter chegado lá. Fazer sexo casual com esse homem/garoto era uma idéia fixa em sua mente desde que o convidara para almoçar. Talvez Tom pudesse ler seus pensamentos.

Mas pensar não era fazer. Desde o momento em que se sentaram na bancada de *serpentine* do restaurante, Stacy estava em dúvida se podia realmente continuar com outra tentativa de sedução. Um encontro diurno com um cara que ela conhecera havia apenas duas horas? Certamente Stacy já tinha feito sexo anônimo. Muito. Mas Tom não era exatamente um cara sem código postal. Ou anônimo. Havia conseqüências. Ele era filho da sua chefe. Por outro lado, Tom estava indo embora do país no dia seguinte para ficar seis meses (uma vida inteira aos olhos de um cara de 20 anos). Ela devia ser capaz de entrar e sair (isso mesmo) sem risco.

Tom continuou com o seu sermão.

— O fato é que — disse ele — qualquer mulher pode dar para qualquer cara em qualquer segundo de qualquer dia. Você pode chegar para qualquer cara e dizer "Me come", e ele vai largar qualquer coisa que esteja fazendo e vai comer você. Eu escuto as mulheres reclamarem por não fazerem sexo ou não serem capazes de encontrar um cara para ficar. Eu já disse antes e vou dizer agora: se uma mulher não fizer sexo suficiente, é culpa dela mesma. Ou seus níveis de exigência são muito altos, ou ela não sabe que é uma lésbica reprimida.

Uma bandeja móvel correu por cima do balcão, carregando pequenos pratos de sushi. Os pratos eram coloridos e codificados por preço. A conta de uma refeição era calculada somando quantos pratos de cada cor alguém pegava. Tom já tinha pegado três amarelos (4 dólares), quatro brancos (6), cinco verdes (3) e um vermelho (7). Ele tinha provado quase todos os tipos de sushi disponíveis naquele dia — atum, carne de caranguejo, enguia, salmão sem pele, yellow tail, urchin e ovas, entre outros — bem como rolinhos Califórnia crocantes como *edamame*. Stacy, discreta e feminina, tinha uma pilha de apenas quatro pratos. Ela não tinha confirmado com Janice, mas planejava pedir reembolso. O total já estaria em mais de 100 dólares agora, e Tom não dava nenhum sinal de estar diminuindo o ritmo.

— Não é possível que a mulher tenha colocado o sexo dentro de uma concha? — arriscou Stacy. — Que ela simplesmente o tenha esquecido durante um tempo?

— Se essa mulher tivesse mesmo uma libido, não vejo como poderia esquecer isso. É como esquecer de comer, dormir ou respirar. Sexo é um imperativo biológico. Nossos corpos estão programados para desejar sexo e pensar em sexo o tempo todo. — Tom, amante de declarações fortes, fez outra: — Se uma mulher consegue esquecer o sexo, ela é frígida.

Stacy mexeu o gelo de sua água com o dedo.

— Sua teoria sobre como é fácil para uma mulher conseguir fazer sexo presume que ela tenha coragem, falta de vergonha e desejo de pedir abertamente ao cara. Por exemplo, se uma mulher...

— Você? Eu só estou insistindo em detalhes porque *é* relevante se a mulher é uma gata. E você é a mulher mais gata com mais de trinta anos que eu vejo em muito tempo. Sempre. Mesmo com menos de trinta.

— Que bom ouvir isso — disse Stacy. — Então o que você está dizendo é que eu, Stacy Temple — uma lésbica frígida enrustida? —, poderia ir direto ao Tony McGuinty...

— Quem?

— Tony McGuinty. O ator de *Tempestade de granizo? Gorgeousville? Cachorros superpoderosos?*

— Nunca ouvi falar.

— Bem, ele é muito bonito.

— Ajudaria muito, para que eu consiga enxergar a cena, se você pudesse pegar um homem que eu conheça. Que tal Derek Jeter?

Stacy não tinha paixão pelo jogador dos Yankees. Ela tinha certeza que era um garoto legal, muito jovem, rico e talentoso. Mas não dizia nada a ela.

— Eu jamais pediria sexo a Derek Jeter.

— Este é o ponto. Você não pode ficar intimidada. Ele diria sim. Qualquer cara daria uma olhada em você e diria sim para qualquer coisa. Ele diria sim para assinar embaixo de suas economias de vida inteira. Ele diria sim para matar. E tudo o que você estaria pedindo a ele seria uma boa trepada.

Ela tinha quase certeza de que jamais pediria *aquilo*.

— Na noite passada um homem me disse não.

Tom se revirou e quase caiu de seu banco, chocado.

— Deve ser gay.

— Isso passou pela minha cabeça.

— Claro que é uma bicha — disse ele. — Mas pelo menos você tentou. Isso é um passo na direção certa para todas as mulheres. Se eu fosse corajoso o suficiente para elevar o poder sexual de uma mulher a um nível mais alto, político...

— Você pode.

— As mulheres iam mandar no mundo se fizessem mais sexo casual.

— Parece um excelente tópico de dissertação — disse Stacy.

— Se as mulheres quisessem dormir com os homem só por quererem, sem se preocuparem se o cara ia respeitá-las, ou se corresponde a suas expectativas, ou se tem dinheiro suficiente, elas teriam controle total sobre os homens e portanto iriam governar a Terra. Além do mais — acrescentou Tom —, elas seriam mais felizes. Minha mãe dorme com um cara diferente por mês. Ela tem mais ação do que metade de minhas amigas na escola. Espero me divertir assim quando eu tiver quarenta e nove.

Stacy não acreditava que Janice estivesse se divertindo. Na verdade, ela tinha muita certeza de que sua chefe era solitária e deprimida. Mas a pobre opinião de Tom sobre sua mãe não era problema de Stacy. Pelo que ela sabia, Janice escondia suas dores de seus filhos. Talvez aquela fosse a coisa certa e própria de se fazer. De qualquer maneira, Stacy não corrigiria Tom em sua falta de entendimento de Janice. Seu único objetivo, naquela terça-feira de julho, era tirar vantagem total da situação e do garoto. Suas teorias sobre mulheres pedindo sexo pareciam pesar no ar. Ela imaginou como ela o embaraçaria profundamente se o fizesse pesar ainda mais.

— Todos os caras na universidade são tão preocupados com o lugar correto da mulher no universo? — perguntou ela.

— A igualdade de gêneros é bem maior em minha lista de coisas que devem ser consertadas — disse ele.

Enquanto ele pegava outro prato branco (polvo e cebolinha enrolados) da bandeja móvel, Stacy disse:

— Não saio com muitos homens que adoram sushi.

— Eu amo. Comeria peixe todos os dias — disse ele e piscou para ela.

— Sexo casual e peixe cru para todos — disse Stacy, interpretando a nova crença de Tom.

— Amém para isso — disse ele, elevando um bolo de arroz, tentáculos e algas marinhas antes de enfiá-lo em sua boca.

Stacy observou-o mastigar, os lábios levemente abertos. Sexo por amor ao sexo. Isso era o que ela estava pensando consigo mesma. Deus sabia que ela tinha feito aquilo muitas vezes antes sem escrúpulos. Era uma tarefa valorosa, um ato mundano e nobre. Ela não devia sentir culpa ou hesitação. Stacy ainda tinha trinta minutos de sua hora de almoço e podia esticá-la por mais quinze se precisasse. Melhor não pensar sobre essa parte de cérebro limitado, intolerância ou maneiras de porco à mesa, pensou. Mantenha o foco em sua esplêndida disponibilidade.

— Você é uma graça, Tom — anunciou ela. — E eu concordo inteiramente com a idéia de que as mulheres deveriam fazer tanto sexo casual quanto possível. Na verdade, no que me diz respeito, as mulheres deviam agarrar com as duas mãos qualquer oportunidade que se apresentasse.

Ele fez uma pausa e depois engoliu com dificuldade.

— Você concorda comigo?

Ela assentiu.

— Ah, claro. E, ouso repetir, acho você muito atraente.

— As feministas no campus não concordam — disse ele. — Elas acham que minhas teorias são ofensivas. E algumas mulheres — ele encarou Stacy — acham que o meu compromisso com a igualdade entre os sexos é só um pretexto que uso para transar.

Ela precisava bater na cabeça desse garoto com um rolo maki? Stacy colocou a mão no braço de Tom.

— Eu quero você, Tom. Quero tanto você que chega a doer. Estou sofrendo fisicamente com a gigantesca quantidade de desejo que sinto por você, Tom, neste momento exato.

Ele encarou o rosto em forma de coração de Stacy, chocado (e, pelo que parecia, horrorizado), antes de gritar "A conta, por favor!" para a mulher que estava pegando os pedidos de bebidas. Para Stacy ele disse:

— Vamos para a minha casa — e engoliu o último de seus jarros de saquê.

— A casa da sua mãe na cidade? — perguntou ela, calculando o tempo de viagem de ida e volta ao Village.

— Estou no Regalton Hotel — disse ele.

Stacy pagou a conta (guardando cuidadosamente a nota) e eles andaram os três quarteirões até a rua 44 Leste.

O Regalton Hotel abrira em 1992, o mesmo ano em que Bill Clinton tinha se tornado presidente. Com espírito democrata, o saguão era generosamente iluminado com castiçais cor de âmbar que faziam qualquer pessoa parecer elegante, magra e sépia. Havia uma lenda de que uma certa cantora superstar, nos dias pré-gravidez, quando se arrastava pelas noites, regularmente estourava pelas portas sem identificação de couro preto com dois ou três homens latinos, desaparecia nos elevadores espelhados e apertava o botão de parar entre os andares. A gerência, discretamente, isolava o elevador ocupado e dirigia os hóspedes do hotel para os que estavam livres. Depois de uma hora, mais ou menos, o elevador chegava ao lobby, ejetando os homens num túnel de luzes lisonjeiras com cupons para uma refeição grátis no restaurante francês quatro estrelas do hotel, o Lebre de Veludo. A estrela, enquanto isso, retornava para sua suíte na cobertura, sozinha, até emergir dos elevadores espelhados sozinha de manhã bem cedo — descansada, limpa e pronta para correr 16 quilômetros em torno do Central Park, cercada por guarda-costas e trainers (um dos quais se tornou o pai de sua filha).

Stacy há muito pensava que o saguão todo preto, com paredes destacadas por um vermelho brilhante, espelhos com molduras laranja e amarelas, sofás de veludo com almofadas azuis e roxas e tapete preto fundo que engolia saltos altos seria o lugar perfeito para encontrar um amante para uma hora de amor clandestino no horário do almoço. E aqui estava ela, fazendo exatamente aquilo. Era ótimo. Como estava satisfeita! Não apenas se livraria da ameaça da revirginização, mas faria isso em grande estilo.

Tom levou-a para um elevador à esquerda. Assim que as portas se fecharam, as luzes fantasmagóricas negras ricochetearam nas paredes espelhadas. O corajoso Tom colocou suas mãos nos ombros de Stacy e inclinou-se para o que seria seu primeiro beijo em quase um ano. Tom era um garoto grande e Stacy, de saltos, tinha a altura ideal para inclinar seu pescoço apenas suavemente para receber seus lábios.

Seu coração, seu pulso. A umidade no espaço entre seu lábio superior e seu nariz. Stacy não sentia essas mudanças corporais — excitação — há tanto tempo que o efeito era desconfortável, como se tivesse de comer um prato muito cheio. Enquanto a boca de Tom se aproximava como um buraco negro se aproximando de um planeta pequeno e fora do mapa, Stacy fechou os olhos. Ela não podia olhar. Seria um ataque úmido e molhado.

Poderia dar horrivelmente, horrivelmente errado. Os nanossegundos passaram como microssegundos, e aí então, o contato. Ela estava sendo beijada por um homem. Os lábios dele estavam espremidos secos contra os dela, e ela sentiu o grande alívio de mil quilos de pressão quebrarem-se em uma montanha de palitos de fósforo.

Stacy emitiu um som, um gemido que desejou que pudesse engolir de novo garganta abaixo.

— Você tem uma bunda maravilhosa — disse Tom, e levou suas mãos da segurança dos ombros dela para o dito bumbum. Ela esquivou-se um pouco da agarração, momentaneamente não convencida de que ela o conhecia bem o suficente para ser tocada daquela forma bruta.

Salva pelo gongo. As portas do elevador se abriram e Tom descolou os lábios do seu rosto e as mãos dos seus quadris. Ela abriu os olhos e olhou para sua nova conquista, que estava sorrindo docemente como se ela tivesse lhe dado o brinquedo que sempre quisera no Natal. Ele era inofensivo, ela se deu conta. Nada a temer. Podia ver isso. Ela era uma mulher sofisticada e auto-realizada com um problema que tinha uma solução clara e presente. Não seria necessário coragem, considerou. Só determinação.

Eles andaram pelo longo e escuro corredor de mãos dadas. Tom flutuou ao lado dela. Apesar da capacidade ilimitada de alguém com vinte e poucos anos de fantasiar, Stacy tinha certeza que ele não podia ter planejado que um coito de meio-dia seria o resultado de acompanhar sua mãe ao escritório. Ela deu uma olhada no relógio. Eles tinham confortáveis 25 minutos antes que Janice e Fiona mandassem um esquadrão de busca e resgate.

— Este é o meu quarto — disse Tom. Ele passou o cartão de plástico na fechadura e a porta negra se abriu. Tom colocou as mãos nas costas dela para conduzi-la para dentro do quarto. O fedor a manteve no corredor. Tom notou isso também e se desculpou:

— Não estava cheirando assim quando saí de manhã.

Ela respirou pela boca e eles entraram. No chão Stacy pisou em restos do serviço da noite passada (hambúrgueres e salada de taco, imaginou). Nas mesas, cinzeiros cheios transbordavam com guimbas de charutos e cigarros. Garrafas de cerveja semivazias por toda parte. No aposento de três camas, estavam largados os corpos de seis rapazes, alguns dormindo sentados com os pés sobre a mesa, todos sem camisa ou com roupas manchadas de suor, ketchup e cinzas.

— Alguns amigos que estão por aí? — perguntou ela.

— Achei que eles já teriam ido embora agora — respondeu Tom. — E que o pessoal da limpeza já teria limpado tudo. Talvez a gente devesse ir embora. Podemos pegar um táxi para a sua casa?

Stacy olhou novamente para o relógio. Não dava tempo. Fiona ia cuspir bile se chegasse atrasada demais. Só de pensar em trabalho e em sua chefe, sua confiança começou a minar. Tom, envergonhado com a bagunça, pareceu perceber sua distração. Ele tinha um beicinho bonitinho.

— Tem um quarto de dormir? — perguntou ela.

Ele assentiu.

— Não tenho certeza do que vamos encontrar lá dentro.

Eles abriram caminho na direção dos fundos da suíte. Stacy teve de pisar nas fatias de picles e batatas fritas esmagadas no tapete. Tom deu uma espiada no quarto e rapidamente fechou a porta.

— Não é bom — disse.

Stacy empurrou-o para longe e abriu a porta. Na cama, com a bunda em lençóis azul-marinho, espalhava-se um garotão nu. À sua direita, parcialmente coberta pelas roupas de cama, estava deitada uma garota. Seus cabelos espalhados e a maquiagem borrada faziam-na parecer o Palhaço Whorey. Ela usava bijuterias grandes nos pulsos e tornozelos. OU aquilo era... esqueça as bijuterias. Digamos que fossem grilhões de velcro. A massa à sua esquerda se moveu. Outro universitário levantou-se cambaleando. Deu aquela levantada cambaleante. Ele murmurou suavemente "Minha cabeça". O som de sua dor mexeu com seus companheiros de cama. Stacy, silenciosamente, fechou a porta.

— Banheiro? — perguntou ela.

Teimosa, Stacy se agarrava à esperança, mas a fronteira frágil da oportunidade estava muito fina para ficar de pé. Ela balançou suas mules com força. Se o banheiro não estivesse cintilando de limpo, resolveu, teria de desistir.

Tom apontou para a porta que ficava do lado oposto ao de uma pequena cozinha. Ela se lançou para a frente. O cromo da pia brilhava de limpeza. Ele refletia o brilho vermelho de sua pedicure. A banheira estava seca, sem uso, branca, com uma forma redonda e grande o suficiente para banhar um bebê búfalo.

Tirando os sapatos, Stacy entrou na banheira. Ela disse para Tom:

— Tranque aquela porta — e acenou para ele entrar.

Ele chutou seus tênis e pulou a borda da banheira, quase escorregando em suas meias. Ele agarrou Stacy pela cintura e pressionou-a contra seu peito, beijando-a com força no rosto e no pescoço. Sem aviso, abriu os lábios dela com a língua e começou um determinado ataque lingual. Depois de dois minutos desse frenesi oral, Tom, sem cerimônia, abriu seus jeans e os deixou cair até os tornozelos.

— Sem pressa — disse ela, doendo de nervosismo e com um o-que-estou-fazendo? vindo à superfície. Mesmo que a barriga de Tom fosse reta, lisa e dourada como uma praia.

— É você que está olhando para o relógio toda hora — disse ele, enquanto suspendia seu vestido e arrancava sua calcinha.

Ela olhou para o relógio de novo. Quinze minutos. Olhou para a tenda na cueca samba-canção de Tom. A ausência de romance aqui tinha de contar a favor dela, pensou. Ela devia ficar orgulhosa de sua bravata. Seria uma história engraçada durante três ou quatro meses, a comida espalhada no carpete, os morcegos e bolas na cueca de Tom, o toque suave de Ajax no chão da banheira. Mas agora, enquanto deixava Tom virá-la e ela se apoiava contra a parede de azulejos com as mãos, Stacy estava pressionada (literalmente) para encontrar um único aspecto agradável naquilo. E aí aconteceu o ruído na maçaneta do banheiro.

Tom, respirando pesadamente, gritou: "Sai fora!" para quem quer que estivesse agora batendo com força. Ele procurou entre as pernas dela e a tocou. Ela não podia negar a emoção. Mãos masculinas em seu corpo. Sua pele quase saltava. Ela posicionou os pés na linha de abertura de seus ombros, pronta para Tom fazer a parte dele pela igualdade dos sexos.

Mas nada aconteceu. Novamente ele usou a mão, fazendo com que ela ficasse ainda mais preparada. Mas segundos se passaram sem Tom fazer sua parte. Tom praguejou baixinho. A batida na porta era agora um pulsar ritmado. Stacy perguntou educamente:

— Algo errado?

— Ahhh. Eu... isso nunca me aconteceu antes.

O sangue acelerado de Stacy freou bruscamente. A frase que todo homem teme ouvir: "Ainda está dentro?" A frase que mata uma mulher: "Isso nunca me aconteceu antes." Stacy virou-se. Ambos olharam tristemente para o que poderia ter sido.

— Quero tanto você — disse ele desesperadamente. — Mas essa correria. Estou travado. É esse idiota. — Ele apontou para a pulsação da porta do banheiro. — Você tem que me dar mais uma chance! — Mas ver Tom enquanto ele tentava e falhava na tentativa de restaurar seu orgulho, e ver a si mesma, a calcinha esticada entre os joelhos, o vestido levantado até a cintura? Ela não estava tão desesperada assim.

Stacy ajeitou suas roupas, saiu da banheira e colocou os sapatos. Ela sorriu (um gesto de infinita generosidade, pensou) e disse:

— Tenho de voltar ao trabalho.

Ela abriu a porta do banheiro. Um jovem quase nu estava se aliviando na minipia sobre o minibar. Stacy passou por ele rapidamente. Tom levantou os jeans e começou a ladainha.

— Por favor, Stacy, me encontre hoje à noite. Não vou deixar você na mão. Tem que dizer sim — implorou.

— Já tive todo o poder feminino que podia agüentar num dia só — disse ela, e saiu.

Ela não ia se culpar. Seu equipamento tinha funcionado bem. Mas o ferrão dele! Um impotente de 20 anos. Quem já tinha ouvido contar algo assim? Enquanto corria de volta para o trabalho, Stacy decidiu não contar a Charlie sobre o episódio humilhante, mesmo embora ela tivesse certeza de que ele lhe forneceria um discurso confortante tipo "Isso acontece com todos os caras", "Você descobriu meu segredo" e "Ele estava meio fora de seu ambiente". Não havia necessidade de procurar garantias. Ela ia, ao contrário, apagar toda a experiência de sua memória. Ela precisava de segurança. Ela precisava de uma coisa sólida (nada de balançar o Molinho do sr. Tom). Um homem bom era difícil de encontrar. Mas ela sabia exatamente onde encontrar um durão eterno.

Capítulo Cinco

Terça-feira à noite

A transformação mental de Stacy — de nunca pensar em sexo para só pensar naquilo — foi sísmica (embora, para ser precisa, sua mente estivesse com mais fixação na busca do sexo do que no ato em si). Seu placar até agora: 0 x 2. Primeiro, uma rejeição total de Jason, e depois o despencar fulminante das mercadorias flutuantes de Tom (seu espírito estava querendo, mas a carne estava mole). Nunca em sua vida ela tinha trabalhado tão duro por tão pouca ação. Como mulher, Stacy estava pré-programada para se culpar quando qualquer coisa desse errado (conscientemente ou não). Ela tinha de pensar: Sou eu? É esse o meu destino? Certamente, em algum momento no futuro, ela faria sexo de novo. Não conseguia imaginar passar mais 50 anos intocada. Mas a possibilidade era real: ela podia ficar solteira pelo próximo período de uma década. Poderia dar seminários para o *Learning Annex* intitulados "Abrace seu ego sem sexo já que ninguém mais faz isso". Ou "Técnicas de masturbação avançadas para os deficientes sexuais". Ou mesmo "Solteira e sem filhos: maldita ou cuidadosa?"

Não é necessário dizer que Stacy estava imprestável à tarde, na reunião da calcinhas.com. Assim que entrou na sala de reuniões para se juntar às outras e sentar-se à grande mesa em forma de tartaruga, Janice começou com as perguntas. Ela tinha de saber *tudo* o que tinha acontecido no almoço com o seu precioso e querido garoto. Stacy tentou adivinhar se mãe e filho tinham um relacionamento saudável.

— Comemos sushi e depois caminhamos um pouco — disse ela, safa.

— Aonde vocês foram? — perguntou Janice.

— Ali pelo Midtown.

— Pararam em algum lugar?

— Só andamos.

— Está fazendo uns quarenta graus do lado de fora — disse Janice.

Stacy assentiu.

— Estávamos quentes. — Não, isso não. — Estávamos esquentando. — Ai, meu Deus. — Entramos e saímos das lojas por causa do ar-condicionado.

— Então você fez algumas compras — disse Janice, um tanto excitada demais.

Stacy lembrou-se, com uma pancada de cilindros em seu cérebro, que o aniversário de Janice estava chegando. Um grande aniversário. Aquilo seria enorme.

Sorrindo com malícia, Stacy disse:

— Não deveria dizer mais nada. Não quero estragar a surpresa.

Se Tom esquecesse o aniversário de 50 anos de sua mãe na sexta-feira, agora ele estava na cabeça de Stacy. Ela digitou um lembrete em seu pad para ligar para o hotel mais tarde e deixar um recado para Tom.

À sua direita, no fim do rabo da tartaruga, Taylor Perry espiava o lembrete de Stacy para si mesma. Em seu próprio pad, Taylor escreveu: "Você não perdeu nada."

Stacy esperava que Taylor estivesse se referindo à porção de hora de almoço da reunião da equipe, e não a seu encontro frustrado com Tom.

Fiona ficou de pé na cabeceira da Tartaruga.

— Vamos voltar às idéias de como chamar a linha de rede arrastão. Eu gosto de Coleção Arrastão 2001. Alguém mais?

Silêncio a princípio, como sempre. Rabiscos furiosos de canetas no papel. E aí, a meia dúzia de mulheres no aposento começou a gritar sugestões.

— Arrastão mágico.

— Jogando a rede.

— Vou pescar você.

— Um novo look.

— Arrastão monstro.

— Buraco da rede.

— Stacy? — Fiona perguntou impaciente. — Não escutei você falar.

— Que tal... — Stacy começou, tentando fazer sua atenção voltar para o assunto em questão. — Que tal: Em que rede você me pegou?

Risinhos nervosos em torno do aposento, ecoando nas paredes. Lá ia ela de novo, as palavras saindo de sua boca antes que seu editor interior pudesse interrompê-la. Ela contraiu-se na cadeira de couro. O capacete negro dos cabelos de Fiona parecia se expandir de fúria. Seria possível que Stacy estivesse propositadamente deixando sua chefe furiosa?, imaginou. Era como um lobo numa armadilha, mordendo sua própria pata para salvar sua alma, sua vida?

— Será Coleção Arrastão 2001 — disse Janice, tentando cortar o pavio que queimava da bomba de Fiona. — Por que continuar, se já temos um vencedor? Vamos partir para design e produção. Senhoras? Idéias?

A equipe de design tinha uma lista para apresentar. Enquanto o chefe do departamento tagarelava sobre tecidos metálicos, Taylor, que não tinha nada a ver com quaisquer assuntos de produção, rabiscava animadamente em seu bloco. Stacy estava impressionada com a rapidez com que escrevia. Aí Taylor empurrou o bloco na direção de Stacy. "Em que rede estamos todas presas", dizia o bilhete. "Tenho pensado em minhas opções, pessoais e de trabalho. Deveríamos sair juntas logo, para conversar. Gosto do jeito que você pensa. Gosto de você também."

Stacy engoliu em seco, colocou uma marca sobre a palavra "logo" e retornou o bloco para Taylor. Stacy ousou olhar para sua colega que estava de frente única, sem sutiã. Taylor estava sorrindo timidamente, fazendo círculos na marca de Stacy várias vezes, até que a tinta fizesse uma grossa mancha no bloco. Certo, pensou Stacy, aqui estava uma nova informação para ser processada. Taylor teria declarado guerra a todos os homens porque preferia *mulheres*? Seria ela uma Nova Lésbica? Mais importante, uma diversão mulher-com-mulher (não que ela já tivesse feito aquilo, ou querido aquilo — mas não estava em condições de ser exigente com idade, qualidade, estabilidade ou gênero de seus namoros) iria se qualificar como um evento desrevirginizante?

— Stacy — gritou Fiona. — Lista de preços!

Tateando em busca de sua lista impressa de propostas de preços, Stacy sentiu as orelhas queimarem. A temperatura delas não voltou ao normal durante boa parte daquela hora. A reunião continuou, sustentando sua tensão aguçada pelo resto da tarde. Nada mais foi resolvido, a não ser a brutal distribuição de tarefas. Enquanto Stacy andava com moleza (essa palavra, não) de volta para o seu escritório, contou 37 itens em sua lista de afazeres, do lugar-comum (negociar com importadores, contratar modelos) ao criativo (inventar nomes sensuais para cada camisola, baby-doll, meia-taça e corpete da nova linha). Provavelmente, na criação, ela se prenderia à lista preferida de vocabulários de Fiona, incluindo palavras como Encantadora, Caçadora, Indecente e Selvagem.

Mas nada de tecidos e roupas espalhafatosas hoje à noite. Ela estava exausta com a correnteza inabalável de desaprovação de Fiona. Stacy atirou silenciosamente batons e Altoids dentro da sua bolsa de palha. Começou a desligar seu iMac. Na mesa, num bloco de Stickies, estava sua outra lista, pessoal, de afazeres. No topo, em vermelho, em letras maiúsculas: V DIA, 23 de JULHO. Estava tão cansada e abatida para dar um telefonema? Seria algo emblemático de sua lamentável situação sexual o fato de que ela estivesse sempre tão cansada e abatida no final do dia de trabalho? Não hoje, prometeu a si mesma.

Com vigor renovado (alcançado por obrigação, mas era o melhor que podia fazer), Stacy procurou o telefone. Ela discou um número antigo em sua memória.

Ring, ring ring. Quase desligou, mas ele respondeu com um alô fraco.

— Brian? — disse ela.

— Stacy? — perguntou ele, surpreso.

— Estava dormindo? — Eram apenas umas oito horas.

— Que estranho. Eu estava sonhando exatamente com você.

Eles tinham sido felizes no início, sem muito questionamento, de uma maneira confortável. O som familiar da voz de Brian fez seu coração se apertar. Ela disse:

— Estou com saudade.

Nesse momento sentiu um aperto sincero pelo que tinham vivido quando estavam juntos. Nunca fora amor verdadeiro, mas houvera ternura. Ela queria sentar-se no colo dele, deitar os cabelos em seu ombro e chorar com grandes soluços.

— Você está legal? — perguntou Brian.

Ela lembrou disso a respeito dele: era um cara sensível. A conhecia bem. Podia intuir exatamente o que ela estava sentindo. Só para ter certeza, Stacy respirou fundo e disse:

— Brian, estou com tesão.

O telefone ficou mudo por um instante. Depois ele disse:

— É melhor você vir pra cá.

Stacy ficou de pé do lado de fora do apartamento de Brian, na rua 72 Oeste, até o pescoço de nostalgia. Essa esquina, esse prédio. Eles nunca tinham morado juntos, mas ela passara várias noites por semana na casa dele durante três anos seguidos. As lembranças inundaram os seus sentidos: o cheiro do restaurante Papaya King do outro lado da rua; a visão do nome dele no botão da campainha; as paredes frias de mármore no saguão; o som das batidas dos seus saltos enquanto ela andava na direção dos elevadores; o gosto de batom enquanto ela o reaplicava do lado de fora do apartamento. Era como se o ano não tivesse passado sem ele. Como se ela estivesse chegando, irritada e cansada depois do trabalho, como tinha feito centenas de vezes.

Antes que tivesse a chance de bater, a porta se abriu. Brian agarrou Stacy pelo pulso e enlaçou-a em seus braços. Seu abraço era como completar um ciclo. Ela mergulhou em seu peito musculoso, cheirando a camisa dele.

— Você está cheiroso — disse ela.

— Gosta? — perguntou Brian. — É Eau d'Clorox.

Ela afastou-se e fez uma avaliação do seu ex. Ele tinha engordado uns quilinhos. E precisava desesperadamente se barbear. Seus cabelos estavam longos demais e sua camisa tinha manchas de café.

— Você parece bem — disse ela. — Bem demais para comer.

— Quer jantar? — perguntou ele, fazendo um gesto na direção da pequena cozinha ao lado da sala. — Posso fazer uns ovos mexidos. Umas torradas, do jeito que você gosta. — As tentativas de cozinhar de Brian nunca tinham passado do café da manhã.

Stacy sacudiu a cabeça.

— Eu disse que estava com tesão, não com fome.

— Calma, garota — disse ele, dando aquele sorriso torto pelo qual ela tinha ficado caída na noite em que se conheceram, num bar a algumas quadras dali, num fim de noite, quando ela estava mais perto de cair de bêbada do que já estivera (nunca mais, ela prometera a si mesma depois daquela ressaca, iria subestimar o poder de um Kir Royale). Pela manhã, ela mal conseguia lembrar-se do que tinha acontecido e não fazia idéia de como tinha acordado num quarto estranho. Para seu grande alívio, ela olhou sob os lençóis e se descobriu vestida. Estava usando uma complicada camisa-envelope da Banana Republic. Não acreditava que um homem hetero — certamente não o mauricinho totalmente americano que segurava duas xícaras de café preto e sorria docemente no pé da cama — pudesse descobrir como tirar aquela camisa e colocá-la novamente com os cordões formando um perfeito laço em seu quadril. Ela aceitou o café. Ele desceu com mais facilidade do que a descrição mortificante de Brian sobre o seu comportamento na noite anterior. Agradecida por sua proteção generosa e pura, Stacy pediu a Brian que viesse para a cama com ela. Eles dormiram durante muitas horas. Quando acordaram, tomaram banho juntos e fizeram planos para o seu primeiro encontro de verdade.

— Se lembra da noite em que nos conhecemos? — perguntou ela agora, quatro anos depois.

Brian assentiu com a cabeça e depois espirrou forte. Tirou um lenço usado do bolso e assoou com força.

— Resfriado de verão — disse. — Já está no fim. Agora não é mais contagioso.

Stacy tinha a mania de evitar pessoas doentes. Quando ficava resfriada, ela se tornava uma confusão de assoadas: seu nariz dobrava de tamanho com a inflamação, seus olhos lacrimejavam, seus cabelos ficavam lisos e gordurosos por conta da negligência. Ela tinha de tomar uma overdose de equinácea e vitamina C, mas os germes se agarravam à vida fácil dentro das membranas do organismo de Stacy, fazendo com que qualquer doença, pequena ou grande, durasse muito. O gosto de muco de um resfriado ficava fresco em suas cavidades nasais durante semanas. Ela odiava ficar doente. Enquanto observava Brian assoar o nariz com um lenço, deixando resíduos visíveis do espirro,

Stacy soube com certeza absoluta que ele deixaria milhões de germes indetectáveis pelo caminho. E se ela fosse beijar aquela boca, eles andariam por sua língua e entrariam dentro dela, simplesmente muito felizes para se instalarem lá, construírem uma colônia e multiplicarem-se até que estivessem controlando todas as células de mucosas em sua cabeça e seu peito. Mas, naquele dia de julho, Stacy estava querendo arriscar a pele delicada e fina de suas narinas, o brilho de seus cabelos e a liberdade de movimentos sem um Kleenex grudado ao rosto. Ela faria aquele sacrifício.

— Não faço sexo desde a última vez que nos vimos — confessou.

Brian levantou uma sobrancelha.

— Estou surpreso — disse.

— Já faz quase um ano — disse ela, pronta para dar uma explicação. Afinal, era falta de educação aparecer na porta de um ex-namorado esperando fazer sexo sem primeiro explicar o porquê.

Ela sentou-se no meio do sofá da sala (na verdade, um local arranhado onde se sentavam três — Brian deixava o seu gato fazer qualquer coisa, o que era apenas mais uma razão para Stacy não ter conseguido morar com ele). Brian recostou-se e cruzou as pernas. Grandes pernas, vestidas com calças cáqui e botas Timberland. Ela imaginou-as nuas, lembrando-se dos músculos se contraindo e relaxando enquanto ele andava de short pelo apartamento. Stacy moveu-se na direção dele. Só um passo.

Antes que ela pudesse chegar mais perto, um gato dourado de dez quilos pulou no sofá e ronronou de maneira protetora.

— Batty! Querido! Como senti sua falta — disse ela para o gigantesco gato dourado que roubava comida dos pratos no jantar, mijava semanalmente em cada canto do apartamento, espalhava sua água no chão da cozinha e, devido à alimentação imprópria, sofria do que o veterinário polidamente se referia como sendo insulto gástrico (insulto mais para os humanos que viviam com ele).

Conhecendo seus sentimentos verdadeiros, Batty saudou Stacy com uma cusparada violenta e instalou-se solidamente no colo de Brian como querendo bloquear seu acesso intencionalmente. Stacy sorriu, os lábios apertados, e sentou-se assim mesmo.

— Ele emagreceu um pouco — disse Brian. — Coloquei numa dieta nova. Três latas de atum e 200 ml de Evian por dia.

— Está funcionando maravilhosamente — mentiu ela. — Baixo carboidrato para gatinhos. Os livros mais vendidos de dietas fizeram sucesso com bem menos.

Brian empurrou Batty e inclinou-se para Stacy. Seu coração começou a disparar novamente (pelo menos aquelas paradas e recomeços sexuais eram saudáveis para o coração).

— Onde é que a gente estava? — perguntou ele. — Ah, sim. Seu tesão extremo e como ele a trouxe até mim. Prossiga.

Dizer aquela palavra grosseira com T teria tido um efeito libidinoso em Brian. Stacy estava bem consciente. Por isso a tinha usado.

— Temos de falar sobre isso? Não podemos fazer algo a respeito, ao contrário?

— Mas estou doente.

— Não tem problema.

— Quem é você e o que você fez com Stacy Temple? — perguntou ele.

A pergunta impediu-a de dar o bote. O que ela *tinha* feito com Stacy Temple? Com reconhecimento doloroso, ela se viu como uma autômata, cuja estranha busca por paixão e afeto a trouxera de volta para o homem que ela rejeitara porque tudo o que ele sempre quisera fora paixão e afeto. Ela tinha calculado tudo muito mal um ano atrás. Ele era um cara doce, bacana e bonito que a amava (amou). Sentada com sua presença calorosa, aparência desleixada e nariz escorrendo, Stacy não conseguia entender por que tinha terminado com ele. Se ela se humilhasse o suficiente, talvez ele pudesse amá-la de novo.

— Eu devia ter prestado mais atenção em você, Brian — disse ela. — Não consigo acreditar que deixei você ir embora. Quero outra chance.

— Stacy — começou ele —, muita coisa aconteceu.

— Muita coisa aconteceu comigo também. É por isso que estou aqui. Aprendi lições dolorosas e quero corrigir os meus erros.

Ela inclinou-se para beijá-lo. Ele hesitou por um instante. Stacy temeu estar pressionando, ou que ele não a quisesse (impossível — ele sempre dissera que ela era o seu ideal). Depois de mordiscar os lábios dele por alguns segundos, sentiu-o colocar os braços dele em torno dela e puxá-la para perto. A familiaridade do abraço a fez chorar. Ele era seguro, confortável, tranqüilo. Ela precisava de uma dose de tranqüilidade. E realmente estava falando sério. Se ele voltasse para ela, ficaria burra de tanta felicidade.

Rearrumando-se graciosamente, Stacy colocou uma perna sobre Brian e enlaçou-o no sofá. Ela habilmente levantou seu vestido pela cabeça e sentou-se em cima dele, nua, a não ser pelas mules e as roupas de baixo (naquele dia ela tinha tido a perspicácia de colocar um dos conjuntos de calcinha e sutiã mais populares da calcinhas.com: o de lacinhos rosa Moça no Campo).

— Meu Deus, Stacy. Seu corpo — disse ele, e começou a beijá-la no sutiã, enterrando o rosto entre os seus seios. Ele voltou à superfície para fungar e enxugar o nariz com o lenço. Mas Stacy não estava horrorizada. Ela já tinha ficado com ele doente, tossindo, escorrendo o nariz. E ele a tinha pegado bem como ela era. Sob suas calças cáqui, ele estava duro feito granito (o confiável e previsível Brian). Uma poderosa ereção envolta em algodão. Nada teria sido mais sensual para Stacy naquele momento. Ela colocou a mão na forma e pressionou.

Brian deitou-se no sofá, puxando-a para cima dele. Beijos loucos e a coisa subindo. Ele colocou as mãos dentro do seu Moça no Campo para agarrar sua bunda. Stacy imaginou uma geleira rachando, grandes peças glaciais se quebrando e caindo no mar escuro. Seu ano de abstinência e o peso dele afundaram, fora de alcance. Aquilo era um alívio. Um alívio de repressão e negação. Ela se balançou em cima de Brian como se ele fosse um bote salva-vidas.

Stacy lutou com o botão da calça dele. Estava decididamente mais apertado do que lembrava, ou ela é que estava sem prática. Teve de se sentar enquanto ele se deitava embaixo dela e desabotoava com as duas mãos. Bem quando ela tinha soltado o botão e se movimentado para o zíper, um raio dourado voou para os olhos dela. Pêlo e patas com garras arranharam o peito de Brian e as coxas nuas dela.

Brian gritou, Stacy gritou. Ela olhou para baixo, para os rasgos na camisa de Brian e em seguida para as quatro profundas marcas de arranhões em suas pernas, primeiro brancas, depois o vagaroso aparecimento do vermelho-sangue.

Assim que Brian e Stacy se recuperaram da surpresa do ataque traiçoeiro de Batty (a dor veio segundos depois), ela não conseguia entender por que os gritos ainda enchiam o apartamento. Brian parecia perplexo também. Os dois se viraram na direção do som.

Lá, na porta, estava uma mulher. Ela era pequena e bonitinha, com cabelos louros curtos. Era graciosa, com nariz achatado e patricinha. Usava uma roupa "anti-Stacy" — tecidos de algodão e um blazer masculino sobre uma camisa azul-cobalto Oxford. Suas mãos se levantaram para cobrir o rosto, e ela soltou uma mochila azul cheia no chão. Por um segundo, Stacy pensou que ela estava gritando de dor por ter jogado um peso tão pesado sobre seus pés. Berros prolongados, piercing nas orelhas. Essa mulher devia ter feito algum tipo de treinamento vocal para sustentar o volume. Brian empurrou Stacy para longe dele (fazendo com que ela tombasse desajeitadamente sobre o outro braço do sofá).

Ele piscou e disse:

— Idit!

Idit? Ele estava chamando essa mulher de idiota? Antes que Stacy pudesse arriscar um palpite, a mulherzinha com a grande capacidade pulmonar pegou a mochila e jogou-a nele, batendo diretamente em seu peito.

— Na minha casa! — gritou, antes de sair correndo pela porta aberta do apartamento, batendo-a enquanto saía.

Casa dela? Aquela casa era de Brian há dez anos. Quem essa mulher achava que era?

— Era minha noiva, Idit Sholanstein — esclareceu Brian, colocando a mochila no sofá, entre eles.

Stacy usou uma almofada para cobrir sua seminudez.

— Sua noiva — disse ela, lutando com as novidades. — Eu praticamente implorei a você para a gente voltar.

— Você é a garota dos meus sonhos, Stacy — disse ele. — Idit só ia chegar em casa mais tarde. Acho que eu devia ir atrás dela.

Brian virou-se para olhar Stacy, esperando um toque. Ela tinha uma escolha aqui. Podia 1) mandá-lo atrás de sua noiva (a coisa certa a fazer) ou 2) seduzi-lo, dando fim ao seu problema e ao noivado dele com um só ataque. Mas aí ela teria de ser namorada dele de novo. Do novo lugar que ocupava do outro lado do sofá, aquela idéia pareceu subitamente muito ruim. Ela olhou sinceramente para Brian, cujos olhos estavam perscrutando seu rosto (e examinando seu corpo), pedindo um rumo.

— Não tenho certeza se quero um relacionamento neste momento — disse ela, cheia de dedos. — Eu estava falando sério quando disse que queria, mas agora não tenho mais certeza. — Ela pegou o seu vestido e colocou-o. — Se apenas isso tivesse acontecido dez minutos mais tarde — disse ainda, melancolicamente.

— Eu realmente a amo — disse Brian. — Mas só de olhar você...

— Nós saímos durante três anos e nem chegamos perto de ficar noivos — disse ela. — Há quanto tempo está com Idit?

— A gente se conheceu no vavoom.com, logo depois de você terminar comigo. — Brian, que tinha sido engenheiro da Volvo America, trabalhava como designer de simuladores *shareware* num site de jogos. — Começamos como amigos. Eu estava deprimido quando a gente terminou. Idit me confortou, cuidou de mim. Não posso imaginar o que teria feito sem ela. Ela me fez a proposta. Semana passada. Comprou um anel para ela. Se nunca pedi a você que se casasse comigo é porque eu sabia que você não teria dito sim. E eu também sei que você realmente não quer voltar comigo. Só quer trepar. E eu estava a fim. Ainda estou. — Ele puxou Stacy para o seu colo. — Idit vai voltar. Vou fazer tudo dar certo. Mas ela não tem nada a ver com nossos negócios não terminados. — Ele colocou as mãos entre os joelhos dela.

Ela poderia continuar com aquilo, agora que sabia que ele estava noivo? Um dilema moral. Ela não precisava do carma ruim, disso tinha certeza. Mas os dedos dele pareciam adoráveis em sua pele e ela realmente tinha esse problema de revirginização. Se ele estava querendo comprometer seu noivado, por que ela devia se preocupar? Era responsabilidade dela mantê-lo na linha? Ela não estava traindo ninguém, nem conhecia essa tal de Idit.

Antes que Stacy pudesse mergulhar em Brian e em seu declínio moral, Idit salvou sua própria vida. Ela entrou novamente no apartamento, pegou a bolsa de Stacy, afastou Stacy de Brian, arrastou-a para fora do apartamento, pelo corredor, para dentro do elevador, para a rua e meio quarteirão adiante.

Quando se aproximaram da esquina da rua 71, Stacy se sacudiu para se libertar. Seu vestido estava colado ao sangue pegajoso em suas coxas por causa do ataque daquele gato viciado. Seu braço estava doendo do agarro militar de Idit (Stacy ficava roxa facilmente; tinha certeza que teria uma marca horrorosa em poucas horas). E quase quebrou outro salto.

Idit, os braços cruzados sobre o seu traje masculino, disse:

— Eu o peguei, limpei e carreguei nos ombros durante quase seis meses até que ele a tirasse da cabeça. Ele é meu e você não vai chegar aqui um ano depois e arruinar tudo o que venho fazendo.

— Sinto muito. Ele não me disse que estava noivo — protestou Stacy fracamente. Idit encarou-a com hostilidade explícita. — Eu sei que pedir desculpas não vai funcionar muito.

Mas sinto muito mesmo. Não aconteceu nada. A gente só tinha começado...

— Fico feliz por Batty ter tido o bom senso de tentar e conseguir parar você.

Gato maldito, pensou Stacy.

— Eu posso... olhe, Brian só está confuso. A gente, ah, só aconteceu.

— Não ligo para o que você fez ou por que fez — disse Idit, com a precisão de um bisturi. — Quero me casar. Brian será o meu marido, não importa com quem ele durma. Venho trabalhando para isso e vou alcançar o meu objetivo.

Aquilo soou estranhamente frio e impessoal. Stacy sentiu uma onda protetora por Brian.

— Você o ama, claro.

— Sim, sim, eu o amo. Eu o *escolhi* — disse Idit. — E acredito que ele me ame. Mas mesmo se ele não me amar, ele vê bem o suficiente em mim ou no que faço por ele e concordou em passar o resto da vida como meu marido.

— Me perdoe por dizer, mas você não parece o tipo totalmente calor e ternura. Brian precisa de muitos carinhos e passadas de mão. — Razões pelas quais Stacy tinha terminado com ele, pensou ela.

— Me perdoe por dizer — imitou Idit —, mas não estou inclinada a mostrar o meu lado calor e ternura para a mulher que acaba de tentar seduzir o meu noivo. E você não tem que se preocupar com Brian. Eu sei exatamente do que ele precisa.

Ela se virou nos saltos lisos dos seus Hush Puppies e se dirigiu para o seu futuro. Estava a cerca de dez passos de Stacy quando olhou por cima do ombro e disse:

— A gente nunca mais vai se ver.

— Eu não vou ser madrinha? — perguntou Stacy.

— Nem noiva — fungou a outra.

Capítulo Seis

Quarta-feira, de madrugada

Os braços estendidos de Josie e as Gatinhas no relógio de Stacy Temple mostravam 3 da manhã. Seus pensamentos pulavam dos eventos sangrentos dos últimos dois dias para a lascívia.

(Stacy sentada sozinha numa enorme mesa de reuniões em forma de tartaruga, no meio de uma sala mal-iluminada. Subitamente, feixes de luz vindos de cima revelavam homens nus em gaiolas cercando a mesa. De alguma forma, Stacy sabia que os homens aprisionados estavam trancados lá dentro há quase um ano — com alimentos, água, exercícios, mas privados de contato físico de qualquer tipo enquanto eram forçados a assistir a pornografia dez horas por dia. Stacy era a primeira mulher de carne e osso que qualquer desses doze clones de Tony McGuinty tinha visto durante meses. Eles estavam praticamente espumando por cada orifício apenas com a visão dela num conjunto de renda branca de tanga e camisola. Com o ruído de portas de metais, as gaiolas se abriam. Os homens emergiam e corriam para Stacy, um olhar de fome depravada em suas expressões, ereções gigantescas em suas mãos.)

A destruição das horas de sono de Stacy continuou. A masturbação não era tão sonífera quanto teria gostado. Stacy se lembrou de ter lido uma vez que a pior coisa da insônia era ficar olhando o relógio enquanto os minutos da sua vida tiquetaqueavam, sem utilidade. Com aquela tortura aguda, Stacy sentou-se na cama e jogou para longe as cobertas. Ela vagou até a sala de estar e ligou o computador. Podia checar os e-mails. Ela se conectou.

Uau, pensou, quando viu que Gigi da swerve.com tinha respondido. Após os dois últimos dias, Stacy receberia bem a absolvição da mulher que, sem saber, tinha iniciado Stacy nessa busca. Ela abriu o e-mail e leu.

Querida Stacy. Obrigada por me oferecer o trabalho, mas tenho contrato com a swerve e não posso escrever conteúdo de natureza sexual para qualquer outra mídia eletrônica. Mas se você tiver contatos na mídia impressa, estou tentando vender a proposta de um livro e apreciaria qualquer ajuda ou indicação. Obrigada."

É isso?, pensou Stacy. Ela correu a tela para ver se havia algum anexo ou adendo ou pós-escrito. Nada. Que frustração inexorável. Stacy tinha se aberto ali e não recebera nada de Gigi em troca (o mesmo tratamento que vinha tendo de sua crescente lista de encontros desastrosos).

Stacy checou os outros e-mails. Charlie tinha mandado um e-mail em branco, com o link para um endereço na swerve.com. Stacy clicou no link. Um artigo apareceu em sua tela, por Gigi XXX. Este era chamado “Piedade para o celibato acidental”.

Seu coração se apertou. Ela leu o texto, com a mão no peito. Ele começava:

“Celibato intencional, como foi explicado a mim pelas mulheres que já chamei de ‘amigas’, é um objetivo orientado. O objetivo por si só vale a pena (autoconhecimento). Questionei, numa coluna anterior, se o fato de evitar sexo vai ensinar a você qualquer coisa que já não saiba. Recebi uma avalanche de respostas da sempre-em-expansão frota de leitores assexuados-por-escolha-própria. Noventa e nove por cento acreditam que estou falando merda e disseram mais do que isso em suas cartas.

“Pelo menos estou fazendo algo inventivo com minha bunda (várias coisas, na verdade — observe o espaço para cobertura dolorosa e detalhada sobre sexo anal). De onde estou sentada, uma coluna que incita pessoas a atribuírem poderes super-humanos ao meu reto merece um Pulitzer. Convido cada leitor que me mandou um e-mail revoltado a vir a nossos escritórios em Nova York, ficar de joelhos e contemplar minha bunda miraculosamente falante. Eu posso fazer uns

vídeos e colocá-los na swerve.com para que todos possam apreciar a maravilhosa façanha.

"Um e-mail, entretanto, não era raivoso. Buscando clareza, a leitora queria saber se ficar por acaso um ano sem sexo tornava o celibato menos merecedor de escárnio. Acho que ela acordou um dia e se deu conta de que não tinha estado nua com um homem há bastante tempo, e queria que eu dissesse a ela que estava tudo bem, como se eu fosse algum tipo de alta sacerdotisa do sexo com poderes mágicos (bem, eu *tenho* o tal ânus falante...). Tenho a impressão de que essa mulher é uma fóbica social viciada em trabalho sem muitos amigos e pessoas amadas com quem possa discutir as deficiências e desapontamentos de sua vida."

Apesar da bofetada escaldante, Stacy se forçou a continuar a ler.

"Para esta mulher", escreveu Gigi, "e todas as outras que deixaram o sexo escapar da paisagem árida de suas vidas, cuja existência é sem paixão — e tem sido há tanto tempo que elas nem podem lembrar por que a paixão já significou alguma coisa para elas um dia —, eu tenho um recado. Vou digitá-lo em letras maiúsculas agora (o que odeio fazer, mas parece garantido): NÃO EXISTEM ACASOS. Somos todos responsáveis pelo que acontece (ou não acontece) a nós. Se esta mulher ligasse para luxúria e paixão e — certo, vou chegar lá — *amor*, ela teria pelo menos *tentado* transar. (Que se registre, aquelas que tentaram ativamente fizeram esforços

realmente femininos para conseguir um encaixe e não conseguiram... pensando bem, até as mulheres mais horrivelmente sem atrativos podem encontrar alguém que as coma. Exigência é uma forma racionalizada de evitar.)

"Vamos dizer que esta mulher realmente ligue para paixão, mas que tenha suprimido a compulsão a se unir a outra pessoa (não importa se por uma noite, uma semana ou a vida inteira). Então ela está bem pior do que minhas amigas de outrora, que estão dispensando de propósito a melhor coisa da vida pela besteira do que elas chamam 'autoconsciência'. Esta mulher, esta triste e perversa iludida, divorciou sua vida tanto do pau *quanto* da consciência (*pau e consciência*, gosto disso; pode ser um bom título para uma paródia de romance de Jane Austen). A nova virgem por-acaso-de-propósito devia procurar ajuda. Ajuda profissional. Ela não devia ter se voltado para mim. Não tenho paciência para pessoas que têm medo de suas emoções, que têm uma aversão patológica ao risco. Sou uma romântica incurável. Acredito que a vida não vale a pena ser vivida se você não está amando ou tentando encontrar o amor. Além do mais, sou uma viciada em sexo clinicamente diagnosticada. Também sou uma piranha."

Nunca, em toda a sua vida, pensou Stacy, enquanto lia as últimas palavras do assassinato de caráter de Gigi, ela tinha sido dada como alimento aos cães daquela forma. Stacy era uma pessoa doce. Ela não merecia ser destruída por uma mulher a quem ela oferecera emprego (um emprego que não existia, mas Gigi não podia saber aquilo). Questionar toda a existência de Stacy porque ela tinha tido um ano ocupado? Insulto! Injúria! Ousadia! Mijona! Era fácil para Gigi ser cruel com Stacy, usando um pseudônimo e uma foto que não mostrava o seu rosto. Stacy prometeu que jamais leria qualquer outra palavra digitada no teclado daquela escritora pusilânime.

Stacy pegou o e-mail que recebeu de Gigi e atirou de volta uma resposta.

> **"Querida Gigi, recebi seu e-mail. Uma pena suas restrições de free-lancer. Eu realmente tenho dúzias e dúzias de contatos em editoras. Mas é arriscado dar nossos nomes e telefones para escritores desconhecidos que ainda não publicaram nada. Tenho certeza que você vai entender. Tudo de bom para você em sua iniciativa, Stacy."**

Depois de apertar o botão ENVIAR AGORA e rir baixinho, Stacy se vestiu. Em seu acesso de fúria, jamais seria capaz de dormir agora. Vestiu calças de ciclista, uma blusa furada cor de lavanda e suas mules rosa. Ela adorava aquelas mules com uma rosa no topo. E elas iam carregá-la para fora dessa câmara de tormento e para a cidade à noite. Ela estava com fome. A afronta tinha lhe dado apetite.

Na rua, às 4 da manhã, ela estava sozinha, como se o SoHo tivesse tirado férias sem convidá-la. Ainda faltavam umas duas horas para o sol nascer; a escuridão da madrugada fremia com umidade e calor. Um brilho de transpiração cobriu sua sobrancelha. Ela estava dividida entre a consciência do suor e a esperança de que seus feromônios trouxessem todos os homens bons para fora das sombras. Talvez um pequeno grupo de modelos masculinos sem trabalho emergisse de um beco e pedisse informações ou dinheiro trocado.

Mesmo na madrugada no Downtown, Manhattan, havia um cenário implausível. Stacy foi diretamente para o seu restaurante favorito no quarteirão. Mas assim que entrou deu-se conta de que tinha vindo despreparada. Sem livros, revistas ou o *New York Post*. Tinha apenas o menu laminado para ocupar os olhos. Leu os preços americanos e gregos, admirando a arte destacada do menu de colunas gregas, a acrópolis e os sanduíches em círculos. Quando terminou com aquilo, tentou sair do miasma de confusão. Estava iludida? Tinha se retirado do mundo de sexo e amor porque temia correr riscos? As acusações feias de Gigi mereciam ser consideradas? Ela odiava escritores. Eles explorariam qualquer coisa e qualquer pessoa para sua própria egomania, sem nunca levar em consideração os sentimentos das outras pessoas. Gigi e sua bunda falante. Stacy adoraria cortá-la fora.

Um garçom de aparência cansada se aproximou. Ele parecia completamente intocado pela beleza e graça de Stacy. Nada de sons de beijinhos vindos dele. Alguém poderia pensar que isso seria um alívio para Stacy. Alguém poderia. Enquanto ela imaginava qual seria a maneira mais sexy de dizer “cheeseburguer e cebolas empanadas", olhou em torno para a imobilidade do restaurante.

Os compartimentos estavam todos vazios. Menos um. No lado oposto do restaurante, uma página de jornal estava sendo virada. O som farfalhante e o movimento das folhas chamaram sua atenção. O leitor, obscurecido pelo jornal, não estava nem um pouco curioso com a cabeça vermelha brilhante que, apesar da aparente sobriedade às 4h30 da manhã de uma quarta-feira, tinha pedido uma grande refeição que em lugar nenhum do mundo seria descrita como leve. O mistério dela. Sua liberdade. A falta de curiosidade do leitor intrigou-a. Ela estudou as mãos que seguravam o jornal. Era um homem ou uma mulher? Ela não sabia.

Aí o jornal foi dobrado e colocado organizadamente no compartimento. Um homem. Bem bonito, na verdade. Vinte e tantos anos. Totalmente descabelado, usava uma camiseta da Ed's Gym (ela não conseguia ver as calças ou sapatos de onde estava). Seus cabelos escuros cresciam em moitas grossas. Seus olhos eram pensativos e azuis, sua combinação favorita. Ela observou-o tomar seu drinque, os lábios cheios circulando o canudo num *O* fino. Enquanto ele bebia, levantou os olhos para Stacy. Ela imediatamente virou-se, corando.

Quando ousou olhar novamente, o homem estava encarando-a abertamente. Ela encarou-o de volta. Sua pele era anormalmente branca. Um ser da noite, pensou. Possivelmente um vampiro. Podia facilmente imaginar esse homem nu, saindo de uma jaula ou de um caixão no pôr-do-sol. Stacy imaginou sua boca colada a sua jugular. Mas imaginar era tão distante que ela devia ir até ele. Ela jamais tinha iniciado uma conversa com um estranho (não era o seu estilo; Stacy sempre deixava os homens virem até ela — pelo menos tinha feito isso antes dessa semana).

De volta ao homem na jaula. Nu, a não ser por uma capa de cetim preta. E um morcego empoleirado em seu ombro. Morcegos se empoleiravam? Stacy redesenhou a cena para que ele ficasse pendurado pelos pés nas barras superiores da jaula do Garoto Vampiro, olhos vermelhos brilhando na escuridão.

O garçom de avental imundo interrompeu seus pensamentos.

— Cheeseburguer e cebolas empanadas — disse ele enquanto jogava os pratos na mesa de Stacy. Ela tomou consciência da comida que escolhera. O pensativo príncipe das trevas podia pensar que ela era bulímica. O aroma de gordura e carne vermelha atiçaram-na para comer vigorosamente de qualquer forma. Ela consumiu as mil calorias, incluindo incontáveis gramas de gordura, em menos de cinco minutos (um novo recorde mundial?). De barriga cheia, Stacy relaxou. Sabia que poderia dormir agora. Na verdade, sentia-se perigosamente perto de adormecer bem ali na mesa. Se corresse, podia dormir mais umas duas horas antes de ter de ir para o trabalho. E, francamente, o jeito com que o Vampiro a estava encarando era enervante, especialmente com seus níveis de glicose no sangue drasticamente elevados.

Ela ficou de pé, jogando uma nota de dez na mesa. Na mesma hora o rapaz também se levantou do seu compartimento.

Deixou uma nota de cinco perto do seu copo vazio. Eles alcançaram a porta do restaurante juntos. Sem palavras, ele abriu a porta e fez um gesto para ela passar, acompanhando-a para dentro da noite de Manhattan.

Os passos dele tomaram lugar atrás dela. Ela não gostava do som daquilo. Stacy virou à esquerda na esquina. Cinco passos atrás dela, o Vampiro virou à esquerda. Deus do céu, ele a estava seguindo. Será que ele achava que contato visual casual era um código para "Vamos trepar agora"? Uma centelha de medo passou do seu coração para os pés. Ela apressou o passo e ganhou alguma distância; ele estava meio quarteirão atrás quando ela alcançou o seu prédio. Stacy deslizou para dentro e fechou a porta. O clique seguro da fechadura encheu-a de alívio. Enquanto esperava o elevador, repreendeu-se por ter saído sozinha numa hora daquelas. Mas, Deus, pensou, até estupradores e assaltantes têm de dormir em alguma hora.

A campainha do elevador soou. Ela entrou. Achou que tinha ouvido a porta da frente abrir e começou a apertar os botões do elevador com impaciência. Finalmente as portas de metal começaram a se fechar. Faltando apenas alguns centímetros, um braço de homem colocou-se entre as portas e forçou-as a se abrirem. A respiração de Stacy parou quando viu quem era: o Vampiro da cafeteria. Ele tinha conseguido pegar as chaves da porta do prédio e agora a tinha encurralado no elevador. Aquela não era a jaula de metal de suas fantasias. Ele não tinha o direito. As portas se fecharam com um ruído. O elevador deu uma balançada e subiu com a dupla.

Stacy tentou se lembrar do curso de uma hora de autodefesa online que a calcinhas.com patrocinou na sala de reuniões. Naqueles dias de caixa cheia (fim de 1998), Fiona freqüentemente organizava diversões e viagens caras para sua equipe (um fim de semana no Taj em Atlantic City, três mesas reservadas para ver Aimee Mann no Joe's Pub, a casa de verão para uso dos funcionários em Sag Harbor). O curso de autodefesa foi dado por um faixa-preta em caratê chamado Raja, que foi o personal trainer/escravo de Fiona (pela maneira com que ela o descrevia) por alguns meses. Janice disse a Stacy que, pela demonstração de 60 minutos de extermínio com o cotovelo, murros nos rins e socos em orelhas, Fiona pagou a ele 1.500 dólares. A chefe convidou qualquer pessoa da equipe para organizar um seminário por conta própria pela mesma quantia. Stacy imaginou que conhecimento especial ela poderia ensinar ao grupo. Finalmente, ofereceu-se para acompanhar a equipe em um tour na hora do almoço no bairro de antiquários na rua 20 Leste. Fiona não engoliu.

Mas e o Garoto Vampiro? Stacy lembrou-se das instruções de Raja sobre como quebrar o nariz com um amasso: usando a carne da palma da mão, golpear fortemente num movimento para cima, levando a cartilagem nasal até o cérebro do atacante. Ela podia fazer aquilo. Ela podia fazer aquilo.

Ela *nunca* poderia fazer aquilo. Se ameaçada, podia dar uns tapas e arranhar. Mas o som de ossos batendo em massa cinzenta esponjosa — aquilo era um esguicho que você jamais esqueceria. Além do mais, ela mantinha os dedos fechados na palma, o pulso arqueado num ângulo de noventa graus, pronta para achatar o nariz (que ela tinha de admitir que era muito bonito e em forma de botão) do Garoto Vampiro.

O GV (que, em circunstâncias diferentes, seria o apelido dela para ele) manteve seus olhos no alto, observando os números dos andares piscando e tremendo os olhos enquanto o elevador subia rangendo. Típico de estupradores e criminosos, pensou Stacy, ele estava fingindo ignorá-la. Raja tinha dito algo assim em sua aula. Eles tentam dar a você uma falsa sensação de segurança, apenas para pegá-la desprevenida.

Stacy estava totalmente prevenida contra ele. Especialmente com a maneira como ele ficava num pé e noutro (pernas bem atraentes para um criminoso, longas e magras sob jeans desbotados).

O número quatro piscou. Seu andar, finalmente. Quando as portas se abriram, ela saiu. O Vampiro saiu do elevador atrás dela. Observando-o por cima do ombro, Stacy aumentou o ritmo e correu para o seu apartamento, procurando desesperadamente as chaves em sua bolsa enorme.

O homem foi chegando cada vez mais perto. Que merda, pensou, desesperadamente. Ele devia ser um carniceiro de verdade! Ela parou de procurar as chaves dentro da bolsa, colocou os pés em posição de defesa, agarrou o pulso direito com a mão esquerda para aumentar o torque e se preparou para dar um tranco.

Vendo sua postura, o Vampiro parou subitamente. Ela *era* uma presença intimidante, pensou com orgulho. Ele olhou-a por apenas meio segundo — com perplexidade, parecia — e aí pegou um chaveiro no bolso da calça. Macio como chocolate, abriu a porta do 4C, olhou novamente para Stacy em sua posição de ataque e desapareceu dentro do apartamento — que provavelmente era dele.

Ela sempre quisera saber quem morava naquele apartamento. Ele nunca mostrava o rosto durante o dia.

As batidas do coração de Stacy diminuíram para uma velocidade de lebre. Finalmente, conseguiu entrar no seu apartamento. O sol já tinha nascido. Eram quase seis horas da manhã. Ela se largou na cama, mais acordada do que nunca. Suas bochechas estavam queimando, sua respiração rápida e suas pernas tremendo. Medo não era sexo, mas era uma simulação incrível.

Capítulo Sete

Quarta-feira de manhã

Sem ter dormido, saltos estavam fora de questão. Stacy escolheu sandálias de dedo, a borracha batendo nas solas dos seus pés a cada passo. Ela não ia parar na deli gordurosa naquela quarta-feira de manhã. Não estava com humor para piscadelas, sons de beijinhos ou sobrancelhas-únicas levantadas. Ela não queria nenhum tipo de café da manhã (tendo consumido um cheeseburguer apenas algumas horas antes), nem queria se demorar em conversinhas com estranhos, e nem com amigos tampouco. Stacy queria uma, e apenas uma, coisa (certo, duas coisas, incluindo um fluxo contínuo, de preferência um gota a gota intravenoso, de café): trancar-se em seu escritório e deitar a cabeça no apoio de pulso felpudo que ela usava para prevenir a síndrome do túnel do carpo. Enquanto andava, imaginou aquele travesseirinho cinzento com a largura perfeita para suportar um rosto cansado. Ela tiraria uma soneca. Uma meia-soneca. Ninguém notaria. E, mesmo se notassem, pensou, quem se importaria? Ela tinha perdido incontáveis horas de sono para trabalhar. Só desta vez, ela perderia umas horinhas de trabalho para dormir.

Infelizmente (dolorosamente), quando Stacy chegou ao seu pequeno escritório na calcinhas.com, alguém já estava lá, freneticamente digitando em seu computador, mostrando um completo desrespeito pela privacidade e santidade do seu local de trabalho. A invasora era Janice, sua chefe, a mulher que teoricamente era dona do escritório e do computador. Era dona de Stacy. E que tinha o direito de fazer qualquer coisa que quisesse.

— Lendo os meus e-mails? — perguntou.

Janice, sem tirar os olhos da tela, disse:

— Meu iMac está estranho hoje. Preciso do seu só por mais alguns minutos.

Stacy sentou-se na cadeira dura de braços de metal do outro lado da sua mesa. Ela teve de remover uma enorme pilha de folhetos e amostras antes, e o exercício de levantar e baixar aquele lixo deixou-a exausta. Bem na hora em que ela já estava sentada, inclinando a cabeça para trás para se encostar na parede de vidro fumê e fechando os olhos, Janice disse:

— Stacy, o que acha deste? Puxe essa cadeira e me ajude.

Stacy presumiu que estava sendo questionada para examinar algum design de bustiê ou relatório. Mas, enquanto aproximava a cadeira da tela do computador, observou a cabeça e o torso de um homem, cerca de cinqüenta anos, bronzeado e sorriso cheio de dentes. Olhos afáveis, mas um sorriso estranho, atravessado.

— Como modelo? Vamos fazer lingerie para homens agora também? — Stacy estava confusa. Realmente, estava confusa. Para começar, usar esse coroa para vender cuecas samba-canção ou curtas ia repelir os consumidores.

— Lingerie masculina — disse Janice. — Para homossexuais, claro. Não é uma má idéia. Eu devia falar com Fiona sobre isso.

Stacy gemeu. Fiona, claro, diria sim, delegando a parte bruta (ou deveria dizer *bunda*?) do trabalho para Stacy.

— O apelido dele é *PoloMan* — disse Janice. — Parece elegante, não? Mais de cento e cinqüenta mil de renda. Advogado. Espiritualista, mas não religioso. Tem cinqüenta e cinco, mora no Upper West Side, divorciado, filhos criados, exatamente como eu. A gente tem muito o que conversar. E ele é bonitinho, certo?

Assentindo com entusiasmo suficiente para convencê-la, Stacy espiou o endereço eletrônico e viu que Janice estava comprando. Homens. Na match.com, sua área usual de pesca para os encontros-de-sábado-à-noite. Janice clicou no botão CONECTAR do *PoloMan* para escrever um e-mail respondendo ao seu anúncio.

— Eu normalmente digo 'Amei seu perfil. Temos tanto em comum! Me ligue' — explicou Janice —, e depois deixo o meu número. Mas esse cara tem tanta qualidade que eu preciso ser rápida.

Stacy observou horrorizada enquanto Janice digitava a seguinte mensagem para o Rei Lear: "Quero encontrar você. Você personifica todas as minhas fantasias, enroladas num homem perfeito. Sou uma loura pequena e bonitinha. Dirijo uma empresa de lingerie e uso nossos produtos todos os dias (e todas as noites). Me ligue para marcarmos um encontro. Estou morrendo de vontade de receber notícias suas."

Usar o trabalho como isca não tinha ocorrido a Stacy. Ela tinha de manter aquela tática em mente. Assim que Janice apertou o botão ENVIAR, a tela voltou para uma página com os rostos e estatísticas vitais de 25 outros homens. Janice rolou a lista para baixo e, sem encontrar nenhuma outra foto que lhe agradasse, clicou na próxima página de 25 perfis. E na próxima. E na próxima.

— Quem são todos esses homens? — perguntou Stacy.

— Depois que você preenche um perfil de si mesma e do tipo de homem que está procurando, o software da match.com fornece uma lista de homens que se encaixam em seus critérios. Eu peço homens brancos, de quarenta e cinco a sessenta, ganhando pelo menos cem mil, que morem numa área de oito quilômetros do meu endereço.

— E quantos homens se encaixam em seus critérios?

— Vamos ver, isso muda todo dia — disse ela.

Janice clicou no botão de MEUS PARCEIROS. Em um piscar de olhos, a tela voltou ao primeiro grupo de perfis e fotos. No topo da lista, Janice leu o número total.

— Hmm, ontem eram mais. Hoje, cento e cinqüenta e quatro.

— Cento e cinqüenta e quatro? — repetiu Stacy. O número parecia enorme. — Cento e cinqüenta e quatro caras brancos e ricos na sua faixa etária morando a oito quilômetros do seu endereço estão procurando encontros?

— Você devia tentar, Stacy — disse Janice. — Há algumas rejeições e aborrecimentos, entretanto. Mandei uns vinte e-mails essa semana e recebi só cinco respostas de homens. E nenhum deles está livre neste fim de semana. Meu tempo está acabando. Se não conseguir arranjar alguma coisa logo, vou ter de baixar minha média.

Stacy colocou a mão no ombro de passarinho de Janice. Ela queria desesperadamente dizer a ela que esquecesse a média. A média a estava tornando deprimente. A média era o que impedia Janice de se divertir, encontrar homens de maneira orgânica, deixar alguma coisa fluir naturalmente da atração mútua e de interesses em comum. A média era o que tornava Janice desesperada e gulosa. Ela tinha dispensado incontáveis homens.

Lendo os pensamentos de Stacy, Janice disse:

— Eu sei que a média parece ridícula e contraproducente, mas todas nós temos o que temos. Ou não temos, no seu caso.

— Em última instância, você está tão sem namorado quanto eu, Janice — disse Stacy.

Ela não ligava para o fato de talvez ter cometido um erro político; estava cansada demais. E irritada. O fato de Stacy evitar sexo podia ser uma maneira de se proteger; os encontros frenéticos de Janice, outra.

— Estou num humor horrível — disse Stacy. — Essa é a minha desculpa meia-bomba.

— E essa é a minha aceitação meia-bomba — disse Janice, dando um tapinha no rosto de Stacy.

Janice saiu da match.com, ficou de pé e lembrou Stacy de uns cinco milhões de tarefas que precisavam ser realizadas nos próximos 15 minutos, mas sem pressão, já que sabia o quanto Stacy estava sensível e sobrecarregada ultimamente.

Novamente sozinha, Stacy tomou seu lugar de comando no assento. O computador ainda estava conectado à Internet através de uma linha DSL super-rápida; a tela de Stacy ainda estava na página da match.com. Ela tinha de admitir que estava curiosa. No grupo alvo de Janice havia 154 homens disponíveis e ávidos. Presumindo, como Stacy fez, que a quantidade de encontros diminui com a idade, e que poucas pessoas mais velhas gostavam de Internet, ela imaginou quantas pessoas de trinta e poucos anos usavam a match.com. Sites de encontros eram uma promoção cruzada natural para a calcinhas.com. Centenas, se não milhares, de mulheres em busca de amor e paixão precisavam de lingerie sensual. Era muito fácil: inscrever-se no match.com e conseguir um desconto num conjunto de sutiã e calcinha combinando.

Pensando na obrigação profissional (se ela tivesse de levar a idéia a Fiona, teria de fazer a pesquisa adequada primeiro), Stacy decidiu criar um perfil para si mesma. E, tudo bem, a nível pessoal, se ela corresse o risco e se mostrasse (embora anonimamente), não poderia ser acusada de jeito nenhum de se esconder da vida. Além do mais, estava curiosa para ver quantos homens se encaixavam em seus critérios.

Embora Stacy fosse uma comerciante experiente na Internet, não sabia como se anunciar. Por sorte, os primeiros passos para criar um perfil eram simples. Só preencher os campos. Ela poderia fazer aquilo sem problema nenhum. Começando com:

APELIDO: Fofa
IDADE: 29 (por que não limar alguns anos?)
ESTADO CIVIL: solteira
LOCAL: Nova York, NY
ALTURA: 1,67
TIPO FÍSICO: magra/delgada (as outras opções eram "atlética", "média", "alguns quilos a mais", "gorda", "sem qualificação" e "qualquer". Tecnicamente, de acordo com o tamanho das roupas e tabelas de peso, Stacy estava mais perto de "média" do que de "delgada", mas por que não limar alguns quilos?)
ETNIA: branca
EDUCAÇÃO: nível superior
RELIGIÃO: judaica
PROFISSÃO: empresária
RENDA: + de 150.000
FUMANTE: Não
BEBE?: Socialmente
TEM FILHOS?: Não

QUER FILHOS?: Indecisa (Stacy queria ter filhos, mas os homens podiam pensar que era um tipo de mulher carreirista ansiosa por bebês que tinha esperado muito tempo para planejar uma família e estava portanto obcecada para encontrar um pai em potencial, o que ela não era. Pelo menos, não no momento).

Para o texto do perfil, Stacy compôs esta mensagem:

"Sou uma mulher atraente e bem-sucedida de Nova York. Sou fisicamente ativa, faço um monte de esportes, incluindo tênis, ciclismo e corrida (completei minha primeira maratona ano passado). Fico ótima com jeans e tênis, mas também arraso em trajes de gala. Me visto com freqüência para chás beneficentes, estréias de filmes e bailes de gala. Vivo num loft glorioso, recém-reformado — fogão Viking e geladeira SubZero —, num bairro sensacional. Gosto de todas as artes, componho poesia, pinto a óleo, toco flauta, escrevi muitos roteiros (um está em produção), leio avidamente, amo *Beowulf,* bem como policiais de segunda e romances baratos. Trabalho duro em minha empresa de Internet altamente bem-sucedida. E faço muito sexo. Sou sexualmente voraz, um *orgasmotronic* múltiplo a vapor, feito de luxúria e técnica. Estudei o *Kama Sutra*, sei cantar a *Música de Salomão* e recito versos de *Folhas da relva*. Os professores Masters, Johnson e Kinsey são meus amigos pessoais. Almoçamos. Fazemos orgias. Tenho milhares de peças de lingerie e dezenas de pares de saltos stiletto. Quando não estou trabalhando ou fazendo

> sexo (muito; eu simplesmente adoro o som dessa palavra), gosto de comer, dormir e colocar o ar para dentro e para fora dos meus pulmões."

Só umas dez palavras do texto eram verdadeiras, mas isso não tinha importância. Stacy decidira jogar a isca e puxar a linha: pegá-los na entrada, depois inventar um papo furado para escapar da mentira mais tarde. Depois de ler e editar seu perfil várias vezes, Stacy deu-se conta de que tinha perfeita e verdadeiramente descrito alguém que realmente conhecia. Sua chefe, Fiona Chardonnay, era uma corredora de maratonas, comparecia a bailes de gala, tocava flauta, era sexualmente voraz, lia *Beowful*, vestia tamanho 40 e tinha um loft em TriBeCa. Isso poderia significar que Fiona era a mulher que Stacy queria ser? Ou que Stacy presumia que Fiona era a fantasia sexual de todos os homens (Fiona tinha realmente uma vida cheia de ação, afinal de contas?).

Evitando aquela dor de cabeça de pensamentos profundos, Stacy continuou com a mentira e escreveu o perfil do seu parceiro ideal:

> "Não vou insistir que qualquer homem seja todas as coisas — bonito, rico, na moda, jovem e atlético. Essas são qualidades bacanas, certamente, mas a química, essa grande coisa intangível, pode fazer os homens feios serem sensuais, os de pênis pequeno ricos, os idiotas bem-vestidos, os velhotes ágeis e os grandalhões graciosos. Meu sentimento sobre a atração: vou

> saber que ela existe quando a vir. E uma vez que tiver visto um homem pelo qual me sinta atraída, não posso evitar de me colocar totalmente sob seu poder. Feios pobres idiotas velhotes grandalhões devem por favor mandar fotos — a gente nunca sabe quando a iluminação vai acontecer."

Ela leu de novo, hesitando um pouco em formar uma rede de possibilidades tão grande. Certamente ela deveria desencorajar os velhotes... Não, ela pegaria todos os potenciais na primeira passagem.

O último passo era clicar nos botões apropriados para seu parceiro ideal (idade, local, status, renda etc.). Stacy correu por este processo em segundos. Ela estava pronta para alcançar tal rapidez clicando "qualquer um" em todos os campos. Uma vez terminado, Stacy submeteu seu perfil e seu perfil ideal. Ela poderia assim se conectar e ver seus pares adequados em uma hora ou duas. Respostas para o seu anúncio seriam mandadas para a match.com e reenviadas para o seu endereço na AOL para garantir o anonimato. Ela podia responder a esses e-mails diretamente ou, com uma pequena taxa de 25 dólares por mês, poderia fazer o cruzamento dos perfis masculinos sozinha (como Janice fazia) e mandar solicitações aos homens do seu agrado.

Recostada em sua cadeira, Stacy expirou até a última molécula de oxigênio em seus pulmões e rezou para que não tivesse cometido um erro terrível de julgamento. Ela podia ver o quanto era fácil alguém ser envolvido pela simplicidade e conveniência dos encontros pela Internet. Era muito menos estressante do que se aproximar de alguém cara a cara (de volta àquele negócio de "correr riscos"). No ciberespaço, as rejeições eram teóricas. Ninguém podia realmente levá-las a sério. Mas aqui, na Terra, os namorados em potencial estavam no mar. Qualquer recusa poderia afundar um navio. Stacy conhecia a dor. Ela andava sendo dispensada regularmente há dias.

Uma batida no batente da sua porta. Taylor Perry inseriu a cabeça loura de cabelos desarrumados no escritório de Stacy.

— Almoço? — perguntou Taylor.

— Hoje?

— Você está atolada?

Desgastada.

— De jeito nenhum. Tipo meio-dia?

— Tipo uma?

— Perfeito — disse Stacy.

Agora isso. Ela fez uma ligação para Charlie a fim de perguntar-lhe sobre a validade desrevirginizante de uma brincadeira lésbica. Depois começou a trabalhar e se manteve assim por muitas e longas horas.

Capítulo Oito

Quarta-feira, hora do almoço

Duas mulheres, as duas jovens e adoráveis, dividiam uma pizza no restaurante neonapolitano Cosa Nostra, localizado no prédio MetLife, em frente a gigantescas janelas que davam para a rua 44. Seus ombros se tocavam enquanto comiam, as mãos ocupadas sob a mesa. Stacy, tão cheia de imaginação como de bochechas rosadas, jamais teria se imaginado nessa cena. Mas aqui estava ela.

A dupla estava sentada no mesmo lado de um compartimento ("poltronas de teatro", disse Taylor antes de mover-se rapidamente para perto de Stacy, prendendo-a do lado de dentro). Quando elas pediram a pizza para dividir, o garçom (que iria receber uma gorjeta muito pequena) disse "Que aconchegante" e lambeu os beiços. Taylor pediu a Vesuvius (azeitonas, alcaparras e anchovas). Stacy não ficou surpresa. Ela achava Taylor uma mulher saudável — salgada, não doce.

Taylor usava uma das últimas novidades da Gap: o top sem sutiã. Um material elástico era costurado dentro da roupa, formando um sistema de suporte embutido. Considerando as carnes volumosas de Taylor e suas necessidades gigantescas de suporte, o top falhava na prevenção da queda. Não que Taylor soubesse ou ligasse. Seus seios — e seu espírito — poderiam sair andando pelas pradarias. Seus cabelos louros selvagens estavam escorrendo pelo pescoço e ombros apesar do calor — nada de rabos-de-cavalo para ela. Taylor não restringiria nenhuma parte de si mesma, e ela sacudia a juba e os peitos em torno de si com a coragem teimosa de uma égua premiada. Nada de garanhões.

Já que Stacy queria ser seduzida, estava hipnotizada pela confusão dos cabelos e a pele de Taylor. Ao contrário dela, Stacy sempre tinha mantido uma aparência pessoal patologicamente limpa, roupas combinadas, cuidadosamente passadas, com bainhas feitas e botões. Seu apartamento, entretanto, tinha um estilo de decoração relaxado tipo "primavera em Bagdá". Ela não era muito obcecada com a falta de limpeza (para dizer o mínimo) da sua casa. Quase ninguém a via.

— Você está com uma mancha de molho de tomate no queixo — disse Taylor a Stacy.

Sem pedir permissão, Taylor limpou a mancha vermelha com o dedo mínimo. Em seguida inseriu-o na boca de Stacy. Quando o retirou, traçou os lábios de Stacy e depois depositou o dedo entre os seus próprios lábios.

— Eu já disse hoje que gosto de você? — perguntou Taylor pela terceira ou quarta vez naquela hora.

O almoço, que Stacy sabia que estava indo bem (ela esperava), não era mesmo sobre trabalho. Quase logo depois de terem se sentado, Taylor colocou a mão sob a mesa, levantou a barra vermelha da saia rosa de Stacy e (oi!) pousou a mão sobre sua coxa nua. Se um homem tivesse feito isso, Stacy podia ter ficado enfurecida, como se o cavalheiro estivesse reivindicando ser dono de uma propriedade que não estava à venda. Mas a mão de Taylor era bem-manicurada e suave. Nem um pouco inocente, o contato não era, entretanto, ameaçador. Nenhum aperto ou pancada no espaço entre as pernas. Só um gostoso carimbo no formato da mão de uma mulher, esquentando sua perna contra o frio do ar-condicionado de alto impacto. Essa coisa lésbica, pensou Stacy, não era nem assustadora nem revoltante. Ela tomou um gole de Pellegrino espumante e mergulhou um pedaço de pão numa vasilha de azeite.

Stacy tinha confirmado com Charlie que um encontro lésbico certamente se qualificaria como um evento desrevirginizante.

— Mas tem de ser contato genital com genital, ou contato oral-genital recíproco — dissera ele. — Não é suficiente deixá-la fazer sexo oral em você.

— Você está lendo isso no livro de cabeceira dos solteiros? — perguntara ela. — Genital com genital? Como seria isso?

— Pernas entesouradas.

— Você já viu isso? Eu não li nenhum dos seus artigos pornográficos na flick.com.

— A gente pode fazer assim — dissera ele. — Faça o que quiser com Taylor e depois me conte. Nenhum detalhe é dispensável. Você vai ter de me dar alguma notícia. Vou aprontar meu gravador para a ligação.

Stacy tinha passado alguns minutos antes do almoço fazendo listas. Do lado sim, uma experiência lésbica seria um sólido material de sedução para futuros encontros com homens; ela não precisava se preocupar com uma gravidez indesejada; um envolvimento romântico estava fora de questão; ela sempre estava interessada em tentar coisas novas e diferentes. Charlie teve com ela uma conversinha estimulante à la Bela Karolyi ("Você consegue!"). Ela não precisava ficar pensando naquilo. Stacy tinha tido alguns sonhos picantes com mulheres. Mas havia um porém inegável. Stacy podia ser capaz de fazer sexo com Taylor, mas poderia voltar a encará-la no escritório? Taylor a pressionaria para almoçar no Y todos os dias? Aquilo poderia ficar pegajoso? Fiona e Janice notariam que algo havia mudado entre suas duas principais empregadas, e a última coisa de que Stacy precisava era de mais olhares inspecionantes dAs Mulheres.

Em se tratando de assuntos libidinosos, especialmente em sua horrenda situação no momento, Stacy resolveu parar de pensar e começar a fazer. Melhor deixar os sumos fluírem e limpar a sujeira mais tarde. Agora que elas estavam sentadas bem próximas no almoço, com chupação de dedos e tocação de coxas, o caso parecia uma grande idéia. O futuro esquisito podia ser esquecido na próxima hora.

E aí Taylor sapecou:

— Vou sair da calcinhas.com.

Stacy piscou.

— Quando? — perguntou. Mais por causa do futuro esquisito.

— Sexta-feira é meu último dia. Tive uma oferta de trabalho da filhotes.com para remontar o site. Sem ofensa para você, você é adorável, mas não acho que a calcinhas.com vá durar um ano. Coloquei meu currículo na monster.com algumas semanas atrás e recebi ligações da jardim.com, kosmo.com, sedução urbana e da CDNOW. A filhotes.com é a mais segura. Você notou que a coleira do filhote é um relógio de homem? Eu adoro aquilo.

A reação inicial de Stacy às novidades: alívio (o sexo assim seria muito mais fácil). Segunda reação: descrença. Ela estava surpresa por Taylor ter tão pouca fé na habilidade de Fiona para não afundar. Terceira reação: inveja violenta. Stacy não tinha recebido ligações de ninguém. Pessoas que não eram da área de tecnologia eram dispensáveis. Os talentos de Taylor, que fazia todas as partes em movimento na preparação de uma página da web, codificando os programas, resolvendo problemas, eram essas habilidades que valiam. Que habilidades Stacy poderia listar na monster.com? Que em três minutos redondos ela conseguia inventar cinqüenta nomes bacanas para fios-dentais de seda artificial? Ninguém ia querê-la. Talvez aquilo explicasse sua fidelidade à calcinhas.com numa indústria em que todos pulavam de um emprego para o outro.

No tempo que passara na calcinhas.com, Stacy tinha visto 42 funcionários virem e irem. Ela sabia o exato número porque fez marcas na parede do seu escritório para manter o controle sobre as mudanças. Muitos dos empregados temporários ficavam menos de um mês antes de desistir ou conseguir um trabalho melhor. Alguns duravam apenas uma semana. Ela tinha visto na *Fast Company* que a duração média de emprego numa empresa pontocom era de três a seis meses.

A trajetória típica era algo assim: aterrissar num trabalho na Internet com um título bonito ainda que dúbio (Stacy era "vice-presidente executiva de propaganda e marketing"), babar com pré-ofertas públicas de ações e pacotes de opções-benefícios, trabalho escravo das oito da manhã à meia-noite seis dias por semana e mais algumas horas no domingo em casa trabalhando num laptop da empresa. Estabelecer uma ligação superficial com os colegas que parece profunda (passar tanto tempo assim com qualquer pessoa vai levar a uma falsa sensação de intimidade). A ligação rapidamente se torna desgostosa (passar tanto tempo assim com qualquer pessoa vai dar nos nervos de alguém). O emprego é mais tarde desgastado pela competição para aterrissar no próximo emprego de aparência boa ainda que duvidosa, e por um sentimento de futilidade quando os preços das ações despencam. Chefes tendem a ser megalomaníacos. Todo mundo é ambicioso, mas ninguém está seguro. A Internet é um mundo cada-maníaco por Internet-por-si-mesmo.

Na marca de três meses, os dias do empregado são numerados (se ele/ela sabe ou não). Cenário de partida #1: O empregado sofre de uma súbita indisposição relacionada a trabalho (síndrome do túnel do carpo, síndrome de doença de escritório etc.), forçando-o a passar um tempo fora. Cenário de partida #2: O bom trabalho do empregado é notado por uma empresa maior ou mais bacana da Internet. Telefonemas são dados, trabalhos pululam. Cenário de partida #3: O empregado é aterrorizado pelo chefe tirânico e superzeloso da pontocom, um homem ou mulher que oferece seu dinheiro, bem como grandes partes de bancos e investidores privados (todo mundo que ele/ela conhece, incluindo a família, amigos e pessoas que ele/ela conheceu na noite passada numa festa da Silicon Alley numa galeria do SoHo). O chefe acredita que a brincadeira gentil do empregado sobre falência o torna um sabotador. E sabotadores devem ser eliminados.

Na calcinhas.com, a grande parte de antigos empregados foi eliminada. Apenas Janice, Fiona, Taylor e Stacy estavam lá desde o início. A mãe de Stacy, em sua maneira gentil de perguntar sobre os namoros da filha, sempre perguntava: "Você não conhece um monte de gente no trabalho?" Sim, Stacy conhecia toneladas de pessoas. Mas, assim que alguém passava pela porta, o novato começava a empreender sua próxima mudança de trabalho. Ninguém fazia um esforço real para conhecer Stacy. Ela era vista como leal a Fiona, o que lhe rendia ser inútil para conversar. Stacy temia que as pessoas tipo móveis e utensílios estivessem certas. Ela não tinha coragem de ficar mudando de trabalho. Stacy afundaria com o navio (ou deveria dizer *escorregaria*).

Antes que Stacy pudesse propriamente expressar pesar e encorajamento sobre a iminente partida de Taylor (sua frase usual, "Eu tenho o maior respeito e admiração por você. Gostaria que tivéssemos tido a chance de nos conhecer melhor. Boa sorte para você na ______________ [preencha o espaço em branco] pontocom. Vou ficar triste quando você for embora", não se aplicava a esta situação), Taylor disse: "Eu posso botar você dentro."

— Dentro de onde?

— Da filhotes.com. Posso conseguir um trabalho para você.

O coração de Stacy pulou. Ela tinha feito fantasias sobre deixar a calcinhas.com quase todas as horas durante mais de um ano. Mas, se saísse, perderia as 10.000 ações adicionais que lhe foram prometidas para depois do Ano-Novo. Muitas das suas fantasias se centravam naquela data. Ela resgataria seus papéis e depois marcharia para dentro do escritório de Fiona e anunciaria que estava convertendo tudo em dinheiro e desistindo. Ela descansaria por um ano e aí, depois de conseguir dormir as três mil horas de sono de que precisava tão desesperadamente, ela voltaria para a rádio pública. Ela poderia jogar fora sua fantasia por causa de um filhote? Além do que, se ela fosse com Taylor para a filhotes.com na segunda-feira, não poderia dar uns bons pegas nela.

— Posso pensar sobre isso? — perguntou.

Stacy não queria quebrar a janela da oportunidade. Havia sempre a chance de que o sexo com Taylor a pudesse transformar numa lésbica em tempo integral. Ela podia *querer* ser a amante de Taylor.

— Corra o risco — disse a loura peituda.

A mão novamente. Mais acima na coxa agora. Stacy mordeu uma casca de pizza dentro da boca e colocou sua própria mão sobre a de Taylor.

— Se nós nos beijarmos, eles vão nos expulsar? — perguntou Stacy, sem conhecer a etiqueta de Demonstração Pública de Afeto das lésbicas.

Taylor sorriu. Suas bochechas ficaram pintadas e vermelhas com o que Stacy presumiu que fosse um fluxo de excitação (ou brotoejas de calor).

— Meu apartamento é na Cinqüenta com a Lex. — Apenas seis quadras de distância.

Conta paga, Pellegrino tomado, a dupla andou rápida e silenciosamente para o apartamento de Taylor. A loura, a um passo de sair da calcinhas.com, não estava nem aí se seu trabalho do dia tinha ficado por fazer. Stacy não conseguia ignorar o comichão de responsabilidade.

— É isso — disse Taylor.

Tarde demais para voltar atrás. Stacy atenderia a outros comichões primeiro.

O prédio era uma daquelas caixas de ovos verticais sem charme construídas nos anos 70. Stacy sempre tinha detestado esse tipo de arquitetura, considerando-a o tijolo-com-cimento equivalente a um sanduíche de pasta de amendoim (a sustância que você tem de forçar para baixo quando não consegue colocar as mãos em algo mais gostoso). Mas a fachada utilitária parecia se encaixar na personalidade de Taylor. Ela não tinha pena de viver num apartamento com paredes brancas e quartos em formato de caixote. Nem ligava para o porteiro lascivo, barrigudo, de meia-idade, que inclinou seu chapéu humilde e colocou a mão na parte baixa do traseiro de Taylor enquanto as levava ao elevador. Stacy imaginou se o porteiro a tocava toda vez que ela entrava e saía. Taylor não parecia ligar, mas Stacy estava chateada com aquele apoio.

O apartamento em si era sem vida e minimalista. Ela avaliou o espaço, ficando de pé perto de Taylor no meio da sala, de um branco imaculadamente chato. Taylor era o oposto de Stacy: pessoa desarrumada, moradia meticulosa. Stacy não fazia idéia se aquilo falava do seu caráter ou de uma psicose. Ela teria de perguntar a sua mãe, decoradora que tinha se formado em psicologia na Smith College nos anos 60. Ocorreu a Stacy pela primeira vez que sua própria mãe podia ter tido uma experiência lésbica pós-adolescente na Smith, lá atrás. Ela espantou aquele pensamento facilmente de sua cabeça quando o braço de Taylor circundou a cintura de Stacy e ela começou a lamber o lado do seu pescoço.

— Estou sentindo seu pulso na minha língua — disse Taylor.

Oh, sim, a jugular de Stacy estava pulsando com tal violência que ela temeu que suas orelhas fossem explodir. O toque da boca de uma mulher em sua pele era tão estranho quanto familiar (outro inquietante momento mamãe, lembrando cheiros e suavidade). E sensual. Surpreendentemente sensual.

Stacy descobriu-se nervosa e trêmula com o choque elétrico do ilícito, do terreno até então inexplorado, essa estranha terra de garotas.

Stacy encontrou os lábios de Taylor e as mulheres se beijaram. Ao contrário da malhação de Tom Strumph ou do beijo familiar de Brian Gourd, beijar Taylor era suavemente hipnótico. Aquilo lembrava a Stacy a sensação de dividir uma sobremesa. Os lábios de Taylor eram carnudos e cobertos de gloss, que faziam o beijo tão escorregadio e mole quanto um flã numa colher de chá. O toque de sabor — podia ser baunilha — fez cócegas no nariz de Stacy e tinha gosto de flores.

Tendo saído o resíduo macio e untado de gloss dos lábios, Taylor envolveu o seio esquerdo de Stacy com as duas mãos. Ela o massageou com cuidado, como se pudesse gotejar se pressionado com muita força. A maior parte dos homens agarrava o seio como se ele não fosse realmente ligado ao corpo, esmagando-o, apertando até que a carne enchesse o espaço entre os dedos abertos, beliscavam os mamilos como borrachas de lápis. Stacy preferia a ternura de Taylor e instruiria seu próximo namorado (quem quer que fosse ele) para fazer isso. Um tanto temerosa, Stacy estendeu as duas mãos para fazer o mesmo. O seio de Taylor parecia pesado e fluido nas mãos de Stacy, como um balão de água. Ela tentou uma massagem gentil, mas era muito pesado (apesar do suporte de lycra). Stacy tentou amassar a glândula, e aquilo pareceu agradar a Taylor. Ela gemeu. O som distraiu Stacy. Quando estava com um homem, Stacy fazia todo tipo de ruídos e amava escutar o mesmo do cara. Mas as vocalizações de Taylor pareciam fora de lugar, não apropriadas e perturbadoramente íntimas. Sexo com uma mulher, pensou Stacy, era inerentemente mais pessoal do que sexo com um homem, porque, no fim das contas, era como fazer amor consigo mesma.

Embora Stacy registrasse prazer erótico para receber o exame de seios grátis, ela não estava mobilizada pelo ato de dá-lo. Novamente as comparações (não conseguia evitar): quando Stacy estava com um homem, o que mais a deixava acesa era o que ela fazia com ele (e a reação dele). Aqui, não. O futuro de Stacy como lésbica estava em perigo. Ela tinha de parar de comparar e ficar concentrada.

Taylor pareceu sentir as divagações de Stacy e tentou interrompê-las ficando de joelhos. Taylor beijou a blusa de Stacy no caminho para baixo. Stacy não conseguiu reprimir o pânico silencioso de marcas de maquiagem em suas roupas finas (ainda outro universo de distrações mundanas — será que os homens realmente se preocupavam com manchas e sujeiras? Ela teria de perguntar a Charlie). Ela voltou para o presente rapidamente quando Taylor enfiou o rosto entre as pernas de Stacy, levantou sua saia e puxou sua calcinha para baixo.

Ela quase deu um passo para trás. Mas ao invés disso começou a brincar com os cabelos de Taylor e pensar em Tony McGuinty. Ela não tinha muita certeza do que pensaria quando fosse sua vez de ficar de joelhos, mas lidaria com isso na hora certa.

Tony, seu corpo adoravelmente musculoso, seus braços em torno de suas pernas, as mãos em sua bunda, a boca e a língua contra ela... a pressa de atingir dominou-a, naquele crescendo familiar, a sensação de que sentiria muitos milhares de vezes e sentiria um milhão mais antes que jamais ficasse entediante. Estava perto. A qualquer momento agora Stacy receberia um honroso O. Um maravilhoso, grande e enorme O. A qualquer segundo. A qualquer nanossegundo. A pressão cresceu e se expandiu.

E depois ela parou. A pressão cessou, deixando o coração de Stacy voar selvagemente em seu peito, as pernas tremendo por estar tão perto. Que porra estava acontecendo? Stacy olhou para baixo para ver Taylor sentada em estilo indiano no chão, a cabeça nas mãos. Deus do céu — Stacy sentiu um banho de água fria —, Taylor estava chorando? Qualquer coisa, menos aquilo.

Tonta, seu sangue fluiu desviando-se do seu cérebro e Stacy sentou-se no chão de madeira perto de Taylor. Sua colega estava chorando. Stacy colocou o braço em torno do ombro de Taylor e disse:

— O que foi?

— Quem é Tony? — perguntou ela.

Ih. Merda.

— Eu faço sexo oral em você e você está pensando em alguém chamado Tony. Eu nem mesmo sou gay! — disse Taylor chorosa.

— Você não é gay? — perguntou Stacy, horrorizada.

— Nunca fiquei com uma mulher antes. Mas eu gosto de você. E você é bonita. Eu sempre soube que você era lésbica, então pensei que poderia seduzir você. Começar sexualmente, e aí ficarmos amigas. Ou talvez eu virasse gay como você.

— Você acha que eu sou gay?

— E aí você fala o nome de Tony. Estou comendo vagina pela primeira vez em minha vida, e essa não é a coisa mais prazerosa que já fiz, embora eu realmente goste de sua depilação, e você chama o nome de outra pessoa. Quem é ela?

As faces marcadas de lágrimas de Taylor cintilaram, seus olhos nadando em vergonha. Isso não era apenas uma brincadeira sexual para ela. Taylor realmente se importava com aquilo, e agora seus sentimentos estavam machucados. Stacy tinha infligido dor inconscientemente, presumindo que sua pequena aventura seria emocionalmente inerte.

Stacy sorriu caridosamente (esperava) e disse:

— Tony, Antonia, é minha ex-namorada. Nós terminamos há pouco tempo e, admito, ainda estou um pouco apaixonada por ela. Acho que é muito cedo para entrar em outro relacionamento. Sinto muitíssimo por ter iludido você. Eu... eu tenho o maior respeito e admiração por você, gostaria que tivéssemos tido a chance de nos conhecer melhor. Boa sorte para você na filhotes.com. Vou sentir a sua falta.

Taylor assentiu e soluçou. Stacy beijou-a em cada face e ficou de pé.

— Vou dizer a Fiona que você teve intoxicação alimentar — se ofereceu.

Depois de ajeitar a calcinha e a saia, Stacy lançou-se para a porta. O porteiro mal olhou atravessado para ela enquanto ela corria para a rua (ele era claramente um homem com tetas). Ela correu de volta para o escritório desejando ter um rabo para botar entre as pernas.

Capítulo Nove

Quarta-feira, fim da tarde

Na hora em que Stacy voltou ao trabalho, já estava atrasada para uma RMI (Reunião Muito Importante) sobre a qual não sabia nada. Aparentemente, tinham mandado um memorando urgente por e-mail. Ela descobriu quando viu Janice em seu pequeno (e agora sufocante) escritório, escrevendo um bilhete furioso em letras maiúsculas com tinta vermelha ("ONDE VOCÊ ESTÁ, PORRA..."). Um bilhete mais apropriado para Stacy teria sido: "Onde está a porra?"

— Não sei como não recebi esse e-mail — disse Stacy.

— Se eu tivesse tirado duas horas de almoço no meio da semana de trabalho mais crucial na história da empresa — disse Janice —, eu também não o teria recebido.

— Tive de levar Taylor para casa. Ela ficou cheia de câimbras durante o almoço. Nunca vi ninguém sofrer tanto de paralisia. Tive de carregá-la, os braços dela sobre os meus ombros, enquanto eu arrastava seu corpo pesado nas costas. Estou exausta. Mas realmente sinto um pouco de orgulho por ajudar uma amiga em necessidade.

— Você será uma amiga em necessidade de emprego se não estiver na Tartaruga em trinta segundos — ameaçou Janice enquanto bufava na direção da sala de reuniões.

Isso deve ser sério, pensou Stacy. Janice não fazia o tipo chicoteadora. Aquela era a ocupação favorita de Fiona (junto com botox e injeções de colágeno).

Stacy entornou o conteúdo da sua bolsa, agarrou o bloco de notas e andou em passos rápidos para a sala de reuniões. Quando entrou na sala grande (e também sufocante), o olhar de Fiona atingiu-a como um bastão de beisebol. Evitando aqueles olhos, ela murmurou umas desculpas e sentou-se.

— Espero que não tenha sido muito inconveniente para você aparecer, Stacy — disse Fiona com acidez. Ela estava a perfeita mulher perversa hoje, com um vestido de couro preto. Em julho. Fiona sempre se gabava de que nunca sentia calor (tinha passado suas cinco vidas anteriores no inferno, pensou Stacy). — Você conhece Stanley, certo? — Fiona fez um gesto na direção do homem na cabeça da Tartaruga.

Stacy realmente já conhecia Stanley Bombicci. Eles tinham se encontrado muitos meses atrás numa festa em Silicon Alley para a empresa dele, a sacana.com, um site interativo de pornografia (antigamente, Stanley era executivo da New York Giants). Ele tinha 35 anos, era alto, com um tórax do tamanho de um Toyota. Cheirava a Old Spice e novos milhões. Na festa da sacana.com, Stanley tinha feito um pequeno discurso sobre comédias e tragédias pontocom. Ele predissera que os únicos websites a sobreviverem à primeira era do gelo online seriam os i-dinossauros (AOL, Amazon, Yahoo!) ou URLs com peitos. E provavelmente estava certo. Quando fora apresentado a Stacy por Fiona (que fizera uma representação sem-vergonha para ele, declarando em voz alta para dúzias de pessoas ouvirem que ela tinha "aparecido num filme para maiores, dez anos atrás, quando tinha vinte e tantos anos" — uma afirmação que levantava muitas sobrancelhas, principalmente porque poucos acreditavam que dez anos atrás ela tivesse trinta e poucos anos), Stanley olhara de perto para Stacy e dissera:

— Só há uma maneira de dizer se você é realmente ruiva.

— Perguntar à minha colorista? — disse Stacy, tentando evitar comentários grosseiros sobre colarinho e punhos. Felizmente, ele se distraiu com um capitalista do Crédit Suisse e ignorou-a pelo resto da noite.

Ele não a tinha esquecido, entretanto. Durante os dias seguintes, Stanley a tinha inundado com telefonemas e e-mails. Ela se convencera de que já era tempo de estabelecer alguma comunicação. Stanley estava conectado (no sentido italiano, já que ela tinha ouvido sussurros), mas certamente com hordas de presidentes de Internet. Ela concordara em encontrá-lo para um café. Nos primeiros 15 ou 16 minutos juntos, ele tinha feito monólogos de autocongratulação olhando para os peitos dela, com frases tipo "É, comecei meu primeiro negócio em meu quarto no dormitório da universidade em Harvard, quando eu tinha vinte anos, vendendo fotos de estudantes da graduação nuas. Uma ou duas noites comigo, e essas estudantes gostosas — muito gostosas, as mulheres mais sensuais de Harvard e, acredite em mim, mulheres sensuais do tipo gostosona em Harvard eram difíceis de encontrar — onde estava eu? Ah, sim, essas mulheres fariam qualquer coisa que eu quisesse. Posar nuas, assinar um contrato de modelo. Concordar em me pagar um boquete na estátua de John Harvard no meio da Harvard Square".

— Parece uma experiência rica e recompensadora, Stanley — disse Stacy.

— Ganhei rios de dinheiro — disse ele, assentindo. — O bonito era que aquelas garotas eram de verdade. Meus fregueses podiam vê-las andando pelo campus. Em Harvard. Isso é um material de masturbação muito melhor do que a *Penthouse* para um bando de caras tarados que não conseguiam um traseiro nem numa granja de coelhos. Eles eram *nerds*, mas inteligentes, meus colegas de classe. Fui desafiado intelectualmente em Harvard, e preciso daquele tipo de estímulo. Estímulo sexual. O tempo todo. Como agora. Olhando para você. Eu adoraria colocar a mão embaixo de sua saia e...

— Em que escola você estudou mesmo? — perguntou ela.

Quatro meses mais tarde, Stacy tinha relutantemente incluído Stanley em sua lista A Fazer de candidatos para a Semana de Emergência de Sexo. E aqui aparecia ele, como num passe de mágica, na cabeça da Tartaruga. Seria o destino?, perguntou-se.

— Bom ver você, Stanley — disse ela, sorrindo calorosamente.

— Ótimo ver você também — disse ele para os peitos dela.

Fiona deu início à reunião e o grupo de doze produtoras, gerentes de produto e vendedoras viraram seus óculos de hastes de ossos e cortes de cabelo assimétricos para Fiona.

— Agenda: finalizar o período — disse ela. — A calcinhas.com e a sacana.com estão formando uma parceria de mercado. Vamos fornecer lingerie ilimitada para as modelos de Stanley e links para o site dele. Em troca, ele vai nos dar banners gratuitos, um clique de publicidade em cada menu, uma chamada na página principal e um item com descrições dos produtos do dia nas páginas.

— Vamos para a cama com um site pornográfico? — perguntou Stacy, chocada (esta informação estava no memorando?). Um site "erótico intelectual", certamente. Um site de encontros, ainda melhor. Mas uma URL que sem a menor vergonha se chamava de "o melhor material para masturbação da web"? Certamente sua parceria era contraproducente. A calcinhas.com vinha empurrando a carroça do mercado de massa desde o início. A idéia era diferenciá-la dos varejistas de lingerie de luxo na Internet. Unir a calcinhas.com com um site pornô iria fazer sua carroça adernar mercado abaixo, montanha abaixo, privada abaixo.

— Digo isso com o mais profundo respeito pela capacidade da empresa de Stanley — disse Stacy —, mas a sacana.com não é meio obscena?

— Já recebi e dispensei sua preocupação — disse Fiona. — Podemos ter classe e não sermos caras ao mesmo tempo. Isso não é difícil de conseguir. Olhem para mim. — O aposento cheio de pessoas olhou para suas unhas. — Nossa queima de capital é de duzentos mil dólares por mês. Precisamos de mais tráfego. A sacana.com tem cinco milhões de entradas por dia. Deveríamos agradecer a Stanley por nos escolher para sermos um de seus parceiros. E ele generosamente se ofereceu para nos dar uma janela de marca, bem como um empréstimo, em troca de um milhão de ações da empresa a quatro dólares por lote. — O atual preço das ações era de 7 dólares por lote (o maior preço em 52 semanas tinha sido 67).

O empréstimo parecia uma barganha de loucos, mesmo para os ouvidos insensíveis de Stacy. A calcinhas.com estava tão desesperada por dinheiro? Aquela tinha de ser uma oferta que Fiona não poderia recusar. Stacy podia ver suas racionalizações acontecendo. A calcinhas.com estaria em boa companhia. Stanley já tinha negócios de parcerias cruzadas com pelo menos 20 websites, incluindo um arranjo de um milhão de dólares com a AOL (palavra chave: "sacana"), uma janela promocional automática quando qualquer pessoa comprava "literatura para adultos" na Amazon e outra tela instantânea quando qualquer homem (de 18 a 70 anos) se registrava nas compras do Yahoo. Uma parceria com o "toque pessoal" do rei da Internet pornô podia trazer mais tráfego. Mas quanto as babacas adolescentes gastariam em calcinhas? Além do que, a idéia de uma logomarca da calcinhas.com enfeitando as mal cobertas bundas de modelos que se deitavam em sofás-cama e se masturbavam em ritmo de disco por um dólar por minuto era embaraçoso. Apenas uma razão a mais para sair deste trabalho.

Que venha janeiro, eu pego o dinheiro e fujo para as montanhas, prometeu Stacy.

Stanley, sentindo a aquiescência de todas as mulheres na mesa, colocou as mãos atrás da cabeça, arejando seus peitorais como um condor, e disse:

— Obrigado pela declaração de amor, Fiona. Mas nós ainda não estamos fechados. Algumas coisas antes de assinarmos. As modelos devem usar a propaganda de maneira indecente. Isso é um problema?

Fiona sacudiu a cabeça.

— E eu quero aprovar pessoalmente qualquer oferta de ações, escolhas, transferências e empréstimos feita por essa empresa para sempre.

Janice e Fiona olharam uma para a outra franzindo a testa. Isso era novidade. Podia significar que Stanley planejava desmantelar as escaladas de ações? Isso era uma transação de venda? Não podia ser. Cada uma de As Mulheres assentiu, olhando diretamente no rosto uma da outra, sem entregar nenhum dos seus sentimentos (mas possivelmente entregando muitas ações).

— Mais uma coisa — disse Stanley. — Isso não vai acontecer, especialmente não o empréstimo, a menos que Stacy Temple jante comigo hoje à noite.

Stacy, o rosto em chamas, engasgou. Fiona disse:

— Isso iria cair no estatuto *quid pro quo* da lei de assédio sexual, Stanley.

— Acho que você poderia convencer um juiz a ver as coisas dessa maneira — concordou ele.

— Muito bem, então — disse Fiona. — Stacy, você vai jantar com Stanley. E faça o que ele quiser, ou está despedida.

Stanley sugeriu o Aromantique, um restaurante francês bonitinho a alguns quarteirões de distância. Stacy concordou e voltou ao trabalho por algumas horas enquanto Stanley e Fiona brindavam um ao outro no escritório dela. Por volta das seis, Stacy e Stanley andaram até o restaurante. Ele não parecia bêbado, apesar do champanhe da tarde. Na verdade, parecia totalmente lúcido. O *maitre d'* saudou-os na porta do restaurante com beijos e dirigiu-os a uma mesa formalmente posta — garrafa de vinho, um glorioso buquê de flores Casablanca, uma cesta de pão quente.

— Isso é adorável — disse Stacy, colocando o guardanapo no colo.

Do outro lado da mesa, Stanley pareceu satisfeito e subjugado. Talvez ela estivesse errada sobre ele. Especialmente agora que estava inclinada a dar a qualquer potencial desrevirginizador o benefício da dúvida, ela o deu a Stanley. Toda aquela coisa de empresário pornô, decidiu, era apenas um personagem dos negócios. A fanfarronice sobre a época de Harvard, aquilo estava vindo de um lugar profundamente inseguro. Sua brutal subida ao topo da profissão o tinha tornado um homem solitário e triste, desesperadamente necessitado de ligações humanas e, simplesmente, de um rosto amigável do outro lado da mesa com uma conversa boa. E o esforço que ele tinha feito esta noite, a mesa, as flores, o "tudo foi arranjado" do *maitre d'* — Stacy estava se sentindo mimada. Não tinha certeza sobre os planos dele para a calcinhas.com, mas, de onde estava, a luz de velas brincando no nariz e no queixo fino de Stanley, Stacy estava pronta para ser levada. Por uma noite. Ela não podia se ver num relacionamento longo com um mestre da pornografia. Não podia se ver de manhã com ele (devia ir para a casa dele, para poder escapulir depois que ele dormisse, pensou).

Ela foi direta, dizendo:

— Antes de começarmos, você deveria saber a verdade. Estou numa situação difícil. Em quatro dias...

Ele a interrompeu.

— Não seria outra coisa? — perguntou ele. — Você precisa de uma situação difícil. Fiona me disse que você está louca por um tubo de carne. E estou disponível. Talvez.

— Fiona disse...? — perguntou Stacy.

— Ela lê os seus e-mails — explicou ele. Stacy e Charlie andaram se correspondendo copiosamente sobre os seus esforços.

— Tenho certeza que Fiona se divertiu muito — disse Stacy. Aquela *piranha*! Pelo menos Stacy não teria de falar sobre sua situação desagradável para Stanley. Ele já sabia. E ia ajudar. Mas o que ele tinha acabado de dizer? — eu ouvi "talvez"?

— Comece com desculpas — disse ele. — Da última vez que saímos, você fez uma coisa totalmente depreciativa, levantou-se e me deixou sozinho no Café Dante com um expresso duplo pela metade. Isso são apenas 150 ml de líquido. Não toma muito do seu tempo ficar sentada com um homem e esperar que ele tenha terminado um drinque de 150 ml. Você foi grossa, Stacy. Fiquei envergonhado. O cara do bar me deu um outro duplo por conta da casa porque teve piedade de mim. Você feriu meus sentimentos. E eu realmente gosto de você. Você é esperta; tem peitos maravilhosos. Se quiser um pedaço de mim, tem de pedir desculpas pelo jeito como me tratou.

— Desculpe, Stanley — disse ela. — Eu não sabia que você... eu não sabia que você tinha sentimentos a serem feridos.

Ele pareceu satisfeito e disse:

— O alívio está tomando conta de mim.

— Fico muito satisfeita.

— Podemos começar de novo agora.

— E por que não?

— Vamos brindar.

Eles brindaram e beberam. Stacy bebeu agradavelmente. Stanley engoliu o copo inteiro de Ravelwood Merlot, aparentemente sem provar nem um gole. No mínimo aquilo custava 40 dólares a garrafa. Não ia querer gastar menos em vinho sem prová-lo.

— Você deve estar com sede — disse ela.

— Certo, de volta aos negócios — disse ele, colocando o copo na mesa. O *sommelier* correu para encher novamente seu copo e saiu. — Estive pensando em encontrar você assim durante meses. Eu queria que o cenário, o vinho, a comida, tudo fosse perfeito. Tenho uma visão muito clara desta noite e quero me prender ao roteiro o máximo possível.

Ela assentiu com apreensão.

— Por que você não me diz como gostaria que fosse a noite e nós vemos se conseguimos nos aproximar dela? — Stacy estava um pouco incomodada.

Ele sorriu espertamente.

— Não, você não me entendeu. Pratiquei essa noite em minha cabeça centenas de vezes. Quero que ela seja *exatamente* como imaginei. Estamos chegando à página dois.

Sobre a mesa, Stanley estendeu a Stacy um manuscrito fino com uma capa laminada. A página do título dizia "Meu encontro com Stacy". Quase amedrontada demais para olhar, ela virou a primeira página e leu. Bem ali, em letra Geneva corpo 12, estava uma exata descrição dos dois entrando nesse exato restaurante, sentados nessa mesma mesa, as flores Casablanca, pão quente, Ravelwood. O pequeno parágrafo entre parênteses dizia: "Stanley explica como a noite vai se desenrolar e Stacy obedece feliz. Ela está radiante e determinada, sabendo que vai preencher os desejos duradouros que Stanley guarda por ela desde que o feriu tão profundamente da última vez em que se encontraram. Feliz com sua chance de consertar as coisas, Stacy concorda em fazer sua parte desta fantasia, PALAVRA POR PALAVRA."

Ela virou a página. Era um roteiro, com suas falas destacadas em amarelo. Ela leu a primeira linha para si mesma e depois olhou para Stanley surpresa.

Ele sorriu e sussurrou:

— É só um jogo.

Ela colocou o manuscrito sobre o prato.

— Quero uma garantia de que minhas ações não serão afetadas pela parceria com a sacana.com. — Stanley concordou prontamente.

Ainda sem registrar a obsessão potencialmente perigosa de Stanley e o fato de que entrar no papel que ele tinha escrito para ela poderia levar sua fixação para novos patamares, Stacy abriu a cena. Lendo com emoção (*Hmm, isso pode ser bem divertido*, pensou), Stacy começou:

— Não consigo acreditar que estou me encontrando com você, Stanley Bombicci. Você é o homem mais bonito, rico e impressionante que eu já conheci, ou conhecerei. Não acredito na sorte que tenho de ser vista com você.

Stanley não precisava do roteiro. Sua parte estava toda na memória.

— Você está certa, Stacy — disse ele. — Mas não se rebaixe. Você é uma mulher bonita, e eu quero fazê-la feliz.

— A única maneira de você me fazer feliz — leu Stacy — é me deixar fazer você feliz. Farei qualquer coisa que você quiser. É só pedir.

— Qualquer coisa? — perguntou ele.

— Oh, sim, Stanley, eu imploro a você para me fazer pedidos sexuais doentios e deformados. Só então encontrarei alegria e satisfação na vida. — Ela levantou os olhos da página. — Eu não tenho de *fazer* qualquer coisa de verdade, certo?

— Você está se desviando do roteiro — advertiu ele.

Ela leu:

— Hoje à noite, com você, quero fazer algo que nunca fiz antes.

— O quê, Stacy? — perguntou ele.

Ela deveria dizer "sexo anal". Mas Stacy já tinha feito aquilo algumas vezes com Brian. Ela perguntou:

— Tem importância se o roteiro estiver factualmente incorreto?

— Apenas leia, por favor.

— Não vou fazer sexo anal com você — disse ela.

— Você não tem de fazer. Só quero que você ofereça.

— Seria melhor não pedir algo que eu não quero.

Stanley entornou outro copo de vinho. O *sommelier* encheu-o novamente e saiu.

— Você, por favor, apenas leia o roteiro — implorou Stanley.

— Um grande ator pode improvisar. Talvez eu pudesse tentar algum outro tipo de sedução. Nunca fiz sexo a três. Ou, eu sei que isso vai surpreendê-lo, mas nunca fiz fora de casa. Não tenho muita certeza se senti falta de fazer algo tão elemental nos cânones da experiência sexual, mas a idéia de areia ou sujeira ou insetos? Eca.

Stanley parecia estar prestes a chorar.

— Vamos pular para a linha vinte e quatro da página três.

Ela procurou o lugar designado.

— Certo — disse ela. — Eu digo "Quero sentir sua vara de fogo dura como tronco de carvalho inchada dentro da minha estreita e borbulhante..." *Borbulhante?* Quem descreveria sua própria vagina como borbulhante? Hmmmmm, vou pular essa parte, linha treze na página cinco.

— Mas você está passando o parágrafo que começa com "Fluidificar minhas bordas" no pé da página quatro. Adoro esse parágrafo.

— Ah, eu não posso ler a palavra "fluidificar" e depois jantar. Tenho certeza que você pode me permitir algumas pequenas omissões — disse Stacy.

— Isso não está indo do jeito...

— Gosto dessa parte, sobre como eu desejo "deixar você foder minha boca até que ela transborde com o sumo dos deuses". Vamos manter isso. Embora eu questione o uso da palavra "deuses". Estou para ser estuprada oralmente por mais de uma pessoa com aparência de deus, ou só você? E se é só você, deveria ser sumo de um deus, no singular. Significando você, com todas as suas ejaculações divinas. É muito romano, na verdade, com "deuses", sabe.

— Gosto disso do jeito que escrevi — disse Stanley. — Você não está captando a idéia de um roteiro, Stacy. Uma linha leva à outra. Você não pode simplesmente tirar uma linha em particular e lê-la sozinha. Assim não flui. As palavras soam grosseiras.

— Você disse isso, não eu. — Ela provou do vinho. — Podemos pedir logo? Acho que eu poderia fazer desde o início, *com sentimento*, se não estivesse com tanta fome. Como você sabe, sou esfomeada. — Stacy rapidamente folheou as páginas do roteiro e aí parou para ler uma linha da página 7. — "Esfomeada por sua carne em cada orifício do meu corpo." — Ela riu discretamente. — Mas antes que cheguemos lá, eu adoraria experimentar o *coq au vin*.

Com um movimento brusco de abotoaduras, Stanley arrancou o manuscrito das mãos de Stacy.

— Você matou totalmente o romance do momento! Nada disso vai soar sincero agora. Quando escrevi, estava falando de coração. Essas são palavras de amor, Stacy, e você manchou-as.

— "Deslizar minha língua em torno da sua raiz máscula" são palavras de amor? — perguntou ela, genuinamente curiosa.

Ele respondeu jogando vinho no rosto de Stacy e gritando:

— Você estragou tudo! — enquanto corria para fora do restaurante.

Ensopada na confusão, Stacy ficou grata pelo fato de as manchas de vinho estarem na mesma blusa que as marcas de maquiagem de Taylor (apenas um artigo de roupa sacrificado em duas investidas sexuais malsucedidas). Ela não podia ter ofendido mais Stanley; escrever era a maior vaidade de todas. Stacy realmente ficou aliviada por não ter de ir para a casa com um pervertido. Desapontada também. Mas não demais.

Capítulo Dez

Quarta-feira à noite

O *coq au vin* estava delicioso. Como entrada ela pediu a terrine e, como sobremesa, um suflê. Como parte desse arranjo elaborado, Stanley tinha deixado o boleto impresso de seu cartão de crédito com o *maitre d'*. Um homem adorável, muito tipo *vovô*. Ele não viu mal algum em deixar Stacy assinar seu nome na ausência de Stanley. Saciada e um pouco zonza, Stacy pegou um táxi para casa. Foi quando o beliscão de ansiedade começou e se transformou num soco na hora em que chegou ao SoHo. E se humilhar e insultar Stanley colocasse um empecilho em seus planos para a calcinhas.com? A idéia parecia absurda. Ninguém tomava decisões de um milhão de dólares por conta do sucesso de um jantar romântico. Stanley tinha um plano de negócios e não se incomodaria com a calcinhas.com a menos que houvesse um potencial de lucro.

Não seria possível que ele tivesse feito o contrato de parceria apenas como desculpa para ver Stacy novamente. Ela tinha uma auto-imagem saudável, mas tinha certeza que ninguém arriscaria toda aquela grana por um encontro com ela. Por outro lado, Stanley realmente parecia estar alimentando uma obsessão. Valeria quatro milhões de dólares (a quantidade de ações que ele estava para comprar) ouvir Stacy murmurar as palavras "raiz máscula"? Quanto mais ela pensava em Stanley, mais estranho ele parecia. As pessoas realmente faziam roteiros em suas cabeças, escrevendo diálogos de fantasias, dando a si mesmas as melhores falas. Mas ninguém (saudável) iria digitar as palavras e esperar que o ser consciente do outro lado da mesa as lesse (pelo menos, não de graça, não num segundo encontro). E mais, agora que a peça de um ato "Meu encontro com Stacy" tinha encerrado sua noite de estréia, Stanley ficaria inspirado para escrever uma seqüência chamada "A noite em que torturei e assassinei Stacy?". Aquele roteiro incluiria Stacy implorando por sua vida (ao longo de frases de "Eu sou inútil, patética e incapaz, mas ainda anseio para ver a luz de outro dia, especialmente se me deixarem lustrar seu tronco duro de manhã, à tarde e à noite")? Stanley disse que era apenas um jogo. Até que ponto um jogo perigoso?, perguntou-se ela. Para se distrair, Stacy tirou seu Palm III e deletou o nome de Stanley da sua lista A Fazer. A lista ficava cada vez mais anêmica com o passar do dia. Ela precisava de um novo estoque de candidatos.

O táxi a deixou bem do lado de fora do seu prédio. Stacy conseguiu relaxar quando estava a salvo entre as portas duplas da frente. Enquanto esperava o elevador, pensou no rosto manchado e confuso, logo antes dele ter fugido dela. A imagem a fez ficar exausta. A noite sem dormir estava acabando com ela. A exaustão pesava em seus ombros como um manto de ferro. Mal conseguia ficar de pé para esperar as portas do elevador se abrirem. Finalmente, elas se escancararam.

Lá dentro, o Garoto Vampiro, a criatura de cabelos-de-corvo da noite do 4C, estava com as mãos nos bolsos dos seus jeans pretos. Ele a viu e franziu a sobrancelha. Ela ficou sem se mexer, encarando também. Eles olharam um para o outro, silenciosos e imóveis. Eles deviam ter ficado assim — Stacy do lado de fora do elevador; o Garoto Vampiro dentro — por alguns momentos, porque as portas automáticas do elevador se fecharam e, fazendo isso, quebraram o encanto. Stacy inclinou-se para trás, ficando contra a parede do saguão. Ela rapidamente tirou seu pó compacto e refez a maquiagem. Ela viu o B sobre o elevador se acender e soube que o elevador tinha ido para o subsolo. O Garoto Vampiro tinha obviamente tido a intenção de sair no saguão. Ele voltaria para lá num segundo. Ela preparou um sorriso caloroso, endireitou sua blusa manchada e esperou. Mas quando as portas do elevador se abriram, ele estava vazio.

Enquanto ia para o quarto andar, Stacy respirou fundo algumas vezes. Como ele a tinha prendido em seus olhos daquele jeito?, pensou. E onde ele tinha ido? Teria se transfigurado num morcego e voado? O Garoto Vampiro tinha poderes inegáveis e tangíveis. Em seu andar, Stacy passou pelo apartamento 4C — a caverna do Garoto Vampiro — e imaginou o que ele fazia lá durante o dia. Ficava escondido no escuro ou dormia num caixão? Talvez ela devesse deixar um bilhete. Apenas um pequeno convite para aparecer para alguma chupação de sangue casual, sem amarração-de-cordas. Ela se livraria do seu problema (e se tornaria imortal, para fechar). Ela pescou dentro da sua bolsa o bloco de notas cor-de-rosa. E rabiscou:

> *Sou a ruiva do 4A. Acabamos de nos encarar por um instante que durou a vida inteira no saguão. Se quiser me encontrar, retorne esse bilhete marcando um encontro, com horário e local. Ou apenas dê uma passada.*
>
> *Stacy*

Ela deslizou a folha sob a porta dele.

— Coisa arriscada — disse a si mesma enquanto entrava em seu próprio apartamento. Estava exatamente como o deixara, coerentemente bagunçado. Seus amigos e parentes normalmente usavam frases descrevendo desastres naturais ou provocados pelo homem ("um furacão passou"; "uma bomba explodiu") para descrever sua decoração de interiores inconformista. Sem considerar quantos enfeites estavam empilhados em prateleiras, ou quantas bolsas ficavam por ali (dezenas penduradas num gancho, numa parede vermelho-gerânio), Stacy nunca deixava louça suja na pia ou roupas sujas no chão. Era uma bagunça limpa.

Na mesa lateral com a toalha de mesa de seda com franjas, sob o abajur apagado, entre a foto adornada com contas e seu aparador de incenso de prata (com caixa de prata combinando para varetas e cones), ficava seu telefone sem fio ultrafino, pintado de vermelho, rosa e lilás com esmalte de unha (algumas noites maldormidas eram muito, muito longas). Ela o pegou e escutou o ruído que significava que ela tinha correio de voz. Duas mensagens. Uma de Mamãe (amargurada com Papai e sua mania por adubos) e uma de Charlie, esperando impaciente pela história lésbica.

Ela retornou a ligação. Para Charlie. Stacy ficou surpresa quando ele atendeu. Normalmente, a essa hora da noite, ele estava ou na guerra do lado de fora ou se divertindo com uma ex-namorada/atual ficante de quatro noites (também conhecida como perto-de-virar-ex-namorada). Charlie tinha a habilidade de não ofender nenhuma ex de maneira permanente. Elas a princípio ficavam com raiva ou feridas, mas seus sentimentos por ele nunca ficavam irreparavelmente danificados. Manter as pessoas a seu lado era uma das habilidades especiais de Charlie.

— Estou em casa — disse ela.

— Manda — disse ele.

— Minha história tem final triste.

— Espere um minuto — disse ele, silenciando a linha. Quando voltou: — Estou acompanhado. Podemos almoçar amanhã e você me conta cada detalhe microscópico pessoalmente?

Stacy franziu a testa, sem certeza se o seu ciúme era de Charlie e seu constante fluxo de parceiras sexuais, ou da garota que ele estava entretendo no momento.

— Quem está aí? — perguntou.

— Lembra daquela publicitária da projeção de *Atração química*? Staci?

— Sim, estou aqui.

— Não, o nome dela é Staci.

— Do jeito que você fala, estou achando que é Staci com "i".

— Deve ser — disse ele.

— Pelo bem dela, espero que seja um "i" ruim — disse ela.

— Nunca saí com nenhuma Staci antes — disse ele. — Então desta vez, quando eu falar o seu nome durante o sexo, ela não vai suspeitar. Amanhã — e desligou.

Ela encarou o telefone mudo. Ele preferia vadiar com uma publicitária a ouvir sua história sobre sexo com outra mulher. Como ele conseguia esperar? Ela o estava perdendo. Talvez realmente gostasse dessa Staci. Talvez ele estivesse se apaixonando por ela. O que isso significaria em sua amizade? A deixaria com planos para almoços, pensou. Certo, então Stacy iria almoçar. Veria o quão longe chegaria com aquilo.

Ela passou dez minutos programando um roteiro de prazer para a tarde do dia seguinte. Depois ligou seu iBook (propriedade da calcinhas.com, a ser devolvido quando saísse da empresa; como se ela tivesse qualquer intenção de devolvê-lo; eles teriam de vir até sua casa, invadir e confiscá-lo). Ela se logou no AOL.

— Mensagem para você — disse a voz do computador. Sua caixa de correio estava lotada.

— Cinqüenta e sete e-mails! — disse Stacy.

Ela correu a longa coluna de entrada. Todos menos cinco — spam, coisas de trabalho, mamãe e um de Gigi XXX na swerve.com — eram de assinantes da match.com (ela praticamente esquecera que tinha colocado o anúncio). Tinha arrebentado a boca do balão no mundo virtual. Como era encorajador! Devia haver alguém pelo menos decente num grupo de 52 esperançosos.

Mas primeiro ela leu o e-mail de Gigi. Dizia:

"Stacy, julgando pelo tom do seu último e-mail, devo ter ofendido você de alguma maneira. Por favor, saiba que respondo regularmente a correspondência de leitores em minha coluna, e é meu trabalho ser o mais provocativa quanto possível. É isso o que torna a coluna engraçada. Não quis insultar você. Mas se, por qualquer acaso, algo que escrevi a magoou sugiro que você examine isso mais profundamente. Obrigada e desculpe, Gigi XXX."

Ainda sem usar seu nome de verdade, aquela merdinha, pensou Stacy. E como ela ousava sugerir que qualquer coisa que ela cuspia como molho de carne poderia ter valor emocional real para qualquer pessoa? Mas Stacy estava feliz demais e tirou sua atenção de Gigi para voltar a seu pacote cheio de pretendentes virtuais.

Ela passou os olhos pelas mensagens, imediatamente deletando aquelas com apelidos desagradáveis (por exemplo,

COMTESÃO poderia ser uma coisa certa, mas uma garota tinha de ter alguns padrões; SEGURADOR podia ter tendências homicidas; ESTRELANEGRA podia ser devagar — não necessariamente algo ruim, mas ela estava com pressa; ZIGOTO não estava procurando um encontro, estava procurando um útero). Ela descascou a lista para 20 na primeira leva, ainda altamente encorajada por sua colheita. Próxima cerca: foto e análise do perfil. Ela checou metodicamente o anúncio de cada um dos e-mails. Se fosse mais velho que 40 ou mais novo que 30, ela automaticamente deletava. Se descrevesse seu tipo físico como "médio", "gordo" ou "alguns quilos a mais", ela deletava (já que tinha opções, ficaria apenas com "atlético" ou "magro/esguio"). Jogou no lixo os homens que ganhavam menos de $100.000, descobrindo que já que tinha a oportunidade de discriminar, podia muito bem ser tradicional.

Esse processo de capinação era exatamente o motivo pelo qual a promoção de encontros pela web tinha tão pouco potencial para se encontrar o amor verdadeiro. Era muito metódico. Não havia destino. Não havia a visão do homem de seus sonhos do outro lado de um salão lotado. Uma listagem das credenciais de alguém, combinada com uma foto granulada e um perfil escrito com autoconsciência, levava a um julgamento pelo papel. Se o amor pudesse ser inspirado por como alguém parecia no papel (ou, mais precisamente, na tela), seria miraculoso. Além do mais, havia o beijo do desespero para superar. Ter de se anunciar para encontros, com linguagem tipo "Sua mãe aprovaria", era quase difícil demais de suportar. Por outro lado, as pessoas eram ocupadas nesta cidade. Ninguém tinha tempo de ir a festas. Os bares eram deprimentes. Perturbar amigos em encontros às escuras ou forçados era humilhante. Serviços de encontros eram caros. Sobravam então os contatos de trabalho, amigos que se transformavam em algo mais e a flecha vacilante de Cupido. Por que deixar o encontro on-line fora do alcance da mão? Poderia funcionar. Em sua página, a match.com dizia ser responsável por milhares de casamentos.

Sua lista de escolhidos na match.com:

ADMAN era um executivo de publicidade de 34 anos que morava no West Village (geograficamente sortudo). Sua foto estava borrada, mas ele parecia bem dentro da abrangência de atratividade masculina. Ele dizia que era "atlético", ganhava mais de cem mil dólares, estava procurando alguém que risse dos filmes de Woody Allen. Stacy adorava Woody Allen. Era o destino!

RICHARDMcD, arquiteto de 39 anos do Upper East Side, gostava de correr, caminhar, beisebol, futebol, basquete e hóquei. Ele tinha ingressos para as temporadas dos Mets, Jets, Knicks e Rangers. Sua renda era "inespecificada", mas já que ele tinha de estar em grande forma Stacy perdoou a discrição. A foto de sua cabeça mostrava uma abundância de cabelos vermelhos exatamente como os dela (eles tinham tanto em comum!), um sorriso tipo Hugh Grant e olhos azuis brilhantes e cintilantes.

TOUROLUTADOR era veterinário, 37 anos, que adorava animais, plantas, qualquer ser vivo. Ele tinha acabado de sair de um relacionamento longo. Estar sozinho (mas não solitário) não era seu estilo, e gostaria de explorar a cidade e seus muitos mistérios com uma mulher inteligente e cuidadosa que fosse menor do que 1,74. Ele era magro/esguio e sua foto era passável.

ESTOURO era a escolha número um de Stacy. Ele tinha 35 anos, era "atlético", 1,82 de altura, a cabeça era cheia de belos cabelos castanhos, descreveu sua ocupação como "outras" (ele não disse, mas Stacy teve a sensação de que era muitíssimo rico, apesar de ter classificado sua renda como "inespecificada"). Gostava de teatro, filmes, música clássica (tocava violino e se apresentava profissionalmente "quando tinha tempo"), tinha publicado dois romances ("de pequena importância, mas muito divertido de escrever"). No item de por que um cara tão magnífico estava solteiro, ele explicou assim: "Os canais adequados não renderam meu par ideal, então pensei em tentar isso. Meu melhor amigo conheceu sua mulher na match.com, e ela é uma mulher maravilhosa. Gostaria de ter essa sorte."

Bem, aquele era o dia da sorte dele. Stacy respondeu a seu e-mail original (pequeno e doce — ele tinha escrito "Você já conheceu seu parceiro?": "Querido ESTOURO, ainda não conheci meu parceiro, mas se você estiver disponível amanhã à noite posso ter de esperar apenas mais um dia. Cumprimentos calorosos, Fofa." A parte perturbadora: apesar das probabilidades, ESTOURO *podia* acabar sendo o amor da vida de Stacy. Quando você nunca viu ou falou com alguém, pode projetar qualquer coisa nele, mesmo sua fantasia mais ousada.

Para os outros da sua lista de escolhidos, Stacy mandou respostas resumidas, tentando sair do modo virtual para o contato direto, acreditando que trocas prolongadas de e-mails seriam inadequadas. Já que ela tinha um telefone maravilhoso, apreciaria muito se ele mandasse seu número. Ela mandaria o dela, mas uma garota tem de ser cuidadosa etc.

Era perto da meia-noite quando mandou seu último e-mail. Estava mais do que exausta. Enquanto saía da mesa na sala de estar em direção ao quarto nos fundos, Stacy notou uma folha de papel cor-de-rosa no chão perto da porta da frente. Mais de perto, viu que era seu bilhete para o Garoto Vampiro da porta ao lado. Ele tinha escrito uma resposta atrás. Dizia:

Bati na sua porta, mas você não respondeu. Desculpe tê-la encarado assim. A surpresa de vê-la embaralhou-me as palavras. Vou ficar me esforçando no trabalho, pensando em algumas coisas inteligentes para dizer a você da próxima vez que a vir. Estarei na cidade todo o fim de semana. Se estiver livre, podemos nos encontrar e eu posso tentar falá-las para você.

Ele não tinha assinado nenhum nome.

Ela lavou o rosto, escovou os dentes e caiu na cama. Suas reservas de homens aumentavam de novo, Stacy era capaz de dormir sem esforço. Teve sonhos pacíficos com nuvens fofas.

Capítulo Onze

Quinta-feira de manhã

O sol estava cantando. Pássaros estavam brilhando. Stacy levantou-se sorrindo da cama, espreguiçou o sono para fora dos seus ossos e pulou no chuveiro. Ela tinha um encontro no almoço, uma perspectiva quente no apartamento ao lado e um monte de interessados via e-mail, todos os quais adicionados ao iminente alívio por sua desrevirginização iminente. Paz e alegria em julho. Ela não poderia pedir mais.

Ela se vestiu para o calor de 32 graus com um vestido refrescante e apertado de linho, comprido e sem mangas. Não era o item mais sexy do seu guarda-roupa, mas um dos mais bacanas e claros. Com seus cabelos num coque, um colar de uma volta, bracelete e sandálias de tiras branco-gelo, Stacy sabia que era a imagem da elegância. Era exatamente o tipo de aparência Grace Kelly pela qual Charlie era tarado. Ela estava armada, carregada e perigosa (nua).

Andar para o metrô foi como saltitar. O percurso, flutuante. Ela lançava olhares para os belos viajantes. Alguns olhavam de volta. Claro que sim. Ela estava em ótima forma. Estava brilhando. Era desejada. O feitiço que a possuía, esse humor precioso e raro, era quase como estar apaixonada.

Explodindo de confiança, Stacy não teve problemas para entrar na deli gordurosa e pedir seu suicídio no pão ("Me dê manteiga, bastante", disse para o operador sobrancelha-única do *grill*, que ficou tão chocado com sua mudança de atitude de esquilo para pantera que não ousou fazer um único ruído de beijo). Depois de dar uma parada rápida (para uma necessária proposta de sedução na hora do almoço), ela velejou pelo elevador do seu prédio, pronta para (e *desejando*) encarar Janice no debate sem fim sobre os painéis de algodão para a coleção de calcinhas de rede arrastão 2001. Normalmente, esses conflitos e batalhas acaloradas faziam-na envelhecer um ano por minuto de discussão. Hoje ela chocaria a todos. Nesta manhã ela desistiria. Esquecer os forros de algodão! Quem precisava deles? Quem ligava para higiene? As mulheres da América não deviam ser livres para respirar?

Stacy virou a esquina para o seu escritório, os pés leves, os sapatos batendo no chão. Ela praticamente podia ouvir "It's Not Unusual", com Tom Jones tocando, enquanto ela andava.

A batida parou subitamente quando Stacy encontrou Fiona Chardonnay em sua mesa, literalmente soltando fumaça. A fumaça saía da sua boca em faixas longas. Stacy piscou algumas vezes antes de se dar conta de que Fiona estava segurando uma xícara de café muito quente em suas mãos, sob o queixo.

— Exatamente o que você fez a Stanley Bombicci na noite passada? — perguntou Fiona com sarcasmo. — Ele me mandou um e-mail solicitando mudanças significativas no acordo e ameaçando reajustar as taxas de juros do empréstimo.

— Tivemos um jantar romântico — disse Stacy, sua elevação natural tomando uma direção direta para baixo. — Depois fomos ao apartamento dele e fizemos um amor maravilhoso, maravilhoso, a noite toda.

Fiona ficou de pé. Seus saltos, pontudos e letais, mergulharam no tapete.

— Como é o apartamento dele? — perguntou ela, como se conhecesse cada centímetro dele.

Stacy se confundiu. Como seria o apartamento de Stanley? Ela estava sorteando um papel em branco.

Ela devia ter dito a palavra alto. Fiona olhou de esguelha para ela.

— Branco? — repetiu.

— *Preto* — disse Stacy. — Muito preto. Móveis, prateleiras. Pôsteres Erte assinados, uma escultura de mármore negro de 1,80 de altura de uma mulher nua no corredor da frente, uma geladeira cheia de champanhe, caviar, patê, maçãs, queijo, chantilly, pacotes de camarões vermelhos, trufas de chocolate.

— Basta — disse Fiona. — Você não tinha a obrigação com esta empresa de ir para casa com aquele homem, Stacy. E, se chegar a fazer isso, vou negar em juízo que pedi a você que fosse jantar com ele.

— Por que chegaria a esse ponto? — perguntou Stacy. — A menos que você tentasse me pressionar.

— Eu jamais faria uma coisa dessas, Stacy — disse ela. — Você devia me conhecer melhor agora.

Stacy não conhecia. Fiona tinha sido generosa com ela, mas Stacy sempre ficava pensando se fora sábia ao recusar as séries de subornos cuidadosamente oferecidos por Fiona. Muito tarde agora, pensou Stacy. Se Fiona estava conspirando, havia pouco que Stacy podia fazer sobre aquilo a não ser empacotar suas coisas e sair pela porta. Aquilo seria ainda mais bobo, e prematuro.

— Você andou lendo meus e-mails — disse Stacy.

— Ligue para um serviço de acompanhantes. É o que eu faço — disse Fiona. — Ou seduza algum rapaz de entregas que não fale inglês.

— Rapaz de entregas, sem falar inglês. Entendi.

— Ou simplesmente vá a um bar — disse Fiona, entornando o café e jogando a xícara no lixo. — Só você poderia transformar o ato de transar numa busca heróica.

— Ainda não tive a oportunidade de ir a um bar — disse Stacy.

De alguma forma, pegar um homem num bar parecia ainda mais desesperado do que pedir um online. Por outro lado, ela tinha conhecido Brian num bar (aos 28 de idade). Com quatro anos a mais, ela esperava evitar os bares agora. Pelo menos online você não poderia levar a rejeição para o lado pessoal. Num bar, não havia outra maneira de levá-la.

— Amanhã à noite vamos sair juntas — disse Fiona. — Coloque isso em seu Palm Pilot. Eu pago.

— Mas minha busca terminou — disse Stacy. — Stanley e eu...

— O apartamento de Stanley é uma orgia de estilos suecos dos anos cinqüenta. Todo cheio de Eames. Não há um pingo ou traço de preto em nenhum dos sete aposentos.

— Ele redecorou — disse Stacy.

— Desde a semana passada? — perguntou Fiona. — Eu estive lá a trabalho. Para finalizar o acordo.

Stacy naturalmente presumiu que Fiona tinha dormido com Stanley. Outro passo em seu plano para encurralar Stacy? Pensamento revoltante.

— Sexta-feira à noite está em aberto — disse Stacy.

— Bom — disse Fiona. — Vamos conseguir para você todo o sexo que você puder ter. — Fiona sorriu, malandra. — Agora de volta ao trabalho. E não se preocupe com Stanley.

— Você acha que está tudo sob controle? — perguntou Stacy, mentalmente folheando as páginas de "A noite em que mutilei e desfigurei Stacy Temple".

— Claro que está tudo sob controle — disse Fiona. — Ele deve me fazer passar uns momentos difíceis, mas não pode voltar atrás neste ponto. O trato está garantido.

Mas Stacy não estava preocupada com aquilo. Fiona deixou-a sozinha para ponderar sobre o pornógrafo de Harvard, o que destruiu seu humor. Stacy espantou aquilo com trabalho. Concentrou-se no nascimento de uma nova era de espartilhos, criada pela calcinhas.com pelo bem do sexo feminino. Ficou agradecida por se perder numa longa lista de compromissos e telefonemas. Ouviu Janice dizer que as câimbras de Taylor ainda estavam fortes. A falsa lésbica estaria ausente hoje. Stacy podia ficar agradecida por aquele pequeno presente. O tempo passou rapidamente.

Rápido demais. Ela estava atrasada para o seu encontro com Charlie. Ela tinha de correr, arriscando-se a ficar suada. Mas ele também estava atrasado, dando a ela a chance de se refazer. Enquanto esperava na rua em frente ao Genki Sushi, ela fez um cálculo simples. Dezesseis anos atrás, com a idade de dezesseis anos, Stacy tinha perdido e, em sua última contagem, tinha tido 16 amantes. Um por ano, não era uma média ruim. Para mantê-la (e despachar esse negócio de revirginização), ela precisava de apenas um homem. Só um. Certamente ela poderia conseguir aquilo. Estava praticamente na bolsa. Como sua arma de sedução para Charlie. Sua bolsa escavou seu ombro com o peso extra. Onde ele estava?

Ela olhou para o relógio de novo. Esperando Charlie de pé sozinha na rua, Stacy sentiu uma queda aguda em seu nível de confiança. Ou talvez fossem os efeitos ruins do calor de julho (seu vestido de linho já estava horrivelmente amarrotado). Ela respirou fundo e tentou se concentrar. Recitou alguns ditados. *Uma jornada de mil milhas começa com um único passo. De uma pequena semente nasce o poderoso carvalho.* Stacy fechou os olhos e repetiu o mantra:

— Sou uma semente, sou uma semente.

— Você está definitivamente louca — disse Charlie, subitamente aparecendo ao seu lado. — E eu estou atrasado.

— Para um encontro muito importante — disse ela. — Você não sabe como é importante...

Agradecendo, Charlie beijou o topo da sua cabeça vermelha. Seus cabelos louros estavam muito longos, sua pele impossivelmente bronzeada (Charlie era seu amigo mais atraente: ela o chamava pelo apelido de "O lenhador"). Stacy cutucou-o na costela; ele colocou a mão em seu ombro. Muito platônico e divertido, como sempre. O jogo seria alterar a química suavemente, transformando-a em erotismo.

— Mudei de idéia — disse ela, inclinando a cabeça para o restaurante de sushi. — Está um dia muito bonito para comer do lado de dentro.

— Está fazendo 32 graus com umidade de noventa e cinco por cento — disse ele.

Ela procurou em sua bolsa e tirou uma garrafa de Chateau Mouton Rotshchild — desembolsara cem dólares por aquilo — dinheiro bem gasto, esperava.

— O que é isso? — perguntou ele. Charlie leu o rótulo e suspirou. No semestre da universidade que tinha passado no exterior, ele treinara no Cordon Bleu para se tornar enólogo.

— Piquenique líquido no Bryant Park? — perguntou ela, batendo seus longos cílios. — Ou podemos guardar isso para outra ocasião.

Charlie ninou a garrafa nas mãos como se fosse um bebê.

— Não, não. O parque parece bom.

Eles andaram até o Bryant Park, o retângulo de verde em Midtown ligado aos fundos da Biblioteca Pública de Nova York. No caminho, Stacy começou o ataque contando a Charlie sobre seu encontro degenerado com Taylor. Ele riu. Não era um bom sinal, pensou ela. Comédia simplesmente não era sexy. Uma vez no parque, encontraram um lugarzinho na sombra entre os fugitivos da hora do almoço. O homem à sua esquerda tinha retirado terno, camisa e gravata e estava deitado numa manta, os sapatos brilhando ao sol. Um grupo de mulheres à sua direita estava sentada em círculo, trocando pedaços de sanduíches. Stacy baixou-se para a grama, sem ligar para as manchas no vestido Grace Kelly. Ela buscou em sua bolsa um saca-rolhas e dois copos de vinho embrulhados em jornal.

— Não é ilegal beber em público? — perguntou Charlie, enquanto servia.

— Ih, é — disse ela, virando o seu copo.

Charlie gemeu quando tomou o primeiro gole. O coração de Stacy bateu forte com aquele som. Ele tinha dormido com quase todas as suas amigas (que agora faziam parte de sua legião de ex) e recebera avaliações delirantes. Só para registrar, Stacy e Charlie tinham se beijado uma vez, milênios atrás, na faculdade. Foi meio um amassar de lábios num show do Phish em Burlington, Vermont, para onde eles tinham dirigido seis horas só para ver (na época em que ser bacana era definido pelas distâncias que alguém percorria para procurar diversão). Ela disse a ele para parar. Tinha parecido errado. Cerca de cinco minutos mais tarde, ele tinha começado a beijar de língua uma loura hippie do Upper Valley que dizia "sóbre" em vez de "sobre" e "hôra" em vez de "hora". Stacy tinha se descoberto irritada e suja. Seu *tie-dye* estava imprestável. Charlie não ligou nem um pouco. Os dois começaram a se beijar no começo de um solo de *Reba*, e não pararam para tomar ar até os acordes finais, uma hora mais tarde. Durante todo o tempo, Stacy girou seus polegares, aborrecida e chocada por uma música poder durar uma eternidade, mas ela devia estar parecendo ainda mais comprida devido ao arremesso de amídalas ao lado.

No caminho de volta para Nova York, Charlie tinha dito que a garota (chamada Willow) não era nem de perto tão liberal quanto parecia, porque não quisera transar com ele atrás da tenda do Partido Verde. Stacy tinha dito: "O que você esperava de uma garota de 14 anos?" Ele tinha ficado com tanta raiva do comentário dela (ela nunca entendeu exatamente o que o irritou tanto) que se recusou a falar com ela nas últimas três horas da viagem.

Finalmente, eles consertaram as coisas e sua amizade progrediu como sempre — casta, platônica, com um certo flerte. Eles ficavam fora da vida romântica um do outro, mas se falavam todos os dias. A suposição não dita — de que o sexo poderia destruir sua bela amizade — permaneceu sem ser testada durante dez anos. Mas a década — o século, o milênio — estava se dirigindo ao fim. Era hora, estando eles prontos ou não, de ver que tipo de dano o sexo poderia causar.

Enquanto se reclinavam na grama no Bryant Park, rapidamente consumiram metade da garrafa. Stacy, peso-leve, estava bêbada. Charlie, peso-pesado, não mostrava uma marola em sua estabilidade de ombros largos. Ela tinha tido a intenção de trabalhá-lo com álcool. Mas agora, no ardor confuso do vinho e das ondas de calor, ela viu o verdadeiro brilho do plano: mesmo se ele ficasse sóbrio, ela, em sua embriaguez, ia encontrar coragem para dar o bote.

— Você leu o artigo da Gigi XXX? — perguntou Charlie.
— Aquele que mandei para você?

— Aquele em que ela acusava uma pobre mulher de ser desiludida e patética por abrir mão de sexo?

— Esse mesmo, mas acho que ela quis mostrar que a leitora estava evitando o amor, além do sexo.

— A leitora era eu — admitiu Stacy.

Charlie fingiu surpresa.

— Eu não fazia a menor idéia!

Stacy beliscou o bíceps dele.

— Você acha que ela está certa?

Ele levantou uma sobrancelha.

— Ela podia ter dito a mesma coisa sobre mim também. Fazendo sexo com as mulheres que não amo, estou evitando uma situação emocionalmente arriscada também. Mas os homens podem fazer sexo pelo sexo sem culpa. As mulheres não podem fazer sexo casual sem o forte sentimento posterior de ódio por si mesma. É por isso que seu projeto de desrevirginização está falhando. Você acha que está procurando ardorosamente o sexo casual, mas, escolhendo os parceiros errados, você está se certificando de que não vai realmente tê-lo. Porque se fizesse isso, você se odiaria.

Stacy tinha suas dúvidas sobre a teoria dele. Era a sorte que estava contra ela, não o seu próprio subconsciente. Ela disse:

— E se eu estivesse para escolher um parceiro por quem eu já tenha sentimentos profundos?

— Como vai encontrar alguém assim nos próximos três dias?

Stacy sorriu e disse:

— Beba, coração. — Ela serviu outra taça a Charlie.

Ele cheirou, girou e bebeu o vinho.

— Os tintos franceses são realmente... *blah, blah, blah.* — Stacy teve certeza de que ele estava dizendo algo criterioso e encantador, mas sua tontura e o seu nervosismo a impediram de ouvir.

Acesa, ela fez o movimento, amassando seus lábios contra os dele. Ele pulou para trás e disse:

— O que acha que está fazendo? — Enquanto ele se recompunha, sua taça de vinho espirrou em sua camisa branca. A mancha vermelha parecia uma ferida de faca.

Para se desculpar, Stacy inclinou-se para outro beijo.

Com suas duas enormes mãos, ele agarrou cada um de seus ombros e a manteve afastada, os lábios dela ficando a dez centímetros do rosto dele. Ele disse:

— Você perdeu a cabeça.

— Eu estava planejando dizer isso depois — declarou ela. — Algo do tipo: "O que foi isso? Devo ter ficado temporariamente louca. Vamos fingir que nunca aconteceu."

— Não vai acontecer — disse ele.

— Certamente não aqui. Vou levar você para o meu escritório. Há uma ótima escada que eu gostaria de mostrar a você.

Charlie estava inabalável.

— Não me sinto atraído por você — disse ele.

— Todas as evidências mostram o contrário — replicou Stacy, apontando para as calças dele. — Se não se sente atraído por mim, explique *isso*.

Ele se endireitou, arrumando suas calças.

— Não acredito que você matou o vinho. — Ele olhou para a garrafa virada, o *burgundy* fluido se infiltrando na grama. — Você comprou isso para me seduzir? — perguntou ele. Ela assentiu. — Sou eu o homem por quem você já tem sentimentos profundos? — Ela assentiu novamente. O círculo de mulheres à sua direita observava os dois com sorrisos largos, o sanduíche delas parando de se movimentar.

— Eu tinha um plano — disse Stacy. A cara feia era de verdade.

— Não comece a chorar — disse Charlie. Ele fez uma pausa. — Certo, então vou fazer isso. Mas não quero que isso se torne um psicodrama onde você se apaixona por mim e nós terminamos nos odiando um ao outro.

— Você não vai se arrepender, Charlie.

— Sou um amigo bom pra caramba.

Ela beijou o rosto dele, agradecida, e passou os braços pelo seu pescoço. Ele afastou-a pelos cotovelos.

— Leve-me para a sua escada — disse ele.

— Bom, você voltou. A hora de almoço deve ser de trinta minutos, Stacy — disse Fiona enquanto eles andavam pelo corredor na direção do escritório de Stacy. — E por que há sangue em sua camisa, Charlie? Aqueles vorazes filhos da mãe da AOL acabaram de aumentar o preço da palavra-chave. Um milhão e meio de dólares. Meu Deus, espero que a fusão com a Time Warner exploda como uma bomba de hidrogênio e mate-os a todos. Reunião da linha de produtos Rede Arrastão 2001 em quinze, Stacy. Vamos passar os bustiês.

Fiona pronunciou bostiê. A pronúncia correta era bustiê. Mas Stacy jamais corrigiria sua chefe. Fiona já tinha ido, fazendo ruído no corredor com seus saltos altíssimos, saindo para aterrorizar outro de seus empregados. Stacy rapidamente levou Charlie na direção da Saída de Incêndio D. No caminho, eles passaram pela sala de amostras, o pequeno quartinho onde cada item do estoque da calcinhas.com estava pendurado ou comprimido em gavetas. Um manequim tamanho 44 estava escorado no quarto, mostrando um babydoll de rede azul-metálico e fio-dental de renda combinando.

— Uau! — Charlie parou na porta. Ele olhou para dentro do quarto e, descobrindo-o desocupado, disse: — Esqueça a escada. — Ele empurrou Stacy para o cômodo de amostras sensuais e trancou a porta.

Eles se beijaram. Ele era um homem maior do que estava acostumada, e ela gostava de se sentir pequena. Eles caíram de joelhos e se deitaram no chão entre os montes de tecido, calcinhas abandonadas e penhoares levemente irregulares. Stacy fez Charlie se deitar de costas numa grande bolsa de esporte cheia de sachês com cheiro de lavanda (que iam de graça com cada pedido de 50 dólares ou mais). Ele ficou à vontade enquanto Stacy desabotoava o vestido.

Charlie respirou pesadamente, com excitação.

— Hmsuph — disse ele.

— Não fale, Charlie — disse ela. — Apenas sinta.

Agitado, ele arfou.

— Hmssush! Muphsss! — Ele apontou selvagemente para sua boca. Stacy olhou lá dentro. Sua língua inchou diante dos olhos dela. Ela soprou como um peixe. Ele virou-se e agarrou a bolsa de esporte.

— Queisho? — perguntou ele, desesperadamente.

— São sachês de lavanda. Para fazer sua gaveta de roupas de baixo cheirar bem.

Charlie pulou, ficando de pé.

— Lavvvnnd? — Stacy subitamente teve uma leve lembrança de que Charlie tinha alergias severas a algumas flores. Ele agarrou o telefone da parede perto da porta e discou. Ele passou o telefone para Stacy.

A telefonista disse:

— Nove um um.

Enquanto Stacy dava o endereço e explicava a situação, Charlie lutava para respirar e, em pânico, saiu correndo do quarto de amostras. Stacy largou o telefone para ir atrás dele, reabotoando seu vestido de linho no caminho.

Antes que tivesse dado um passo para fora da porta alguém gritou no corredor. Stacy, ainda parcialmente desnuda, correu agora, colidindo com a pequena Janice, lançando-a no chão. Ela berrou:

— Um homem levou um tiro! Há sangue por toda parte! Ele está caído no corredor!

Stacy encontrou Charlie duas portas adiante. Seu rosto tinha se tornado uma sombra ardente de vermelho.

— A ambulância está a caminho — assegurou ela. Alguém devia ter chamado a enfermaria do prédio. Um homem de uniforme branco tirou Stacy do caminho e deu em Charlie uma injeção hipodérmica.

O homem-agulha disse:

— É epinefrina. Ele está em choque anafilático. Isso vai manter suas vias respiratórias abertas até que possamos levá-lo ao hospital.

Stacy, cambaleando de preocupação, culpa e horror, não conseguia deixar de notar o quanto o enfermeiro do prédio era bonito. Ele tinha uma qualidade Tony McGuinty que ela não podia ignorar. Além do que, a pontaria era boa. O rosto de Charlie ficou de um rosa quente e ele respirou com mais facilidade. A equipe de emergência médica chegou. Colocaram Charlie numa maca.

Enquanto eles rodavam seu melhor amigo em direção ao elevador, Stacy disse:

— Vou visitar você no hospital mais tarde. Você acha que, assim que se estabilizar, a gente pode, sabe, terminar aquilo?

Charlie olhou para ela de trás de sua máscara de oxigênio. Ela interpretou aquilo como um "não". As portas do elevador se fecharam e ele foi embora.

O enfermeiro macho, Stacy e meia dúzia de observadores ficaram de pé silenciosamente no saguão do elevador, incertos sobre o que fazer depois. Stacy ajeitou o vestido e conferiu o relógio. Ela ainda tinha alguns minutos antes da grande reunião.

Ela virou-se para o enfermeiro e disse:

— Acho que preciso de um lugar tranqüilo para me deitar. Você não tem uma cama em sua enfermaria?

Ele olhou para Stacy, a cabeça baixa, e sorriu.

— Por aqui — disse ele, apertando o botão SUBIR.

Capítulo Doze

Quinta-feira à tarde — ainda

— Devo me deitar? — perguntou Stacy.

Ela e o enfermeiro macho e grande tinham entrado no centro médico da torre da Park Avenue, uma suíte no andar superior com uma ante-sala de triagem e uma sala de exames. Muito anti-séptico, eficiente e branco. Enquanto ela apontava para a mesa de exames tipo hospital, com sua cobertura de papel e estribos, Stacy sentiu uma dor aguda e profunda dentro da pélvis, lembrando, nada amorosamente, seu último exame de colo de útero.

O homem de branco engomado que tinha salvado a vida de Charlie sacudiu a cabeça ("Só estava fazendo o meu trabalho. Você está me envergonhando com toda essa lisonja — mas eu gosto", ele tinha dito no elevador depois que Stacy elogiou-o excessivamente), seu membro extralongo balançando de um lado para o outro.

— Sente-se aqui. — Ele apontou para as cadeiras e a mesa na sala de triagem. — Tenho de fazer um relatório, fazer as preliminares.

— Sobre Charlie? — Stacy esperava que "preliminares" fosse o jeito dele dizer "preliminares sexuais").

— Quero falar sobre você também — disse ele. Ela notou a placa em sua mesa, que dizia Gregori Romanov, médico. — Você disse que não se sentia bem lá embaixo, lembra?

— Você é médico? — perguntou.

— Tenho um estetoscópio e tudo — disse ele.

Stacy sentou-se.

— Você é russo?

Ele sorriu, mostrando dentes irregulares, um tanto escuros e quebrados. Ele sentou-se atrás da mesa e ligou seu computador.

— Nasci em Moscou, mas moro em Nova York desde os oito anos.

— Você não tem nenhum sotaque — disse ela.

— Estou na América há vinte e cinco anos — disse ele — e aprendi inglês na escola fundamental, não tive nenhum treinamento formal de línguas, então aprendi a falar coloquialmente.

— Você aprendeu inglês na escola fundamental? Você faz parecer que aprendeu na lavanderia — disse ela, ainda mais impressionada com o dr. Jivago. — Achei que era enfermeiro — confessou.

— Compreensível — disse ele. — Muitos profissionais de enfermarias de prédios são enfermeiros. Eu comecei minha residência na Universidade de Nova York em setembro. Cirurgia cardiotorácica. Até lá, aqui estou. Agora vamos em frente. — Ele começou a perguntar uma série de coisas sobre Charlie: nome, endereço, telefone, condições médicas, alergias, seguros, idade, peso, altura. Quando ela não conseguia prover a informação necessária, Gregori sorria e dizia:

— Está muito bem — sempre com um jeito tranqüilo ao lado da cama.

Ele fez as mesmas perguntas sobre Stacy, que ficou feliz por dar a ele seu número de telefone. O dr. Romanov anotou toda a informação habilidosa e primorosamente. Ela fez uma pausa antes de divulgar seu peso, e disse:

— Quero perguntar uma coisa a você.

— Certo — disse ele, tirando os olhos da tela do computador e olhando diretamente em seus olhos como um raio laser.

Ele tinha a pele amarela, os olhos fundos, uma testa torta, dentes horríveis e o cabelo antiquado, mas Stacy estava fascinada pela imagem como um todo. Ele era, como os franceses diziam, *joli laid*, "um feio bonito". Talvez ela tenha ficado cativada por seu corpo grande e magro (seu tipo favorito). Podia ser o fato de que ele aprendera inglês sozinho, ou que trabalhava tão perto e não usava uma aliança de casamento. Ou talvez seu inesperado *bum (biff, bang, smash)* de desejo tenha sido causado por todas as paradas e recomeços sexuais dos últimos dias. Seu estado bêbado ajudou. E a situação era recheada de fantasia — médico bonito, paciente atraente precisando de atenção *do tipo sexual*.

Qualquer que fosse a razão, Stacy queria Gregori. Muito. A idéia de se deitar na mesa de exames e brincar de médico com ele dominou seu cérebro e ela não conseguia pensar em mais nada. Nem Charlie no hospital, nem Fiona indubitavelmente soltando fumaça lá embaixo, nem a reunião que ela estava perdendo conscientemente, nem intervalos éticos e morais. E certamente não a ameaça de que o sexo casual a faria se sentir mal consigo mesma. (De onde será que Charlie tinha tirado essa idéia falsa? Afinal, o que ele pensava que sua trupe de ex-namoradas estava fazendo com ele? Voltando para outra dose de nojo por si mesma? Stacy teria de corrigir Charlie quanto àquele assunto, logo depois que provasse tudo a si mesma bem agora.)

— Queria me perguntar uma coisa? — Gregori despertou-a.

Ela se deu conta de que tinha estado encarando silenciosamente seu rosto anguloso.

— Estou numa situação terrível — disse ela. — Esperava que você pudesse me dar alguma orientação médica.

— Eu ficaria feliz. Quais são os sintomas? — perguntou ele, se inclinando para a frente na cadeira.

— Minha respiração está acelerada.

— Sim?

— Meu pulso está rápido.

— Certo.

— Meu rosto está quente, corado.

— O que mais?

— Meus mamilos estão duros.

— Estou vendo.

— Minha vagina está soltando um fluido claro, com aparência de plasma.

— Acho que tenho informação suficiente para fazer um diagnóstico, srta. Temple — disse ele. — Você gostaria de entrar na sala de exames? Preciso confirmar algumas coisas.

Ela jamais tinha se movido tão rápido. Pulou para a mesa, a toalha de papel amassada sob suas pernas. O médico seguiu-a para dentro e fechou a porta atrás dele gentil mas decididamente, um sorriso faminto e predatório em seu rosto.

Ele colocou as mãos largas e ossudas nos ombros dela e disse:

— Abra os seus lábios, por favor.

Quais?, pensou. Abriu a boca e fechou os olhos, sabendo que teria uma grande surpresa.

E teve. Um instrumento de madeira pressionou sua língua e os olhos de Stacy se abriram espantados. Gregori estava olhando dentro de sua boca. Ele removeu o pau e conferiu os ouvidos dela. Tirou seu pulso e a fez tossir. Finalmente, bateu em seus joelhos com um martelo de borracha. Seus reflexos estavam ótimos. Seus instintos é que estavam meio devagar.

— Você está experimentando distúrbios de estresse pós-traumático — disse ele. — O que aconteceu com o seu amigo foi tão perturbador que você está tendo manifestações físicas de medo pela saúde dele.

— Isso não explica as secreções vaginais — disse ela.

— Pelo que presumi da cena, você estava sozinha com o sr. Gabriel num closet, imediatamente antes do ataque dele, correto? Seus cabelos estavam desarrumados, e o seu vestido, desabotoado. Você bebeu alguma coisa alcoólica também.

— É, mas...

— Sua saúde é perfeita, srta. Temple. Só precisa relaxar uns minutos — disse ele. — Pode ficar aqui, se quiser.

— Preciso de mais do que descansar — disse ela.

Ele assentiu.

— Posso lhe receitar Tylenol.

— Eu preferiria um abraço — tentou.

Não que ele tenha pulado com aquela abertura, mas ele realmente veio até ela e deu-lhe um aperto. Ela apertou de volta. Ele deu um tapinha nas costas dela. Ela agarrou a bunda dele e começou a sugar seu pescoço. Se antes estava pingando secreções, agora era uma cachoeira.

— Srta. Temple — disse Gregori. — Por favor.

— Oh, sim, implore — disse ela, descolando-se momentaneamente.

— Isso não pode acontecer — disse ele.

— Eu não vou contar a ninguém — disse ela, respirando forte. — Sou muito discreta.

— Srta. Temple — disse ele, tirando os dedos dela do meio de suas calças. — Eu sou gay.

Ela pulou para trás e examinou o rosto dele, procurando um sinal de mentira.

— Mas você não é *enfermeiro* — disse ela. — Você é *médico*.

— Médicos também podem ser gays.

— Não cirurgiões cardíacos — protestou Stacy.

— Até cirurgiões do coração. Até cirurgiões *ortopédicos* — disse ele, sabendo do que estava falando. — Conheci esse cara na faculdade de medicina, ele se oferecia para todas as coisas horríveis, tipo quebrar pernas novamente e martelar pregos em ossos do quadril. Ele tinha dois grandes amores. Serras cirúrgicas manuais com toque rígido e, realmente, enfermeiros.

— Estou enjoada — disse ela.

— Está com náuseas? — perguntou ele, formalmente, profissionalmente.

— Se pelo menos eu pudesse vomitar meu orgulho — disse ela, e saiu de mau humor para fora do quarto, lançando a Gregori um último olhar voluptuoso. Ele era tão bonito (da maneira mais feia possível) para ser gay. Ela achava que, se os médicos pudessem ser gays, também o podiam homens feios. Até médicos feios. E agora ela jamais poderia se sentir mal, nem mesmo se arranhar no escritório até que ele fosse embora em setembro. Ela teria de tomar cuidado.

Stacy voltou, debilitada e irritada, para a calcinhas.com. Conferiu seu e-mail primeiro. Fiona tinha disparado um, furiosa porque Charlie atrapalhara o dia de trabalho, e nada simpática com sua necessidade de cuidados médicos. Janice mandara um com um tom levemente mais moderado. Uma dúzia de outras pessoas da equipe tinha mandado e-mails atualizando-a sobre as conclusões da reunião que ela tinha perdido e o monte de trabalho adicional que tinham colocado em cima dela.

Enquanto ela rolava a tela, viu um e-mail de fora do escritório. O remetente, ESTOURO@talkmatch.com, era desconhecido para ela, até que se deu conta de que era o cara do seu encontro de fantasia, o rico novelista/violinista que estava buscando seu verdadeiro amor.

Ela abriu a mensagem. Ele tinha copiado sua provocativa sugestão de que se encontrassem naquela noite. E tinha acrescentado:

"Fofa, estarei no bar do Jean Pierre Louis Paul, no Hudson e Reade, às 8:00 da noite em ponto, usando um terno Armani azul, lendo a *New Yorker* e bebendo um martíni-vodca. Espero que você me encontre. Saudações, Estouro."

Stacy respondeu:

"Querido Estouro, estarei lá. Procure uma mulher com faces rosadas, cabelos vermelhos e, provavelmente (embora eu não possa confirmar meu guarda-roupa agora), um pretinho básico porém elegante. Vejo você em breve. Fofa."

Capítulo Treze

Quinta-feira à noite

Stacy chegou primeiro. Ela conhecia o restaurante bastante bem, tendo jantado lá no último aniversário dos seus pais. Sol e Belinda Temple tinham nascido em 10 e 15 de janeiro, respectivamente. Então, todos os anos os três se encontravam depois do Ano-Novo para um jantar opulento e caro, com múltiplas garrafas de vinho, culminando num transporte enervante de carro para a casa de Short Hills com Mamãe, mas não com Papai, que, em sua ressaca matinal, mal se lembraria de ter cortado aquela caminhonete no New Jersey Turnpike.

Eles tinham ido ao Jean Pierre Louis Paul duas vezes, tendo amado o menu degustação de doze pratos (150 dólares por pessoa, sem contar vinho e café), que levavam mais de três horas para serem consumidos. A comida era apenas o início para Stacy, que não era tão gourmand como seu pai (ele comia qualquer coisa, era o mais "parente das vísceras" possível — timo, miúdos de carneiro, chouriço —, depois proclamava "parece galinha" e esperava que todo mundo risse). Stacy adorava a decoração campestre francesa, os cestos de maçãs e os buquês de girassóis secos estrategicamente colocados, as mesas de fazenda e cadeiras com encostos de bilro e assentos bordados. Sobre os painéis decorativos de madeira, murais de cenas de colheita cobriam as paredes. Lilases e cheiro de ervas misturados com o alho e alecrim pairavam vindo da cozinha. Era o paraíso. Sensualmente falando.

Ela não estava sozinha em sua opinião. Jean Pierre Louis Paul era um dos mais populares restaurantes da cidade, alcançando o status incomum de favorito tanto para turistas quanto para a classe dominante local. ESTOURO mostrava bom gosto em sugerir este lugar. Além do mais, era bem em TriBeCa, a apenas uma pequena caminhada do seu apartamento no SoHo. Ela tinha se preocupado com os efeitos danosos de uma caminhada para o seu grau de frescor, mas a noite tinha esfriado consideravelmente — não podia estar fazendo mais de 27 graus — e tanto o ar quanto o exercício acalmaram seus nervos.

Stacy já tinha participado de encontros às cegas antes. Mas não *tão* às cegas. Ela também tinha muito para explicar. Fora honesta sobre sua aparência no perfil da match.com (ela não conseguia ver vantagem naquele tipo de enganação — logo o engano seria desfeito, de qualquer forma), mas quase todo outro aspecto do seu perfil tinha sido inventado. Felizmente, seu relacionamento com este homem podia não durar mais do que uma noite. Ela descobriu que podia manter a auto-invenção por aquele período. Algumas mentiras seriam mais fáceis de manter do que outras. Era pouco provável, por exemplo, que ele tirasse uma flauta da calça e pedisse a ela para tocá-la. Talvez metaforicamente.

Enquanto abria as portas vermelhas do JPLP, teve um relance de dúvida sobre este encontro. A noção de sexo casual era espinhosa o suficiente. Mas ela teria de falar com o homem por pelo menos uma hora antes que aquilo pudesse acontecer. Ela não era mais tão jovem assim para mandar alguns gins com tônica e pedir embriagada ao cara bonito à direita para levá-la para casa.

A última mensagem de Gigi XXX na swerve.com a destacara como uma maçã ruim num barril. "A vida não merece ser vivida se você não está amando ou tentando amar", tinha escrito a outra. Aquilo poderia ser verdade para Stacy? A vida não valera a pena ser vivida no último ano? Ela podia estabelecer este encontro às cegas para si mesma como nada, uma tentativa desesperada de se livrar da revirginização, uma experiência de marketing, um mistério desvelado. Mas ESTOURO estava tentando encontrar o amor. Ele tinha escrito isso em seu perfil. Sua vida valia a pena ser vivida. E Stacy decidiu que devia a si mesma ser tão otimista e burra (isso mesmo, *burra*) para esperar pelo melhor, melhor de tudo.

Stacy matou um minuto ajeitando o cabelo e indo e voltando entre o idealismo e a dúvida. Ela nem mesmo sabia o nome de verdade dele. Será que ele ia querer jantar ou só beber? Jantar seria adorável. Ela tinha boas lembranças do carneiro cozido. Mas três horas de conversa com um completo estranho podiam pressionar os limites de sua força e criatividade (ou talvez seria um estouro? — talvez aquilo explicasse o apelido dele). E, se ele esperava jantar, ela teria de pagar sua parte da refeição (ele jamais)?

Essas incertezas quase a levaram de volta pelas portas vermelhas e para a rua, mas ela respirou profundamente o cheiro dos odores misturados de flores selvagens e pato assado, e teve de ficar.

O pequeno bar estava localizado à direita do vestíbulo, dando às pessoas um lugar para esperar por suas mesas. Ela encontrou um assento contra a parede (perfeita posição de mira) num banco de madeira com estofados. Pediu um drinque. Aquilo ajudou a curar sua ressaca do vinho da tarde. E ela precisaria de toda a coragem que um *Cosmopolitan* poderia dar. Dois, muito possivelmente.

Depois do seu primeiro longo gole da mistura rosa, olhou em torno do bar. Noite devagar. A única outra pessoa no bar era um homem velho que devia pesar uns 130 quilos. O banco de madeira se esforçava para suportar seu peso. Stacy teve medo de que pudesse ficar reduzido a pedaços se ele tomasse outro drinque. Apesar de sua cintura, o homem tinha descoberto um terno de designer para vestir. Não que costureiros experts adiantassem muita coisa. Ele ainda era um *Jabba The Hut* vestindo Armani.

Ele olhou na direção dela e sorriu, suas faces tão grandes quanto melancias. Ela virou as costas para ele (praticamente encarando a parede ao lado, o que tornou difícil manter um olho na porta dianteira). Ela conferiu o relógio. ESTOURO estava alguns minutos atrasado.

Outros dez minutos se passaram. Se ele a deixara na mão, sem danos, sem problemas. Ela pagaria sua conta, andaria até em casa e bateria na porta do Garoto Vampiro. Não muito pronta para aceitar um fora, Stacy pediu outro Cosmo. Ela pensou melhor sobre o segundo drinque, entretanto. Poderia parecer para o Homem Montanha que ela estava ficando por ali por causa dele. Se pelo menos ESTOURO aparecesse. Ele a salvaria da agonia de ser abordada num bar por um estranho nada atraente e depois sofrer ondas de simpatia por ele.

Tirando-a dos seus pensamentos, uma voz, profunda e sexy, perguntou ao lado dela:

— É você, Fofa?

Stacy virou-se para encarar *Jabba the Hut*, só que ele parecia bem maior de perto.

— Estouro? — perguntou.

— Por favor, me chame de Jasper.

— Sou Stacy — disse ela. Eles apertaram as mãos.

— Você parece surpresa — disse ele num eufemismo.

— Estou — disse ela. *Achei que você teria um tamanho humano* — ela não disse.

— Eu não tinha certeza se era você. Talvez você não me reconheça. A foto da match.com é muito velha — explicou.

— Velha quanto?

— Sete anos.

E naqueles sete anos Jasper tinha consumido a carne de um elefante inteiro.

— É uma foto muito boa — disse ela. — Quer dizer, na verdade, você realmente se parece com sua foto. Ainda tem todo o cabelo. Muitos quarentões estão escasseando agora. — Nada estava escasseando nele. Ele realmente tinha cabelos bonitos, castanhos e grossos.

— Na verdade, tenho quarenta e oito. Mas as pessoas me dizem que pareço ter trinta e cinco.

Difícil dizer. Os enormes de gordos raramente são enrugados, pensou Stacy.

— Eu subitamente estou com uma enorme dor de cabeça — tentou ela

— Posso me sentar? — Jasper apertou-se em seu banco. Ela sentiu-se pequena e vulnerável perto de pessoa tão massiva. Ele cheirava a talco e menta. Além dos cabelos brilhantes, também tinha dentes perfeitamente brancos. Stacy respirou. Certo, ele era gordo. Mas não era suado. Sim, ele tinha mentido sobre sua idade e tipo físico. Mas parecia legal. Seria esta a hora de Stacy alargar (isso mesmo) sua abrangência do que considerava atraente? Ela jamais tinha ficado com um homem pesadão. Pelo que sabia, ele podia ser excitante e potente na cama (contanto que suas toneladas não a quebrassem). Ela resolveu dar a ele uma chance e não descartá-lo apenas por seu tamanho. Como se ela tivesse um corpo perfeito! Como se ela não pudesse melhorar perdendo alguns quilos! Não era uma obcecada pelo visual e gordurofóbica como sua mãe. Ela o julgaria por sua personalidade e realizações. E não custava lembrar, ele era rico (ela não seria a primeira mulher a deixar passar uma barriga gorda por conta de uma carteira grossa).

— Me perdoe se parecer grosseiro — disse ele —, mas você realmente não pode ter 29.

As pessoas sempre diziam a ela que parecia ter 25.

— Tenho 32.

— Então você mentiu também. — Ele sorriu, cúmplice, como se o seu pequeno corte de anos fosse de alguma maneira igual à caracterização errada dele. Ele estava procurando algo em comum, disse ela a si mesma. Aquilo era justo.

— Então me diga, Stacy — disse ele —, o que gosta de fazer para se divertir?

A pergunta por si mesma era desconcertante. Ela não se divertia; trabalhava. O que era diversão, de qualquer forma? Mexe-mexe? Anagramas? Respondeu:

— Não tenho certeza.

— Não tem certeza do que faz para se divertir?

— Tenho um emprego que me exige muito.

Ele colocou uma mão rechonchuda em seu joelho e um braço mole em torno do ombro dela.

— Você precisa de alguém para ajudá-la a se libertar, Stacy. Precisa de mais tempo para *você*. Deixe-me ajudá-la a trazer a diversão de volta para sua vida. Gosta de comida tailandesa?

Aquele era um restaurante francês.

— Tailandesa? Claro.

— Deixe-me levá-la para comer comida tailandesa, e depois vamos jogar boliche.

A idéia de Jasper jogando boliche... não, era muito doloroso de imaginar.

— Boliche certamente parece divertido — disse ela. — Posso pensar a respeito?

— O que há para pensar? Você é uma moça bonita e especial, e precisa relaxar. Posso sentir a tensão em seus ombros.

Jasper começou a esfregar seu trapézio tenso. Isso era contato demais para os primeiros cinco minutos. Ela precisaria de pelo menos uma hora e três outros drinques antes de querer que esse homem a tocasse.

— Você gosta de tequila? Vamos tomar uns tiros — disse ele.

— Não tenho certeza se este é o lugar para tiros.

Jasper fez um sinal para o garçom e pediu a tequila. Ele deu a ela um copo e implorou que bebesse. Ela bebeu. Quando colocou o copo de volta na mesa e se virou na direção de Jasper para dizer obrigada, ele a beijou. Traiçoeiramente, nos lábios. Com os lábios dele. E então, que Deus a ajudasse, com a língua. Ela o empurrou.

— Me perdoe, mas você pareceu tão bonitinha quando tomou o tiro que eu não pude resistir a beijá-la — disse ele. Ele tomou outro tiro e ficou com uma expressão maluca em seus olhos vesgos, como se fosse beijá-la novamente.

Ela sorriu friamente, sem muita certeza do que fazer. Não queria ser grosseira, mas não queria aquela merda daquele ataque sorrateiro. Mudou de lugar no banco, recruzou as pernas. A mão dele levantou-se enquanto ela se reposicionava, mas seus dedos de lingüiça encontraram o caminho de volta para o seu joelho.

— Descobri que a maior parte das mulheres na match.com gosta de trocar e-mails durante semanas — disse ele — e depois falar no telefone durante um mês antes de marcar um encontro. Acho que elas acham que isso as protege. Mas você quis se encontrar logo. Você deve ter sentido algo em relação a mim. Estou definitivamente sentindo algo por você. Você é uma mulher muito sexual, Stacy. Uma moça muito especial.

Ela sacudiu a cabeça.

— Está me deixando embaraçada — disse ela.

— Não acha que é uma mulher sensual e especial?

— Prefiro não dizer.

— Você merece ser tratada corretamente. Deixe-me levá-la para jogar boliche.

— Não acho que eu poderia usar sapatos alugados.

Ele deu um tapinha na coxa dela. Ela empurrou as mãos dele. Graças a Deus ele captou a mensagem e se recostou.

— Quer outro tiro? — perguntou ele.

— Está tentando me embebedar para eu ficar com você.

Ele riu.

— Estou sentindo sua hesitação, Stacy. Apesar de ser sexy e especial, posso sentir que está se mantendo na retaguarda. Beber álcool é uma maneira de relaxar para se divertir. Mas fazer você ficar bêbada não é a maneira pela qual vou lidar com uma moça especial como você, Stacy. Você precisa de tempo e atenção. Precisa de um homem para mostrar-lhe o quanto é maravilhosa e levá-la aos lugares, comprar coisas para você. Com o tempo e passando horas e horas juntos, espero que possa capturar seu coração — novamente com as mãos de pernil em seu ombro e seu joelho.

Stacy não tinha certeza se foi o repetido uso da palavra "especial", mas depois daquele discurso estava quase certa de que Jasper jamais a veria nua. Ou a levaria para jogar boliche. Ou, ai dela, compraria coisas para ela. Mas tinha prometido a si mesma fazer uma tentativa verdadeira. Se suas esperanças tivessem de ser quebradas, então ela as deixaria serem aniquiladas completamente. E ela tinha de ser justa; se ele pesasse 75 quilos, ficaria tão insatisfeita com sua aproximação? Então ela tentou mudar de assunto. Já tinha ouvido o suficiente sobre os planos dele para capturar seu coração. Talvez ela conseguisse sentir alguma atração por suas realizações.

— Então, Jasper. Me conte sobre os seus romances — disse ela.

Ele esfregou o joelho dela e perguntou:

— Está tentando mudar de assunto?

— Estou interessada em toda a sua vida, Jasper.

— É só um romance e, na verdade, é uma revista em quadrinhos que escrevi na escola secundária com um amigo meu. Nunca fizemos nada com aquilo, mas ainda a considero uma verdadeira realização.

— Você pratica violino todos os dias?

Jasper sorriu.

— Não trabalho direito com ele desde o oitavo ano, mas consigo tocar um "Scarborough Fair" razoável.

— Você disse em seu perfil que é autônomo.

— Trabalho com publicações.

— Você é editor? Agente?

— Vendo assinaturas de revistas por telefone para a Publisher's Clearing House. É um ótimo trabalho. Nunca tenho de sair de casa e ganho muito bem. Dinheiro suficiente para fazer qualquer coisa que queira. Posso voar para a Flórida num instante. Poderia me permitir comer neste restaurante se eu quisesse.

Então ele nunca tinha tido qualquer intenção de levá-la para jantar hoje à noite, no Jean Pierre Louis Paul ou em qualquer outro lugar. Ele tinha apenas sugerido que se encontrassem ali para impressioná-la, depois passar a mão nela e embebedá-la no bar (um bar muito pouco apropriado, ela devia acrescentar, para carícias de bêbados).

— Já falei que estava com dor de cabeça? — perguntou ela. — Está ficando pior.

Ele se afastou novamente (e retirou as mãos), mas sua esperança não diminuiu.

— Posso curar dor de cabeça. Deixe-me esfregar suas têmporas.

— Prefiro que você mantenha suas mãos consigo mesmo — disse ela. — Não sou o tipo de mulher sensível ao toque.

Ele disse, um pouco hesitante:

— Você não quer ser tocada? Mas você é uma mulher sensual. Gosta de orgias. Disse isso em seu perfil. Se não quer contato físico, isso só pode significar uma coisa. Você não se sente atraída por mim. Então por que pressionou para um encontro? Viu minha foto.

A foto era sete anos e 50 quilos atrás.

— É difícil dizer como alguém é por uma foto.

Ele franziu a testa, suas faces redondas.

— Me perdoe, Stacy, mas uma fotografia sempre foi uma maneira excelente para saber a aparência de alguém.

— Você disse em seu perfil que é atlético — disse ela.

— *Sou* atlético — disse ele. — Ando de bicicleta ergométrica todos os dias. Jogo golfe. Estou na liga de basquete.

Stacy mal podia acreditar que Jasper pudesse rebocar sua bunda de baleia para cima e para baixo numa quadra de basquete.

— Você pode ser atlético no sentido de que faz esportes, mas a categoria era "tipo físico". Não acho que o seu tipo físico possa ser considerado "atlético" por padrões convencionais.

Ele pareceu perplexo.

— Minha foto mostra o meu corpo.

— A foto estava escura. Ela esconde algumas coisas. — Pronto. Aquilo era delicado o suficiente?, perguntou-se. Talvez demais. — Gosto de caras magros.

Ele se levantou e retrocedeu ao ouvir aquilo.

— Bom. Está certo. Então não há nenhuma chance de eu jamais capturar seu coração. Bem, então tenho de agradecer a você por me encontrar hoje à noite. Passei bons momentos. Acho, entretanto, que vou simplesmente acabar com a noite e deixar você terminando o seu drinque.

Ele estava ferido, mas tentando manter o lábio superior rígido. Era doloroso de ver. Ele se esforçou para ficar de pé e depois saiu. Ela não o tinha visto por trás até então, e ficou ainda mais aliviada por ele ter saído. Suspirou em seu banco e tomou outro gole. Jamais fora uma fumante, mas naquele momento queria desesperadamente um cigarro.

— E uma coisa a mais, Stacy. — Jasper estava de volta, entrando rapidamente dentro do bar. Ele ficou de pé em frente à mesa dela, seu enorme corpo de navio agigantando-se sobre ela ameaçadoramente. Se uma mulher rejeitava um homem, ele a odiava; se um homem rejeitava uma mulher, ela odiava a si mesma. Jasper era definitivamente um homem. E estava puto. Ela esperava que não se sentasse sobre ela. — Vocês, mulheres de trinta anos, com os empregos que solicitam muito — disse ele. — Vocês acham que são tudo isso. Vocês acham que se um homem não se parece com Dylan McDermott e ganha tanto dinheiro quanto Bill Gates vocês são boas demais para ele. Bem, você e todas as moças como você vão se arrepender de dispensar homens como eu. Posso não parecer o Dylan McDermott, mas sou um homem bonito. E posso não ganhar tanto dinheiro quanto o Bill Gates, mas quarenta mil dólares por ano é um salário bastante respeitável. E um dia, quando estiver sozinha e infeliz, vai se lembrar desta noite e desejar que tivesse feito uma escolha diferente.

Boa sorte, Stacy. Espero que encontre o que está procurando, mas não acho que vá encontrar.

Depois ele saiu batendo os pés novamente. Stacy não tinha pedido uma análise de caráter ou leitura de sua sorte quando se registrara no match.com, mas ela tinha recebido os dois. Ela girou os ombros (eles podiam fazer uma automassagem) e considerou o que ele tinha dito sobre mulheres de sua idade, exigência e arrependimento. Seriam seus padrões muito altos? Estaria ela se enganando sobre suas possibilidades? Possivelmente, concluiu. Uma baixa de padrões poderia ser uma boa. Mas eles nunca baixariam o suficiente para deixar Jasper se dar bem. Ela baixou seu drinque. Jasper tinha de ter algum tipo de justificativa para ser dispensado. Culpar as mulheres era a única maneira de proteger a si mesmo. Ela realmente sentia pena dele. Ele tinha dito "Espero que você encontre o que está procurando". Stacy mexeu seu drinque com o dedo mínimo e tentou imaginar o que poderia ser.

— Mais uma coisa! — Era Jasper de novo, empurrando as portas da frente do restaurante. — Você não é uma mulher sexy nem especial, e não merece ter mais tempo para você. E, tenho certeza, você provavelmente não gosta de comida tailandesa nem acha boliche divertido.

Depois, como um furacão, ele foi embora. A verdade era, e ela sabia o tempo todo, que ninguém que usava a frase "capturar seu coração" teria a chance de fazer aquilo. E, se ela aprendera alguma coisa com esta noite de expectativas frustradas, o homem que seria seu agente desrevirginizante — contanto que existisse neste ou em qualquer outro planeta — teria de ser atraente para ela, física ou intelectualmente. As duas coisas seriam boas. Mas ela jamais deixaria um fracassado entrar em sua cama, mesmo se levasse dez anos para transar. Essa constatação tornou sua busca muito mais difícil. A nova clareza, na verdade, colocava para ela um desafio.

Ela pagou o garçom por seus dois Cosmos e os dois tiros (Jasper a tinha deixado com a culpa de rejeitá-lo e a conta) e saiu. Ainda era relativamente cedo e as lojas do SoHo estavam abertas. Ela deu uma parada na Reinstein/Ross, sua joalheria preferida, e comprou um par de brincos de gotas de pérolas que eram meio antigos e retrô, mas de um jeito moderno. Eles custavam 300 dólares, mas ela pensou que, se ia ficar sozinha e triste aos 40 anos, devia pelo menos ter acessórios brilhantes.

No caminho para casa, esquentada pela compra e a tequila, Stacy refletiu sobre alguns aspectos esclarecedores do seu encontro.

Dylan McDermott? Passo. Se Jasper tivesse dito Tony McGuinty, talvez a acusação pudesse ter tido relevância.

E tem mais, *40.000 dólares?*

Capítulo Catorze

Sexta-feira de manhã

Stacy tinha batido à porta do Garoto Vampiro quando voltou do Jean Pierre Louis Paul na noite anterior. Ela não sabia nada sobre ele intelectualmente, mas certamente se sentia atraída fisicamente. E, naquele momento em que se encararam no elevador, talvez estivesse atraída espiritualmente também. Mas ele não estava em casa. Ela esperou algumas horas com o VH-1 (grande canal para observar tendências nas roupas de baixo de mulheres), batendo na porta dele a cada meia hora mais ou menos. Mas ele não chegou em casa. Provavelmente conheceu a mulher perfeita e estava na casa dela, desaparafusando o seu cérebro. Stacy odiava o VH-1, mas ficou assistindo. Ela odiava tudo.

Desesperada, ligou para Charlie, que tinha acabado de voltar do hospital onde tinha sido adoravelmente cuidado por uma jovem e bela médica residente que não pôde resistir ao seu charme de Homem Lenhador, apesar da língua em forma de bola e dos vasos capilares rompidos em seu rosto. Ele tinha feito Stacy jurar que jamais chegaria perto dele com os lábios novamente. Depois de pedir desculpas pela quadringentésima vez, ela disse tchau e dormiu de vestido preto no sofá da sala. Quando acordou, às nove da manhã, já estava atrasada para o trabalho.

Entre todos os dias. Esta manhã Fiona estava recebendo para um café da manhã para celebrar os 50 anos de Janice e lamentar a deserção de Taylor para a filhotes.com. Aniversários de empregados raramente eram reconhecidos por Fiona (a calcinhas.com nunca festejava a passagem dos anos de Fiona na Terra, já que a data em que ela havia entrado no mundo era um mistério para todo mundo, incluindo Janice). Ou o funcionário não durava o suficiente para passar um aniversário no escritório, ou uma festa cortaria preciosas horas de trabalho. E servir vegetais cortados e presentear certificados para empregados que partiam — daquilo nunca se tinha ouvido falar. Muitas pessoas deixavam a calcinhas.com com um mísero "Não deixe a porta bater e quebrar sua miserável carcaça na saída". Mas Fiona sempre tinha gostado de Taylor. E ela estava ali há tanto tempo quanto Stacy. Se Stacy encontrasse um trabalho melhor, ou simplesmente saísse de lá, ela não tinha certeza se Fiona faria uma festa para ela. Com Taylor, Fiona sabia que se tratava de negócios. Com Stacy, ela temia, Fiona pensaria que tinha algo a ver com ela. E provavelmente ela estaria certa.

Não havia tempo para pensar. Stacy tinha de se vestir, mas rápido. Ela normalmente puxava uma bolsa de sua coleção na parede para combinar com o traje do dia, mas, na pressa, tinha de ficar com a bolsa de noite preta da noite anterior (uma combinação horrível com a camisa azul de mangas curtas e a minissaia rosa da Barney's).

O café da manhã de aniversário/despedida estava caminhando bem às 9h45, hora em que chegou. Ela deu-se conta de que tinha chegado atrasada ou perdido quase todas as reuniões de equipe a semana toda, e que a paciência de Fiona com ela acabaria em breve, se já não tivesse acabado. Entretanto teve sorte quando entrou na sala de reuniões. Fiona não estava à vista. A Tartaruga estava colocada com uma bela refeição (*blueberries* e framboesas, morangos mergulhados em chocolate, *muffins* de vários sabores, *bagels*, dez garrafas de champanhe numa fileira, suco de laranja, garrafas térmicas de prata com café, temperos e uma bandeja de queijos de Mangia).

Stacy mergulhou e caiu de boca com vontade. A única pessoa com quem ela não podia se obrigar a falar era Taylor. A maga da tecnologia de partida estava sentada na cabeça da Tartaruga perto dos morangos, comendo-os um a um enquanto todos os produtores e gerentes de site de menor escalão faziam fila para beijar seu anel. Ela ia para o paraíso da Internet; o resto deles estava no inferno. Taylor evitou contato ocular com Stacy, para alívio dela.

Janice devia estar em seu terceiro Mimosa. Ela estava enrolando a língua e agindo um pouco alegremente demais com o fato de estar virando os 50 anos. Stacy, sorrindo timidamente, deu um beijo em seu rosto [illegible]

— Feliz aniversário, chefe — disse ela, alegremente.

— Você só faz 50 uma vez! — disse Janice.

— Está se divertindo? — perguntou Stacy.

— Estou emocionada com a festa, com o amor nesta sala.

Stacy mal podia registrar tolerância naquela sala.

— Você está num humor incomumente bom.

— Surpreendente, não é? Estou na meia-idade. Meus filhos esqueceram meu aniversário. Nosso querido negócio com a sacana.com dançou. Fiona está no escritório deles agora, implorando a Stanley Bombicci que reconsidere. Ele apertou o botão na noite passada, quando não conseguiu convencer o Crédit Suisse a assinar conjuntamente o empréstimo.

O coração de Stacy encolheu-se. Se o trato tinha fracassado (não era sua culpa), aquilo seria um golpe fatal para a empresa? Não podia ser. Janice estaria chorando em seu escritório e não alegrinha na sala de reuniões.

— Então, se a vida é tão desgraçada, por que está sorrindo? — perguntou Stacy.

— Estou apaixonada — disse ela. — Aquele cara. Aquele que eu mandei um e-mail do seu escritório. O advogado do Upper West Side. É ele. — Janice engoliu seu Mimosa num gole e começou a servir outro. — Nos falamos ao telefone duas horas na noite passada, e vou sair com ele para comemorar meu aniversário hoje à noite.

Para Janice, o potencial para o amor podia erradicar a devastação de uma empresa quebrada e o esquecimento da prole egoísta. Janice tinha um encontro promissor, então estava delirando. Era insano. E se não fosse insano, era perigoso. Considerando o próprio desastre de Stacy na match.com e a montanha de desapontamentos de Janice no serviço online, Stacy duvidava que o encontro de sua chefe fosse tão maravilhoso como teria de ser para compensar tudo o mais que tinha dado errado (estava dando errado) com sua vida. Janice estava saindo de um longo outono, do qual seria monumentalmente difícil de se levantar.

Querendo tornar o precipício mais superficial, Stacy disse:

— Seus filhos não esqueceram seu aniversário. Pelo menos Tom não esqueceu.

— Ele não ligou de Londres, nem mandou e-mail, nem mandou um presente — disse Janice.

— Lembra que eu o levei para almoçar? — disse Stacy. — Ele *realmente* comprou algo para você. Nós tivemos de andar até o SoHo para comprar. Eu guardei para você.

Stacy buscou em sua bolsa de noite e (graças a Deus) encontrou a pequena caixa de jóias da Reinstein Ross. Janice abriu a caixa e gritou quando viu os brincos que Stacy tinha, apenas doze horas atrás, adoravelmente selecionado para seus próprios lóbulos.

— São bonitos! — disse Janice. — Como ele poderia comprá-los? E eu sei que ele não tem tanto bom gosto. Tenho de agradecer a você por isso, Stacy.

— Foi ele mesmo quem escolheu. Foi direto ao balcão da joalheria e apontou para eles.

— Você é uma excelente mentirosa — disse Janice.

— Você também. A empresa não está com problemas. Você só está dizendo isso para me empurrar para fora do ninho como uma mamãe passarinho bondosa — disse Stacy.

Janice riu. Ela estava rindo de qualquer coisa esta manhã.

— Bem, Fiona realmente tem um raro talento para implorar, pegar emprestado e roubar.

Stacy deixou escapar um suspiro de alívio. Fiona salvaria o dia. Ela sempre o fazia. A idéia de que, de um dia para o outro, Stacy passaria de futura milionária a outro membro da comunidade de desempregados sempre-em-expansão de pontocoms era demais para ser medida. Ela tinha investido seu tempo e sua energia na empresa. Teria de ser paga. Tinha de ser. A culpa apertou seu peito. Ela tinha estado fora a porra da semana inteira. Enquanto estava caçando homens, a empresa estava em dificuldades. Assim que Fiona voltasse, pediria desculpas. Trabalharia mais duro. Se concentraria novamente.

Sintonizada, Fiona chegou com estardalhaço à sala de reuniões, andando na ponta dos pés com um corpete de cetim vermelho decotado estofado, saído diretamente da capa de um daqueles romances de supermercado. Sua cabeça-capacete de cabelos cor de corvo tinha caído para a esquerda, dando a ela uma aparência de ter levado um vento, de pessoa louca. Stacy achou que caía bem para ela.

— Sentar — latiu a Dama Negra.

Todo mundo se sentou. Stacy tinha acabado aceitando a maneira com que Fiona dava ordens a sua equipe, como se fossem cães. Havia algum pequeno conforto em saber quem era o chefe. Stacy estacionou no pé esquerdo da Tartaruga, perto de Janice, que tinha colocado os brincos. Eles pareceram um pouco suaves com seus cabelos louros acinzentados. Mesmo assim, a visão deu a Stacy uma emoção sagrada, sabendo que tinha feito uma coisa bacana.

Fiona ficou de pé perto de Taylor, que estava sentada na cabeça da Tartaruga. Ela esperou o silêncio e depois levantou um pequeno pedaço de papel. Parecia uma nota de banco. A Dama Negra era também uma mágica, aparentemente, que podia transformar lixo (ou rede arrastão) em cordas de ouro (ou sutiãs sem alça de cor metálica).

— Estamos salvos — anunciou, devendo o sucesso do seu acordo com o Crédit Suisse somente, e justamente, ao seu talento de vendedora ambulante. — Este é um recibo de depósito de 250 mil dólares. E há mais vindo por aí. Stanley Bombicci está de volta ao barco. Pessoal! Vamos lançar a Coleção de Arrastão 2001!

Os empregados, incluindo Stacy, ficaram em silêncio por um instante e depois o aplauso explodiu na Tartaruga e em torno das paredes de vidro da sala. Stacy bateu palmas junto com os seus colegas, com grande alívio. Por cinco minutos, ela tinha se convencido de que a empresa tinha vacilado na última semana porque ela estava distraída com assuntos pessoais. Que ela tinha de ser culpada por seus problemas. Agora que o momento tinha passado, Stacy tinha revivido a lealdade a seu trabalho e seus empregadores. Ela estava dentro, todo o tempo, e ganharia muito. Muitíssimo. Dinheiro e glória e, um dia, no futuro não tão distante, ela ficaria sentada no topo de uma montanha de notas de cem dólares. E aquilo não seria bastante nobre?

Sua líder destemida continuou:

— Quero que cada pessoa que não está trabalhando na produção de artigos ajude Stacy com publicidade e promoção — direcionou. — Precisamos de negócios, negócios, negócios, publicidade, promoções cruzadas. Stanley e eu esboçamos um plano de ataque, e a sacana.com vai nos dar uma festa de lançamento de cem mil dólares, com suas modelos servindo drinques vestidas com nossas peças. Nenhum jornalista de tecnologia ou negócios vai perder isso. Podemos fazer a festa da década na Silicon Alley. E este é apenas o começo. Agora tomem outro drinque, comam um *muffin* e voltem logo para o trabalho. Janice, em meu escritório. Stacy, vinte minutos.

— Aqui vamos nós de novo — disse Stacy. Com renovado vigor, ela voltou para a sua mesa para organizar seus pensamentos e anotações. Em nenhum momento no próximo mês, Stacy sabia, ela respiraria ar que não fosse dentro do escritório, do metrô ou do seu quarto solitário. A busca tinha acabado, por enquanto. O sexo teria de esperar.

Seu telefone estava tocando enquanto ela entrava em seu glorioso cubículo. Presumindo que quem estava ligando era Charlie requerendo mais contrição, ela agarrou o fone e disse:

— Não posso expressar o quanto sinto muito — de novo.

— Pelo menos você consegue admitir que está em falta — disse a voz masculina que era muito anasalada para pertencer a Charlie. — Não sou pago pela calcinhas.com desde maio. Você me deve mais de setenta mil dólares, o que, eu temo, jamais vou receber. Me recuso a ser despojado por um bando de mulheres.

— Harry? — perguntou Stacy.

— A quantas outras pessoas vocês devem setenta mil? — perguntou ele.

Stacy não ousou imaginar.

— Acabamos de conseguir uma grande infusão de dinheiro — disse ela a Harry Watuba, presidente da Bolt Tecidos, fornecedor que a calcinhas.com usava para todos os seus produtos. — Posso pessoalmente assegurar a você que vamos fazer um cheque hoje.

— Vai fazer mais do que isso, srta. Temple. Você vai entregar pessoalmente o cheque, e pessoalmente ficar perto de mim no banco enquanto eu deposito o cheque, e pessoalmente me levar de volta ao seu escritório se o cheque voltar. E se eu não conseguir o que me devem, você vai pessoalmente me levar de volta para o meu depósito onde eu posso enfiar três mil rolos de rede de nylon na sua bunda.

— Está me paquerando? — perguntou ela.

— Tem uma hora — disse ele, e desligou.

Normalmente, na rua ou num bar, se um homem com raiva ameaçasse enfiar qualquer coisa na bunda de Stacy ou outras partes furadas, ela podia sentir uma pontada de medo. Suas faces outrora rosadas podiam ter ficado brancas como giz, e, dependendo do que ela tivesse jantado, podia facilmente se imaginar partindo para a náusea do medo. Mas Harry Watuba tinha aproximadamente 1,60 de altura. Ele não podia pesar mais do que 60 quilos. Sua idade era indeterminada, mas, julgando por seus tufos cinzentos (com o passar dos anos, o resto da sua cabeça estava ficando careca), ele tinha pelo menos 58. Ele fumava muito. Ela podia pegá-lo numa briga.

Não que tivesse coração para isso. Harry passava catorze horas por dia sentado atrás de uma mesa cheia de café e cigarros num escritório sem janelas nos fundos de um depósito frio alguns blocos ao sul de Chelsea Piers. Quando não estava implorando por trabalho no telefone, estava gritando com os homens que dirigiam a frota da Bolt de dois caminhões, carregando tecidos finos de todo o mundo para os cantos mais longínquos de Nova Jersey, Nova York e Connecticut. Quase toda empresa de roupas de Nova York produzia seus modelos além-mar, e Harry lutava há muito para segurar a falência. Felizmente para ele, alguns poucos babacas politicamente corretos, como a calcinhas.com, que terceirizava a manufatura para uma "senzala" em Trenton (conquistas do sindicato: paradas para o banheiro a cada dez minutos, paradas para o café cinco vezes ao dia e um dia de doença por mês), mantinham a Bolt com saldo positivo. Mas não, claro, se as contas não fossem pagas. Harry tinha de passar pelo menos algumas horas por dia correndo atrás de dinheiro. Quando a economia estava boa, Harry conseguia. Quando estava ruim, ele levava uma surra. Em julho de 1999, estava se agarrando à beira do precipício com os dois polegares.

E estava sozinho. A mulher de Harry tinha se separado dele três anos antes porque não conseguia suportar o estresse. Sabiamente (para ela), ela tinha guardado algum dinheiro se preparando para a mudança. Ela tinha planejado aquilo durante anos e tinha economizado o suficiente para contratar um babaca filho-da-mãe de um advogado de divórcio, que espremeu cada última gota dos bolsos do pobre Harry. Ele foi forçado a se mudar para um apartamento conjugado inferior em Clinton Hill, o bairro quase-na-moda-mas-que-nunca-chegava-lá ao norte de Hell's Kitchen. Stacy tinha ouvido dizer que Harry passava muitas noites por semana em seu escritório sem janelas do depósito, a um quarteirão das plataformas das Helicopters Tours na boca do rio Hudson, apenas para evitar as opressivas quatro paredes do seu conjugado.

Stacy o tinha encontrado apenas uma vez após seu aperto de mãos inicial no almoço de negócios com Fiona, exatamente um ano atrás. Desde então Fiona não tinha falado uma palavra com ele. Ele mal tinha falado uma palavra amigável com Stacy em seis meses, mais ou menos na época da segunda onda de financiamento derrubado da calcinhas.com. Harry e suas desgraças semanais por telefone tinham sido responsabilidade única de Stacy. Mas ela tinha descoberto como lidar com ele. Deixá-lo gritar por cinco ou dez minutos até que ficasse cansado e 1) precisasse usar o banheiro ou 2) desse uma pausa para tomar seu remédio. Depois ela faria promessas alegres nas quais ele queria desesperadamente acreditar sobre datas de entrega e prazos. Ela ia sair do telefone e fazer o melhor que pudesse para honrar suas promessas.

E tinha a intenção de honrar a que ela tinha acabado de fazer. Foi até o escritório de Fiona e explicou a crise. Stacy conseguiu arrancar um cheque de Fiona de 25.000 dólares. Jurando que voltaria num instante, Stacy pegou um táxi para a rua 20 com avenida 11.

O táxi deixou-a na entrada do depósito Bolt, compartilhado com a Good Times Inc, uma empresa de equipamentos para festas que alugava cadeiras, toalhas, pratarias e gigantescas garrafas de café, entre outras coisas. Ela assinou com o guarda de segurança de meio expediente e depois subiu por montes de cadeiras dobradas e uma pilha de jarras de 70 litros de ponche antes de alcançar o escritório no fundo do depósito.

Ela bateu na porta de Harry, confiante de que estava por fazer um homem pequeno e raivoso muito feliz.

Ninguém respondeu, então ela entrou. Vamos falar de *feng shui* ruim, pensou. A mesa de Harry dava de frente para a parede dos fundos do escritório, então ele não podia ver a porta da frente a não ser que se virasse totalmente. Stacy notou um caderno de telefones na cadeira de sua escrivaninha. Ele seria tão pequeno assim? Ela fechou a porta e empoleirou-se na beira da mesa dele, cruzou as pernas e esperou pacientemente.

Cinco minutos se passaram antes que a maçaneta virasse. As portas se abriram e, do outro lado, estava um Adônis. Ele tinha vinte e tantos anos, 1,80, ombros largos e peito liso. Ela podia ver a ausência marcante de cabelos porque ele estava sem camisa. Sua pele, amendoada, brilhava suavemente. Seus olhos castanhos escuros cintilavam. Suas pernas, com short de denim e botas de trabalho com meias pesadas, eram pesadas de músculos e quase sem pêlos. Quando essa estátua de deus da carne viu Stacy, e não Harry, dentro da sala sem janelas, sorriu vagaroso e bonito, os dentes brilhando como contas brancas, os lábios vermelhos e suculentos.

Ela quebrou o gelo.

— Você não é Harry.

Ele assentiu em silêncio, ainda sorrindo, e depois disse com um forte sotaque:

— Sou Schlomo, de Israel. O rapaz das entregas. Não falo inglês.

Um rapaz de entregas que não falava inglês. Bem agora. Stacy tinha vindo fazer Harry feliz e implorar perdão. E pechinchar e baixar o preço. Stacy saiu da mesa e pegou a mão do rapaz. Não havia aliança de casamento. Ela não tinha certeza de que alianças eram prática comum em Israel, mas não ligava. Disse:

— Siga-me.

O cenário parecia retirado da *Penthouse Forum*, supunha, nunca tendo lido aquilo — ou vivido aquilo. Mas Stacy sabia, por sua semana de desventuras românticas, que as oportunidades batiam à porta e deviam ser agarradas. Ela levou seu belo israelense para dentro do depósito. O guarda de segurança não estava à vista e, mesmo se estivesse, mal estava ligando para a discrição. Não havia nem um único zíper em nenhum lugar de seu traje inteiro. Era um presságio. Ela teria sua trepada sem zíper e contaria a Charlie tudo a respeito — um presente perfeito de melhoras. E mais, ela não tinha que se preocupar se isso seria sexo casual, ou sexo com amor, ou qualquer coisa com implicações sobre com quem ela estava ou o que ela tinha se tornado. Encestar Schlomo seria acidental. Quase tão acidental quanto sua revirginização. Como se ela tivesse caído de uma escada e aterrissado confortavelmente no pau de Schlomo com um "Oh!" e um "Que surpresa boa!".

Eles encontraram um lugar contra a parede sul, atrás de uma pilha de mesas dobráveis de dois metros de altura. O espaço era limitado, mas havia lugar suficiente para dois adultos. Eles teriam de fazer aquilo de pé, mas ela há muito tinha sido um membro em boa forma (isso mesmo) do Clube Vertical. Stacy colocou as mãos nos quadris de Schlomo e beijou sua boca. Seu suor tinha gosto de sal em seus lábios. Ela o beijou mais apaixonadamente, e ele respondeu içando um mastro em seu short.

— Gosto de garotas americanas — disse ele.

— Garotas americanas gostam de você — respondeu ela.

Ele empurrou-a contra a pilha de mesas. Enquanto olhava dentro dos seus olhos (o que a fez sentir-se estranha: talvez o segredo de uma trepada sem zíper fosse manter os olhos e a alma de alguém fechados), ele passou a mão embaixo de sua camisa e seu sutiã, naturalmente, e começou a brincar com os seus seios. Taylor Perry tinha feito as mesmas coisas com efeito mínimo em Stacy. Mas a rudeza das mãos de Schlomo e a maneira como apertava os seus mamilos, suavemente a princípio e depois mais forte, causaram aquele familiar som de explosão nos ouvidos de Stacy. Ele suspendeu as roupas dela para olhar seu peito — aquele adorável sorrisão — e depois mergulhou nela.

Ela segurou a cabeça dele contra suas tetas, pensando e dizendo:

— Sim.

Os impulsos elétricos viajaram ao longo da corda invisível entre os seus mamilos e o seu clitóris, acendendo-a como um fósforo (um fósforo realmente, realmente *grande*). Schlomo não hesitou antes de suspender a saia dela até a cintura. Ele mergulhou dentro de suas calcinhas com as duas mãos, com profissionalismo, esfregando e apertando e deslizando com todos os dez dedos. As pernas de Stacy começaram a tremer e entortar. Sentindo sua instabilidade, Schlomo levantou-a do chão (sem esforço, como um saco de penas), firmou um de seus pés na beira de uma mesa e sentou-a em sua coxa. Ela colocou um braço em torno do seu pescoço, abriu as pernas e colocou a cabeça no ombro dele. Ele rasgou suas calcinhas, o que dizia mais sobre a qualidade dos produtos da calcinhas.com do que sobre a força de Schlomo. A roupa de baixo caiu no chão numa pequena poça de água marrom. Há muito mais de onde essas vieram, pensou Stacy.

Apressada agora, já que Stacy sabia que chegaria logo lá, ela usou sua mão livre para abrir o botão do short dele. Procurou lá dentro e o libertou. Mastro era uma descrição fraca; ele era um canhão israelense. Enquanto Stacy segurava o monstro em suas mãos, realmente teve um momento de preocupação de que ele seria muito grande para ela. De que tal massa não poderia ser enfiada dentro dela como uma barra de metal. Schlomo não estava preocupado. Ele a estava abrindo e escancarando há cinco minutos e teve até a habilidade (a linguagem, é isso) para dizer:

— Eu entro. Não se preocupe.

Ele estendeu seu braço esquerdo sob o joelho direito dela e a manteve aberta. Seu braço direito estava segurando-a em torno da cintura. Ela estava suspensa, os braços em torno do pescoço dele, sua perna esquerda ficando na coxa direita dele. Ele tentou baixá-la sobre ele. Ele investia contra ela, e ela tentou se contorcer para deixar a cabeça entrar. Mas nessa posição *Kama Sutra* (Dois Tigres Apaixonados? O Lótus Contraído?), ela não conseguia fazer muito. Ele estava controlando seus movimentos. Ela estava completamente, entusiasmadamente, à mercê dele.

Único problema: com os dois braços segurando-a, e os braços dela em torno do pescoço dele, nenhum dos dois tinha uma mão livre para guiá-lo para dentro dela. Um monte de investidas e xingamentos aconteceu, até que finalmente Stacy disse:

— Aí não! Para cima, mais PARA CIMA!

Houve um ruído de movimento atrás do par quase copulando e depois eles escutaram o grito horrorizado do que parecia uma garotinha.

— Schlomo! O que diabos pensa que está fazendo?

Stacy olhou sobre o ombro do israelense e viu Harry Watsuba olhando dentro de sua fenda.

— Stacy Temple! É você? — perguntou. — Parem com isso agora mesmo! Este é um local de trabalho. Saia de cima dele agora mesmo. Estou ficando cego! — Ele retrocedeu, o braço cobrindo seus olhos.

Schlomo disse:

— Merda. Droga. Porra.

Stacy disse:

— Maldição!

O israelense baixou Stacy para os pés e abotoou o short. Ela consertou suas roupas e olhou com pena para as calcinhas estragadas no chão. Ela teria de ir sem elas de táxi até a cidade.

Os amantes frustrados saíram engatinhando do seu buraco. Harry estava de pé do outro lado, de cara feia. Ele disse:

— Schlomo, você está despedido; srta. Temple, em meu escritório.

Stacy se sentiu péssima. Ela olhou para Schlomo e disse:

— Sinto muito. Vou falar com ele.

Schlomo não entendeu o que ela disse, mas disse:

— Ele me demite todos os dias.

Sem nada tipo um beijinho, um toque ou um número de telefone, Schlomo saiu para os cantos distantes do depósito em suas poderosas pernas sem pêlos. Ele não olhou para trás.

Engolindo em seco de frustração, Stacy entrou na caixa de sapatos de Harry. Ele deixou a porta bem aberta (talvez tivesse medo de ficar sozinho com ela, imaginou). Ele sentou-se. Ela ficou de pé do outro lado da mesa, encarando-o e na direção da porta aberta.

— Queríamos manter isso em segredo, mas Schlomo e eu temos saído juntos há algum tempo e vamos ficar noivos — disse Stacy. — Gostaríamos de sua bênção.

— Eu deveria esperar algo assim de vocês, pessoas que trabalham com roupas de baixo — disse ele, sentado sobre o seu caderno de telefones. — Schlomo é casado e tem cinco filhos em Tel Aviv. Mas isso é problema dele. Onde está o meu cheque?

Quase penetrada por um homem casado, pensou. Aquele teria sido o primeiro. Ela abriu a bolsa, exatamente onde a tinha deixado na mesa de Harry, e estendeu a ele o cheque de 25.000.

— Sei que é apenas um terço do que devemos a você — disse ela —, mas prometemos o restante no final do próximo mês. — Fiona tinha dado linha a ela. Ela assegurou a Stacy que ia funcionar ("Ele vai pegar o que puder e gostar", explicou).

Mas não funcionou. Harry suspirou com o peso de uma máquina de carga e disse:

— Esta quantia é inaceitável. Vocês, empresas de Internet, acham que podem existir com promessas e mentiras, mas esta não é a maneira pela qual eu faço negócios. Não vou escutar mais nenhuma palavra de vocês. Por que deveria acreditar em você? Garotas honestas não fazem o que você estava fazendo com Schlomo. Aquilo apenas mostra isso. Falei com quatro outros vendedores de vocês, todos os quais não foram pagos. Vamos contratar um advogado e vamos abrir um processo para forçar vocês a abrirem falência. Vocês vão ter de vender os bens da empresa, dos computadores às ações, e quando ela estiver completamente desmantelada e vendida, o dinheiro vai ser dividido entre os reclamantes. Depois do que acabo de ver, sinto menos culpa de fazer isso com você, srta. Temple. Você não é uma garota boa.

— Eu *sou* uma garota boa. Sou tão boa que vim aqui para dar a você este cheque e ter certeza de que você se sentiria confortável com uma agenda de pagamentos — disse Stacy. — Sou tão boa que fiquei com pena do seu entregador solitário que me disse com os olhos que está desesperadamente sozinho neste país. Está claro para mim que você não leva os sentimentos dele em consideração. Eu estava tentando demonstrar gentileza com aquele pobre e triste homem. E talvez, apenas talvez, trazer um pouco mais de alegria para o mundo.

Harry encarou-a, as narinas inflando de descrédito.

— Você estava demonstrando gentileza com ele? É assim que vocês, pessoas de roupas de baixo, mostram gentileza?

— Eu posso ser gentil com você também, Harry. Não daquele jeito. — Deus, não, pensou. — Mas de outras maneiras.

Ele fez uma careta.

— Não quero nenhuma das suas maneiras.

— Você poderia gostar de uma que tenho em mente. — Stacy tinha de pensar em algo que pudesse oferecer a ele. Seus olhos vagaram do rosto enrugado de Harry para sua cabeça careca e o depósito. Ela sorriu subitamente e disse: — A calcinhas.com acaba de formar uma parceria com a sacana.com.

— Parece um casamento perfeito — disse ele.

— Ah, sim. São grandes novidades. Motivo para celebração. Fiona Chardonnay estava me falando hoje sobre uma festa no fim do mês para festejar nossa nova parceria. Disse que a sacana.com ia gastar cem mil dólares com ela. Tenho certeza de que pelo menos metade disso vai para aluguel de mesas, cadeiras, jarras de ponche, copos de coquetel. Como aqueles empilhados lá fora — disse ela, apontando para o estoque da Good Times, Inc.

Harry franziu a testa com severidade.

— Então falem com a Good Times — rugiu ele.

— Talvez você devesse falar com eles — disse ela. — E talvez você pudesse sugerir uma taxa de intermediação. Acho que dez por cento é o que se cobra. E esta primeira festa é apenas o início. A sacana.com dá festas todas as semanas do ano. E almoços. E jantares. Eu poderia jurar que, dado o seu jeito com as palavras, você podia fazer a Good Times concordar com uma taxa de quinze por cento de intermediação para todos esses negócios. Se eles implicarem com os cinco por centa extra, diga a eles para subirem os preços. A sacana.com vai pagar. Eu garanto isso.

— Como diabos você vai fazer isso? — perguntou ele.

Ela piscou.

— Vou ser gentil com eles. Como estou sendo com você agora.

Harry Watuba era velho, pequeno, pobre, triste e irritado. Mas sabia quando tinha ganhado um almoço grátis num prato de ouro. Ele disse:

— Onde estão os meus outros 45 mil dólares?

— Tenho uma agenda de pagamentos bem aqui — disse Stacy. Ela tinha criado o calendário no caminho da cidade, prometendo um cheque de 10.000 a cada quinzena dos próximos dois meses, e um pagamento flutuante como adiantamento de futuras compras.

Ele gemeu quando olhou para aquilo.

— Você quer gastar trezentos paus por hora com um advogado? — perguntou ela. — Nos force a falir e você vai ter sorte se ganhar dez centavos por cada dólar.

Seu argumento era sólido. Harry tomou a decisão certa. Stacy prometeu ligar para ele na segunda-feira e ajudar a fechar a ligação da Good Times/sacana.com., e ela ajudaria. Ela estava cheia de boas intenções.

Stacy saiu do escritório de Harry e atravessou o depósito (nem sinal de Schlomo em qualquer lugar) na direção da West Side Highway, e mais alguns quarteirões na direção da avenida 10 até encontrar um táxi. O tempo todo ela ria feito louca e segurava a parte de trás de sua saia com as duas mãos.

Capítulo Quinze

Sexta-feira à noite

— Estou na sua cola — disse Fiona Chardonnay no final de um dia sem fim de trabalho (mas não o final da semana de trabalho para os escravos da calcinhas.com; sábado podia muito bem ser segunda-feira). Janice tinha desaparecido por volta das oito para o jantar de aniversário com o advogado do Upper West Side, e Stacy tinha sido ordenada a ficar no trabalho até que Fiona tivesse terminado para sair para a noite.

Stacy tinha esquecido totalmente seus planos noturnos com a chefe. Fiona insistira alguns dias atrás em que ela seria a agente pela qual Stacy se desrevirginizaria. Nenhuma criatura viva jamais deveria se colocar entre Fiona e um objetivo, mas Stacy estava exausta do trabalho e simplesmente não podia sair para a noite de Nova York usando um fio-dental de rede metálica dourada sob sua saia.

Quando voltou para a calcinhas.com, com o traseiro pelado, Stacy tinha tido o tempo da viagem para considerar as enormes promessas que fizera a Harry. Ela conseguiria cumpri-las?

Com as dúvidas voando livremente, foi imediatamente intimada para o escritório de Fiona. Stacy descreveu, palavra por palavra, a conversa com Harry. Stacy, claro, omitiu os comentários de titio sobre ela "não ser uma boa garota" e todo o encontro íntimo (mas não íntimo o suficiente) com Schlomo. Janice e Fiona estavam muito ocupadas com as ameaças de Harry para imaginar que Stacy tinha omitido parte do negócio. O plano de ação: Stacy ia chamar outros vendedores que poderiam tomar parte no processo na justiça, reunir informações e fazer promessas razoáveis sobre pagamentos. Janice ligaria para os advogados da calcinhas.com e descobriria o que eles podiam fazer para interromper o processo, possivelmente virar a mesa e criar uma dor de cabeça legal para a Bolt Fabrics (Janice achava que elas podiam acusar Harry de importar seda ilegalmente da China). Até o ponto de intermediar um trato com a Good Times e a sacana.com, Fiona e Janice concordaram que o blefe era de primeira classe, mas que o esquema como um todo jamais iria acontecer.

— Você é uma faladora e tanto, Stacy — disse Janice. — É isso o que adoramos em você.

— Eu gostaria de tentar, de qualquer forma — disse ela. — Prometi a Harry.

— Se quiser ligar para Stanley Bombicci, vá em frente. Mas ele jamais vai acreditar que é por isso que você está ligando —

disse Fiona. — Vai presumir que você tem um motivo secreto para fazer isso. Talvez você tenha.

Stacy muito certamente *não* tinha. Ela decidiu que um e-mail seria a maneira de contactar Stanley. Mandaria uma cópia oculta para Harry, só para provar que estava fazendo um esforço sincero em seu benefício. Fiona deu a Janice e Stacy algumas outras tarefas menores sobre o assunto. Ela não faria nada, já que tinha conseguido a grana grande aquela manhã, e porque acreditava firmemente que quando a calcinhas.com lançasse a linha Arrastão, elas estariam nadando em dinheiro e seriam capazes de pagar todos os fornecedores lá pelo final de agosto.

— Sabe por que estou tão confiante? — perguntou a Stacy e Janice.

Porque você está nadando no oceano de seu próprio exagero?, pensou Stacy.

— Por quê? — perguntou.

— Tenho um protótipo. — Fiona procurou na primeira gaveta de sua escrivaninha e mostrou um pedaço de material na forma (e tamanho) de um Dorito. — Esse é o fio-dental de rede arrastão, o "Triângulo das Bermudas", em dourado.

Ela passou o fio-dental para Janice e Stacy, que fizeram ooohs e aaaahs apropriados, como se realmente aquele fosse o pedaço dourado que iria impressionar a espécie feminina com suas linhas ousadas e salvar a empresa de um quebra-quebra financeiro.

— Stacy, por servir a calcinhas.com com lealdade e sem descanso, gostaria de oferecer um prêmio a você — disse Fiona.

— Quero que seja a primeira mulher na América a usar o Triângulo das Bermudas, para sentir a suavidade e a sensualidade do nosso último e melhor produto.

Ela simplesmente não podia. Ela se sentiria mais pelada usando o fio-dental do que estava se sentindo sem nada. Fiona jogou a roupa de baixo em seu colo. Stacy pediu licença para ir ao banheiro feminino e a colocou. Com medo de olhar no espelho comunitário (e se alguém entrasse?), ela voltou ao escritório de Fiona e anunciou que jamais se sentira tão sexy, e estava agradecida além de todas as razões por ser a primeira modelo a usar algo indizível de tão revelador — e chique. O Triângulo das Bermudas realmente era sexy. O fio em si era forte e elástico, o tecido de rede arrastão também. A ventilação era um item a mais.

— Vamos ver — disse Fiona.

— É, vamos ver — concordou Janice, sorrindo, gostando de cada gota de vergonha de Stacy.

Stacy levantou a saia e fez um giro revelador para suas chefes, rearranjou suas roupas e caiu de volta na cadeira. Fiona e Janice aplaudiram, e as três mulheres compartilharam trinta segundos de leveza cordial. Se apenas pudesse ser assim o tempo todo, pensou Stacy. Talvez pudesse. A confiança de Fiona costumava fluir em suas próprias veias. Poderia acontecer de novo.

Ou não. Quase no mesmo instante em que começou, terminou. Fiona recebeu um telefonema. Ela enxotou Janice e Stacy para fora do escritório para fazer suas tarefas mais prioritárias. O que Stacy tinha feito exaustivamente durante horas e horas.

E agora Fiona estava na porta do cubículo de Stacy, rosto maquiado e bolsa, esperando para a festa.

— Eu adoraria, Fiona, mas estou exausta — disse Stacy.

A Dama Negra sacudiu a cabeça. Ela não aceitaria desculpas.

— Garanto que você vai conhecer um homem jovem, quente e disponível. E acho que sabe como me comprometo com minhas garantias.

Fiona tinha instalado a mais generosa política de devolução da Internet: Se você não se apaixonar loucamente por, sabe, seu novo *negligé* Aeromoça Travessa, a calcinhas.com dará a você um reembolso total, pagamento para envio da devolução e oferecerá um desconto de cinco por cento numa futura encomenda de 100 dólares ou mais. Cerca de dois por cento dos seus clientes pediam a garantia — a calcinhas.com perdeu cerca de 100.000 por trimestre com devoluções, uma gota no balde do seu capital de giro.

— Outro desapontamento com homens poderia me causar danos permanentes ao ego — disse Stacy.

Fiona conferiu seu relógio de ouro e diamantes da Tiffany.

— São dez horas. Se você não tiver a língua de um homem em sua orelha às onze, eu lhe dou um aumento de trinta mil dólares.

— Cinqüenta mil — disse Stacy.

— Sessenta! — anunciou Fiona. — Veja como estou confiante em você.

— Já que coloca as coisas desta forma — disse Stacy —, uma língua na orelha é uma oferta que não posso recusar.

Onze horas. Stacy já tinha consumido dois martínis brancos de chocolate. Ela teria pedido um terceiro, mas não podia acenar para o garçom com esta jovem, quente e disponível língua de homem em sua orelha. Fiona a tinha levado para o Oak Room no Plaza Hotel, um bar de painéis de madeira com preços altos e turistas em um salão no estilo campestre. Fiona estava em sintonia com a decoração, com seu vestido vermelho-paixão e saltos agulha. Em cinco minutos de mergulho nas poltronas de veludo numa mesa ao fundo, dois homens estonteantemente atraentes se aproximaram delas. Sven e Jorge. Eles eram executivos viajando da Finlândia com inglês perfeito e não muito a dizer. Fiona convidou-os a se sentarem. Quinze minutos depois de uma pequena conversa carregada de desejos, e o Oak Room magicamente se transformou na Estação Central da Sacanagem.

Enquanto Jorge fustigava a orelha de Stacy, ela observava as manobras de Fiona e Sven. Os lábios deles estavam fundidos e a mão dele tinha desaparecido sob o vestido dela, expondo o comprimento da coxa de Fiona (Stacy esperava parecer tão flexível dentro de vinte anos). Stacy viu a marca de rosas de cetim negro nas tiras elásticas de seu Viúva Alegre e Maldosa (um dos modelos mais populares da calcinhas.com). Por um nanossegundo, Stacy sentiu uma onda de genuína afeição por sua chefe. Fiona realmente amava e usava os produtos; ela queria que as mulheres se sentissem sexy e vivas, em qualquer idade, de qualquer tamanho.

Stacy empurrou Jorge. Eles estavam espremidos dentro de uma poltrona de veludo, as laterais pressionadas. O rosto dele era adorável: olhos cor de mel, faces redondas como as de um menino, leve brilho de coquetéis e beijos, linhas finas na testa para mostrar alguma idade e experiência. Stacy imaginou que ele devia estar exatamente por volta dos trinta. Seu peito era uma parede de músculos; você poderia cortar lenha em suas pernas.

— Me diga, Jorge — disse Stacy. — Onde você mora na Finlândia?

Ele tomou um gole prolongado do seu uísque (com gelo) e disse:

— Esqueci. — Depois ele cobriu Stacy como um cobertor.

Fiona e Sven ficaram de pé subitamente. Ela disse a Stacy:

— Vamos pegar um quarto. Você deve querer pegar um também.

Eles saíram, a mão de Sven na parte baixa do traseiro dela, a mão dela dentro do bolso da calça dele. Fiona era uma mulher incrível, pensou Stacy, embriagada. Nada poderia se colocar entre Fiona e uma diversão. Jorge deu a Stacy o que sobrava do seu drinque. Ela lambeu o chocolate branco em torno da borda e fez olhos de gato quando vê peixe.

— Nós não vamos precisar pegar um quarto, Stacy — disse ele.

O coração dela afundou. Ele não a queria? Um fluxo de desapontamento (dano permanente?).

— Não? — perguntou.

Colocando a mão no bolso interno do seu terno, ele pegou uma chave de cartão plástico. Ele a segurou entre os dois dedos e disse:

— Eu já peguei um.

O quarto de Jorge no Plaza tinha uma cama queen-size, uma dupla de falsas cadeiras Chippendale, uma mesa de TV e um minibar. Bastante escasso, pensou ela. Então o executivo viajante a negócios não estava numa viagem de altas despesas, pensou.

— Nada de serviço ida e volta esta noite — disse Stacy.

Ele riu, confuso. Certo, talvez aquilo fosse demais para a cabeça finlandesa dele. Sem querer quebrar o humor, ela disse:

— Gosto de você, Jorge. — Ele era perfeito: bonito, aqui agora, longe amanhã. Ela podia assegurar status sexualmente ativo sem interromper o fluxo natural da sua vida. Deus abençoe Fiona, pensou.

— Eu também gosto de você, Stacy — disse ele e a puxou para a cama.

Enquanto se beijavam, Jorge fez pequenos ruídos, ronronando como um gato louro.

— Meu Deus — disse ele. — O que está usando?

Ele tinha descoberto o Triângulo das Bermudas.

— Oh, nada — disse ela.

— Quase nada. — Ele recomeçou a mordiscar a clavícula dela e sussurrou: — Você pode passar a noite toda se quiser.

— Eu quero — respondeu ela. Ela esfregou o pescoço dele.

— Só vai custar um pouco mais, mas não vai se arrepender.

Stacy parou de esfregar.

— Custar um pouco mais?

— O quarto está pago, mais duas horas. Mas, se chegarmos a doze horas, são mais mil adicionais — disse Jorge.

Ele deve ter se dado conta de que Stacy tinha congelado. Ele pegou o rosto dela entre as mãos.

— Fiona não contou a você?

Fiona não tinha contado a ela. Mas agora ela sabia: Sven e Jorge não eram homens de negócios da Finlândia. Eles eram garotos de programa do serviço de acompanhantes regular de Fiona. Contando até dez, Stacy estava furiosa com Fiona. Como ousava marcar aquilo para ela? Mas, quando chegou ao 11, sua raiva tinha esfriado. Isso devia ter algo a ver com Jorge levantar a blusa dela e beijar entre suas costelas. Fiona tinha apenas tentado ajudar. Em teoria, chamar um acompanhante parecia sujo e patético. Mas agora que ela tinha passado da hipótese e mergulhado na realidade, Jorge, um presente de carne e osso de sua chefe, não fez Stacy sentir nada além de curiosidade. Ele faria qualquer coisa que ela quisesse.

— Você já esteve na Finlândia? — perguntou ela.

— Sou de Boston, mas gosto de vodca finlandesa — disse ele.

— Jorge — disse Stacy —, eu gostaria que você me beijasse o corpo inteiro, centímetro por centímetro durante uma hora, incluindo pelo menos vinte minutos de sexo oral, seguido por uma trepada longa e vagarosa, e quinze minutos de abraços e gentileza, me acariciando distraidamente enquanto você se recupera. Depois vamos fazer tudo de novo. Depois disso, você vai me dar banho, lavar meus cabelos e escová-los até eles ficarem secos. Depois cante para mim até que eu durma em seus braços. Que tal?

Jorge saiu da cama, recuperou seu terno do chão e achou seu Palm VII. Usando a caneta, ele rabiscou alguns números e conferiu a lista de serviços de Acompanhantes Executivos que tinha baixado do computador. Stacy, olhando por cima do ombro dele, ficou espantada com o menu — era como um spa, só que sacana. Finalmente, ele disse:

— Sexo hetero é aplicado a uma taxa horária de quinhentos até a meia-noite. Para ficar até de manhã, é um preço fixo de mil. Mais duzentos pelo banho e xampu (mais cinqüenta pelo condicionador), cem dólares pela escova e secador, sou muito bom, por sinal, vou fazer seu cabelo ficar liso como um alfinete, e mais trezentos adicionais por cantar, a não ser que você queira algo de Frank Sinatra, caso em que o preço é elevado para trezentos e cinqüenta. O balanço: dois mil e cem dólares. — Ele mostrou a Stacy seus cálculos.

Ela assobiou.

— Isso tudo?

— Eu valho isso.

— E uma rapidinha, agora?

— São onze e quarenta e cinco. Ainda temos quinze minutos na conta de Fiona. Podemos fazer e sair, e você não gastaria um centavo — disse ele. Ele sorriu, sedutor. — O prazer será todo meu, Stacy.

Ela sorriu. Sem dúvida ele ficara excitado. Ela ainda era jovem e — ousava dizer — uma gata. Seu tesão óbvio (como um arenque congelado) era visível e tentador. Então era a hora de suas habilidades serem testadas pelo tempo.

Ela ficou de pé e puxou sua saia para baixo.

— Posso ficar com o seu telefone? — perguntou ela.

Ele estendeu um cartão gravado a ela.

— Eu baixo dez por cento do pacote. E isso vai sair do meu próprio bolso.

— Mantenha em seu bolso, Jorge. — Não era o dinheiro. Stacy poderia pagar uma semana de Jorge. Ela não tinha certeza é se poderia pagar o custo emocional.

Ela inclinou-se e beijou-o suavemente, agradecida. Ele disse:

— Vinte por cento. E é minha oferta final.

— Ainda além do meu limite — disse ela. — Mas você nunca sabe quando essas fronteiras serão redesenhadas. Você pode ter notícias minhas.

Se ela ficasse desesperada no domingo, seu último dia de status de não-virgem, ela poderia mudar de idéia. Ela o deixou sozinho na cama, louro e jovem, com os olhos cor de mel ainda checando seu Palm VII para o seu próximo compromisso.

De volta ao corredor do seu prédio no SoHo, Stacy encontrou seu Palm III em sua bolsa de noite e abriu a lista de homens A Fazer. Ela tinha riscado alguns nomes (que estavam lá, não que fizeram aquilo), e acrescentado meia dúzia de pontos de interrogação ao lado do nome "Jorge". Ela destrancou a porta e foi saudada pela desordem confortável da sua sala de estar. Deu um passo para dentro e viu um pequeno quadrado de papel no chão.

Ela o pegou. Ele dizia:

Venha ao telhado hoje à meia-noite.

Estava assinado "4C".

Seu coração disparou. O destino poderia estar sorrindo para ela, afinal de contas. Ela não tinha caído em tentação, e esta era a sua recompensa! Olhou as horas. Acabava de passar da meia-noite. Ela correu o mais rápido que pôde, subindo as escadas frágeis de incêndio para o telhado.

Ele não estava lá. Tudo o que encontrou no telhado plano de telhas escuras foram duas garrafas vazias de Brooklyn Lager, e uma cheia. Sob ela, um círculo molhado manchando a tinta das letras, estava outro bilhete. Ele dizia:

Esperei até as 12:15, e então tive que sair. Teria ficado mais tempo, mas cada minuto começou a parecer uma hora, e odeio esperar. Eu provavelmente imaginei uma ligação entre nós, e você não veio de qualquer forma. Além do mais, estou sem cerveja, a não ser por esta última, e preciso de mais algumas antes que eu mesmo possa pensar em ir dormir. Só para registrar, não sou alcoólatra. Só gosto de algumas cervejas numa sexta-feira à noite em julho. Espero que você tam-

bém goste. Você devia. Eu não ficaria atraído por você de outra forma. Enfim, estou escrevendo isto há alguns minutos para passar o tempo, e estou sem espaço. Mas você jamais vai ler isso, porque assim que eu voltar do bar virei até aqui para destruir as evidências. Se por alguma estranha chance você vir esse bilhete, tente minha porta. Pode conseguir me pegar. E tomar a cerveja.

Ela realmente gostava de cerveja em julho! E não pensou que ele era alcoólatra. Ele não tinha inventado a ligação. E ela se sentia atraída também! O coração ainda pulando como um coelho, Stacy agarrou a garrafa e correu escada abaixo. Ela bateu fortemente na porta do 4C. Nada.

Dro-ga. Mas, debaixo da frustração, Stacy estava apaixonada por esses bilhetinhos. Ela se sentia cuidada. Como se ela e o Garoto Vampiro tivessem uma vida secreta, uma vida nas sombras, conduzida em papel rosa e branco. E *tinha* sido recompensada por dispensar Jorge. Só de olhar para esta garrafa de cerveja em sua mão. Prova de que o Garoto Vampiro existia. Ele a tinha deixado de presente para ela. E um desses dias eles se encontrariam e se falariam. E seria perfeito.

A vida não merecia ser vivida sem sexo e amor. Se você não estivesse num relacionamento, ou atrás de um, você estava fora de rota. Era isso o que Gigi XXX tinha escrito. O bilhete do Garoto Vampiro — um escorregão de digressão do ego — e o aumento de excitação em seu sangue fizeram Stacy imaginar se Gigi estava certa.

Stacy procurou em sua bolsa por seu bloco de papel rosa. E escreveu:

Sinto muito ter perdido você. Podemos tentar novamente? No telhado, amanhã para o jantar. Estarei lá às 7:30 com meu Hibachi. *Por favor, junte-se a nós.*

Carinhosamente, Stacy.
E obrigada pela cerveja.

Ela empurrou o bilhete sob a porta do Garoto Vampiro.

Capítulo Dezesseis

Sábado à tarde

Fiona estava desapontada e ferida. Em suas palavras exatas, ela disse:

— Estou desapontada e ferida. Dei Jorge a você de presente, com uma reverência. E você dispensou. Esta não é a Stacy Temple que eu comecei a respeitar e admirar. Esta não é a mulher que eu vejo como minha protegida, minha aprendiz. E o pior é que agora penso em você, Stacy. Como pôde fugir de passar a noite — e nada de anéis amarrados — com o belo Jorge? Por favor, me explique, porque preciso saber.

A Dama Negra — fazendo jus a seu apelido vestindo vinil preto hoje (o vinil pode ter passado de época muitos anos atrás, e fazia 35 graus à sombra de uma placa de Não Estacionar, mas Fiona era uma força de moda defeituosa que não podia ser interrompida, viesse o inferno ou águas torrenciais) — já tinha passado a maior parte da manhã contando a qualquer pessoa que quisesse escutar os dois triunfos de ontem: o Crédit Suisse e um homem grande com um enorme "Finlandês". Apenas Stacy sabia a verdade, que sua chefe tinha pagado uma fortuna por seu simulacro de um estrangeiro.

Claramente, Fiona achava que pagar por sexo — e ter um momento de explosão — era tão satisfatório quanto seduzir um homem com suas próprias capacidades. Stacy acreditava que uma dieta pesada de sexo por dinheiro levaria a uma horrível massa de morais deformadas e a inevitável erosão da auto-estima. Se ela vocalizasse sua teoria, Fiona a chamaria de blasfema e Stacy seria demitida imediatamente. Neste escritório, onde as coisas pessoais (ou, precisamente, as intimidades) eram profissionais, questionar as práticas da chefe era estritamente proibido. Então Stacy ficou na dela, ocupou-se com tarefas intermináveis e telefonemas, e tentou evitar Fiona.

Mas não poderia ficar invisível por muito tempo. Pouco depois do almoço Stacy foi convocada ao escritório de Fiona para receber o discurso "estou ferida". E agora, enquanto Fiona batia suas unhas afiadas no topo de mármore da sua mesa, Stacy planejou uma resposta que seria prazerosa para sua chefe, sem comprometer sua própria moral.

— Fiquei com medo — disse ela. — Muito tentada, e agradecida pela oportunidade. Deus sabe que preciso de toda a ajuda que conseguir. Mas quando chegou a hora H, aparentemente, se você me entende, eu dei para trás.

— Você não estava com medo, Stacy.

— Eu estava aterrorizada.

Fiona sorriu maldosamente.

— Adivinhe quantos anos eu tenho.

Stacy não ousou.

— Trinta e nove? — perguntou.

— Ah, por favor, Stacy — disse Fiona. — Adivinhe de verdade. Vá em frente, quero que faça isso.

— Quarenta e dois?

— Longe disso.

— Quarenta e cinco?

— Tenho cinqüenta e sete. E eu conheço esse seu olhar, Stacy. Você estava com medo de adivinhar minha idade porque não quer me ofender. E está com medo de admitir que pagar por sexo é detestável para você. E que eu posso ser um monstro por fazer isso tão facilmente. Jorge não assustou você de jeito nenhum. Eu é que aterrorizo você.

Stacy negou.

— Não, ele foi muito assustador. Grande e ameaçador, e tinha uma lista de preços muito assustadora.

Enquanto isso, Stacy pensava, mesmo em seu esforço cerebral enorme, *Fiona tem 57???*. Aquela era a idade da mãe de Stacy (bem, Belinda tinha 60, mas era quase aquilo) Como uma mulher da idade da sua mãe podia se vestir com vinil e trepar com prostitutos?

— Vou explicar a você por que uma mulher da minha idade usa vinil e trepa com prostitutos — disse Fiona.

— Não precisa — disse Stacy.

— É só isso, Stacy. Eu não preciso fazer nada. Eu me coloco acima de julgamentos porque tenho absoluta clareza. Quanto mais velha fico, mais eu tenho certeza: uma vida sexual ativa é a chave para a felicidade. Quando você é um animal sexual, funciona plenamente em mente, corpo e espírito. Se você é assexuada, todas as áreas da vida correm abaixo da média. Para ser uma mulher completa, devo ser tão sexualmente ativa quanto possível.

Por esse prisma, Stacy, em sua incompletude sexualmente inativa, não era nada além de um dedo mindinho.

— E aqui está a parte que aprendi dos homens — continuou Fiona. — Relacionamentos românticos forçam você a comprometer sua visão, suas idéias, criatividade e realizações. Olhe para Janice. Ela se arrasta a cada dia, desesperada para conseguir uma ligação romântica. Se ela deixasse seus ideais de lado, seria um gênio. Uma força. Uma inspiração.

A vida sem amor podia deixar espaço para outras coisas. Mas certamente o amor inspira. É uma força de ida e volta por si mesma.

— Quando Janice *realmente* encontrar o amor... — começou a dizer Stacy.

— Como isso não vai acontecer nunca, Janice ligou dizendo que estava doente esta manhã. Ela deve ter tido um encontro desastroso com aquele advogado da Internet, e agora ela não consegue encarar a si mesma ou suas colegas. Por tudo o que eu sei, ela deve estar chicoteando suas costas.

Stacy mordeu o lábio. Ela podia bem imaginar o horror do encontro de Janice na noite passada, apenas acrescentando à sua depressão o fato de estar virando os 50. Stacy faria uma visita a ela mais tarde. Levar-lhe alguns biscoitos. Ver se poderia mimá-la um pouco. Janice tentaria o suicídio? Stacy não conseguia acreditar.

Nem Fiona. Ela disse:

— Estou brincando, claro. Janice jamais faria alguma coisa burra assim. Além do mais, ela está acostumada a ter encontros fracassados. Na verdade, se pode argumentar que ela se mantém saindo com homens ruins porque quer ficar desapontada. Esta é a maneira dela de evitar o relacionamento que ela vem sendo socialmente condicionada a acreditar que sempre quis.

Aquela era a lógica que Stacy usava para si mesma.

Fiona continuou:

— Então me diga a verdade: você realmente acha que Janice vai encontrar o que ela diz que está procurando?

— Não, Fiona. Não acredito.

— Eu concordo. Tive minha cota de relacionamentos, e eles todos terminaram da mesma maneira. Quando fiz quarenta, decidi mudar. O ciclo de expectativa e desapontamento terminaria. Eu alimentaria meu corpo com o sexo que ele precisava e evitaria ligações emocionais. E, em dezessete anos desde então, ganhei milhões de dólares, fiquei famosa, criei uma vida de luxo e privilégios e tenho sido muito feliz.

— Não se sentiu solitária? — perguntou Stacy, se aventurando em terreno minado.

— Você me acha solitária? — perguntou Fiona.

Com aquela sobrancelha levantada e o meio-sorriso, Fiona parecia a imagem do contentamento orgulhoso. Stacy procurou sob o rosto cirurgicamente esticado de sua chefe para descobrir uma pista de solidão ou desespero ou até uma leve ruga de arrependimento sobre suas escolhas. Nada. Fiona era uma maravilha. Ela devia ser a primeira, e única, mulher em Nova York sem preocupações. A não ser uma.

— Você deve se sentir solitária se a calcinhas.com não se recuperar — disse Stacy.

Um brilho de raiva passou nos olhos de Fiona, escurecendo-os. Ela disse:

— Se a calcinhas.com falir, eu descobrirei outra coisas. E, Stacy, você também. Você vai reagir exatamente como eu, porque você é exatamente igual a mim. E vamos chegar ainda mais perto do osso. A razão que fez você fugir de Jorge não foi medo, de jeito nenhum. Foi dinheiro. Você não quis gastar o dinheiro. Foi exatamente o que aconteceu comigo da primeira vez em que estive com um garoto de programa. Depois de um dia ou dois pensando, decidi que ele valia o preço. Aí liguei para ele de novo.

Fiona enfiou a mão na gaveta fina do alto da sua mesa. Encontrou um pedaço verde de papel, um cheque, e empurrou-o por sobre a mesa na direção de Stacy.

Stacy pegou-o e leu a quantia.

— Dois mil dólares.

— Feito para você — disse Fiona. — Sempre senti um espírito aparentado em você, Stacy. Olho para você e me vejo quando tinha sua idade. Acho que podemos ter uma longa parceria de amizade e negócios. Vou precisar de alguém como você para meu próximo movimento. E, apenas entre nós duas, é bem grande. Ainda não posso dizer mais nada. Mas preciso saber antes que estamos no mesmo barco. Você pegou o telefone de Jorge. Use-o. E aí, uma vez que tiver feito isso, podemos conversar sobre o que vem depois.

Stacy agradeceu a sua chefe e saiu do escritório com o cheque. Ela mal podia acreditar no que havia acabado de acontecer. Fiona estava realmente dizendo que a menos que Stacy usasse de prostituição masculina, não teria lugar em seu círculo de negócios? Tinha de haver alguma forma de moléstia sexual naquela equação. Fiona estava apenas meio certa. Stacy tinha ficado tentada pelo sexo que Jorge ofereceu. Dolorosamente tentada (ela estava sentindo o ponto doloroso agudamente desde que tinha deixado o quarto de hotel ontem à noite). O dinheiro *tinha* sido um fator para sua recusa. Mas havia outros fatores também, que faziam com que Stacy evitasse pagar por sexo se conseguisse evitá-lo. Ela preferia pegar algum fracassado sem experiência sexual num bar do que pagar um belo e eroticamente treinado e talentoso garoto de programa num glorioso quarto de hotel. Não, aquilo não fazia muito sentido. Ela preferia deixar os dois tipos de lado, o que poderia ajudar a explicar por que estava inativa todo esse tempo.

De volta ao seu escritório, sentiu uma necessidade aguda de trocar experiências com alguém que realmente tivesse coração. Ela começou a ligar para o número da sua mãe, mas reconsiderou (ela só tinha meio coração). Em vez disso, ligou para a casa de Janice. A secretária eletrônica atendeu. Se Janice estava doente, não responderia ao telefone? Se tinha feito algo terrível consigo mesma, tipo, se estivesse mentindo, as veias abertas num banho do seu próprio sangue, pegar o telefone seria impossível. Ou se ela estivesse extremamente deprimida, não poderia levantar sua mão para pegar o fone. Stacy tinha de conferir. Ela tinha de ter certeza de que Janice estava bem. Sem alertar as autoridades da vizinhança, Stacy pegou sua bolsa de couro vermelho Prada e pegou um táxi para o Greenwich Village.

Janice morava na Quinta Avenida, bem na esquina do Washington Square Park. Seu prédio, um triunfo déco do início dos anos 50, tinha status oficial de marco da cidade de Nova York. Isso significava que o edifício não poderia ser demolido para novas construções, e que qualquer modificação na fachada tinha de ser aprovada pela Comissão de Preservação de Marcos (que, se sabia, nunca concordava com qualquer mudança nos prédios designados — até mesmo melhorias inquestionáveis). Janice tinha sido sortuda o suficiente (loucamente sortuda) para herdar seu apartamento "seis aposentos clássico" (dois banheiros, três quartos) da avó do seu ex-marido. A velha, que morrera cerca de vinte anos atrás, deixara o apartamento para Janice e seus filhos, nem mesmo incluindo o nome do seu neto no testamento. Já que Janice ainda era casada na época, e Nova York é um estado de propriedade comunal, houve algumas brigas legais e pedidos públicos para convencer seu marido a deixá-la ficar com o apartamento durante a partilha do divórcio. Ela sabiamente deu a ele tudo o que tinham — o carro, as ações, a poupança, até peças de jóias de família, e mais 50.000 dólares em dinheiro (pagos em cinco anos) para ser a única dona do apartamento, avaliado em 1984 em 200.000. Agora, em 1999, ela poderia vendê-lo em aproximadamente cinco minutos por 2 milhões. Janice, portanto, nunca ficava muito preocupada com dinheiro.

Stacy abriu as portas de metal do prédio e entrou no saguão, conferindo sua aparência nos espelhos duplos. O porteiro sorriu enquanto Stacy se aproximava. Ela tinha ido ao prédio de Janice dezenas de vezes, entregando documentos, comparecendo a festas da calcinhas.com. O próprio apartamento de Stacy no SoHo ficava a uma caminhada rápida de distância. O porteiro tinha pelo menos 70 anos e trabalhava atrás daquela mesma mesa nos últimos 40 anos. Ele era um doce e velho homem que dava proteção zero aos habitantes do prédio. Mas naquela cidade, onde o sindicato dos porteiros era mais poderoso do que o quadro de educação, seu título era escrito em pedra (que era como as coisas eram escritas no tempo dele). Ele disse a Stacy que a sra. Strumph estava em casa. Perguntou se Stacy queria que ligasse para ela. Stacy disse que estava fazendo uma visita surpresa e que apenas subiria e bateria na porta.

Se Stacy tivesse um porteiro (ela não tinha) e ele deixasse qualquer pessoa, até alguém que ela conhecia bem e que não fosse uma ameaça a sua segurança pessoal, subir a seu apartamento sem aviso, ela ficaria lívida de raiva. Mas Janice era bem mais complacente do que Stacy jamais seria, e Stacy não queria arriscar que Janice instruísse o porteiro a mandá-la embora.

Uma surpresa poderia ser a única maneira de não deixar Janice entrar na banheira com um secador de cabelos ligado numa mão e uma lâmina de barbear na outra.

Janice morava no oitavo andar. Stacy bateu em sua porta suavemente. Não houve resposta. Ela bateu mais forte. Ainda nada. O medo de que Janice pudesse ter feito mal a si mesma fez crescer o desespero de Stacy e ela usou o golpe de pânico para bater com os dois punhos na porta de Janice, gritando o nome dela.

Aquilo trouxe uma resposta. Janice, pequena e com olhos sonolentos, os cabelos molhados e encaracolados, abriu a porta.

— Stacy? — perguntou, surpresa. Janice estava enrolada numa toalha branca. Com faixas brancas atadas em torno de cada pulso! Torniquetes? Ela estava tentando fazer as veias saltarem para melhorar sua mira? Ou já tinha feito os primeiros cortes?

— Eu sabia! — gritou Stacy. — Deixe-me entrar. Onde está a lâmina? Você não pode se matar, Janice. Você é amada. Eu amo você. Seus filhos amam você.

Stacy empurrou sua chefe e entrou correndo no apartamento. Ela quase escorregou no tapete Kilim no corredor, tropeçando no bufê Queen Anne na lateral, chacoalhando a porcelana. Logo que se recuperou, correu para o quarto de Janice (o tecido rosa por toda parte — as paredes, a cama, as cortinas — sempre era um choque). A porta para o banheiro da suíte estava fechada. Janice tinha tentado esconder os acessórios do suicídio, sem dúvida. Stacy encontraria a lâmina de barbear e a destruiria. Ou esvaziaria a banheira para que Janice não pudesse se eletrocutar. Ela escancarou a porta. Seus olhos imediatamente foram para a pia de pedestal de porcelana onde ela tinha presumido que encontraria uma lâmina, já avermelhada e pegajosa de sangue humano. Nada ali. E aí Stacy sentiu o arrepio de outra presença no aposento. Ela congelou. Depois, vagarosamente, ela se virou para olhar a banheira. Atrás da porta cheia de vapor do chuveiro, movimento. Stacy colocou a mão no pegador de prata e abriu-a.

Um homem. Uma cabeça cheia de cabelos cinza no alto de um rosto fino e classudo. Ele tinha um corpo decente para a sua meia-idade. Barriga lisa, pernas longas, com um flácido (mas comprido) pau e um saco enrugado. Ele uivou primeiro, depois se recuperou suficientemente (mas não conseguiu se cobrir) para dizer:

— Desculpe, senhora, se incomodaria de fechar a porta? — mas Stacy não conseguiu se mover, sua mente processando ainda a informação. Os braços dele estavam elevados sobre a cabeça, os pulsos atados ao chuveiro com um xale branco.

Stacy, agora segura de que Janice não ia se matar tão cedo, bateu a porta do chuveiro. Muda, ela saiu do banheiro e para o quarto exagero-de-rosa de Janice. Sua subchefe estava sentada no canto da cama, sorrindo (orgulhosamente? timidamente?) e dando um tapinha no local ao lado dela.

Sentando-se, Stacy disse:

— Ele me chamou de "senhora".

— Ele é muito formal — disse Janice.

— É, eu pude ver — disse Stacy. — Se eu começar a pedir desculpas agora, há uma chance de que você me perdoe por volta de 2004?

Janice riu (riu!).

— Ele não é adorável?

Do banheiro, uma voz tremeu no quarto.

— Janice?

— Só um minuto, Jeffrey. — Para Stacy, Janice acrescentou. — Não Jeff. Ele não gosta de Jeff.

— Ele não parece um Jeff.

— Não.

A confusão desaparecendo, Stacy teve de dar um sorriso.

— As orelhas parecem fabulosas.

— Obrigada, Stacy. Tudo *parece* fabuloso hoje. Estou em paz, tudo está certo no mundo. Levou cinqüenta anos, mas eu finalmente encontrei o homem que vinha procurando.

— E você sabe isso depois do primeiro encontro porque...

Janice disse:

— Porque eu tive um milhão de primeiros encontros, e nenhum deles foi assim. Ele é fantástico, Stacy. O segundo em que o vi é um momento que não vou esquecer. Apenas completamente satisfatório. Com encontros pela Internet, você nunca pode realmente saber pelas fotos. As pessoas mentem sobre isso.

Vai dizer isso para mim?, pensou Stacy. Janice continuou:

— Mas Jeffrey era exatamente como na foto. Eu achei que demoraria a reconhecê-lo, mas lá estava ele, exatamente como é. Nós ficamos confortáveis um com o outro imediatamente.

Como se eu fosse meu verdadeiro eu com ele. Sem invenção. Sem fingimento. Nós tomamos alguns drinques na biblioteca do Hudson Hotel e aí saímos para caminhar pelo Village. Stacy, ele me puxou para um beco e nós ficamos lá por duas horas.

— Simplesmente beijando? — Beijar durante duas horas parecia adorável, na verdade. Stacy jamais tinha simplesmente beijado tanto tempo.

— Bem, não — admitiu Janice. — Não quando eu percebi que ele tinha um enorme pau de elefante. Sem Viagra. Você ficaria surpresa com quantos homens acima de 55 se apóiam no Viagra. Mas não Jeffrey. Ele é todo natural.

O que era aquilo? Enorme pau de elefante? Todas as evidências para o contrário, pensou Stacy, mas por outro lado ela o tinha visto frágil e envergonhado e — por causa da água do chuveiro — em estado de encolhimento.

— E aí — continuou Janice — nós viemos para cá e não saímos nem paramos desde então. Estou glorificada! Eu o quero; ele me quer. Isso é a vida. A inocente e absoluta alegria do sexo.

— Posso ver que você já se moveu para as páginas seguintes — disse Stacy, tocando as faixas de seda em torno dos pulsos de Janice. — Não quer guardar alguma coisa para depois?

— Por quê? — perguntou sua chefe, os olhos azuis arregalados.

— E se ele deixar você amanhã? — Talvez aquele fosse o motivo pelo qual Janice o tinha amarrado, pensou Stacy.

Sua chefe ponderou a possibilidade.

— Vou ficar triste, mas já fui deixada antes. Prefiro não imaginar isso. Bem agora, hoje, minha vida é alegre. Simplesmente totalmente alegre. E se eu puder manter isso por alguns meses ou anos ou décadas, é o que vou fazer. Se não, já estou perigosamente perto da menopausa de qualquer maneira. E vou ter minhas lembranças.

— Até que o Alzheimer tome conta — disse Stacy.

Do banheiro, outro gemido:

— Janice, querida, meus pulsos.

— Um minuto, coração!

— Eu devia ir embora — disse Stacy.

Janice colocou a mão no ombro de Stacy.

— Ainda não. Preciso alertar você. Fiona está planejando alguma coisa. Não tenho certeza do que é; estou por fora. Mas eu a conheço tão bem, e a vi fazer planos antes.

— Alguma hipótese? — Certamente, a teoria de Janice tinha algo a ver com o que Fiona tinha insinuado mais cedo, sobre "um grande".

Janice sacudiu a cabeça.

— Tenho medo de imaginar Mas, quando toda a poeira baixar, Fiona vai aparecer mais rica e poderosa. Quanto à equipe, duvido que haverá muito para recolher.

— E você? — perguntou Stacy.

— Vou ficar aliviada de sair — disse Janice. — Uma porta se fecha, outra sempre se abre. É impressionante como isso funciona.

— Não tenho certeza se funciona para mim — disse Stacy, parecendo com muito mais pena de si mesma do que queria ter. — Fiona me fez algumas promessas hoje de manhã. Ela deixou implícito que iria me proteger.

Do banheiro:

— Janice, meu anjo, minhas mãos estão ficando azuis.

Stacy ficou de pé.

— Vejo você mais tarde?

Janice corou charmosamente.

— Quanto mais tarde?

— Você diz tchau para o Jeffrey para mim?

Janice assentiu e depois deu um abraço apertado.

— Sei que Tom não teve nada a ver com esses brincos.

Stacy abraçou-a de volta, temendo que fosse quebrar Janice como um galho.

— Vai me odiar se eu ficar com Fiona? — teve de perguntar.

— Eu não a culparia — disse Janice.

Aquela foi a melhor resposta que poderia conseguir e Stacy aceitou-a. Ela desceu de elevador até o saguão. O velho e murcho porteiro estava agora dividindo a mesa com um homem bem mais jovem (e bonito), também de uniforme, com as ridículas dragonas de franjas douradas. Stacy sorriu para ele e ele piscou, o que ela achou audacioso e um tanto quanto ousado para o seu posto.

O homem mais velho disse:

— Siga-me — para o mais jovem. — Faça como eu faço. — Os dois, um par combinado com seus bonés e luvas brancas, marcharam para as portas duplas déco do saguão, cada um mantendo uma das portas abertas com a mão, retirando o boné e inclinando-se levemente. Stacy teve apenas de decidir por qual porta iria passar.

Capítulo Dezessete

Sábado à noite

Stacy arrastou a churrasqueira portátil, um saco de carvão, uma lata de fluido de isqueiro, um pacote de salsichas e alguns bolinhos para o telhado do seu prédio no SoHo. Ela se amaldiçoou por sugerir um churrasco noturno. Dava muito trabalho. Mas a temperatura estaria perfeita. Ela era uma mulher de sorte.

Quando saiu do ninho de amor de Janice, a cabeça de Stacy começou a doer e ainda não havia parado. Os pensamentos que costumavam mantê-la acordada a noite inteira tinham voltado desconfortavelmente à superfície (O Que Será De Mim? Para Onde Estou Indo? Etc.) durante o dia. Ela voltara para a calcinhas.com com toda a intenção de marchar até o escritório de Fiona e exigir a verdade. Quais eram os seus planos? Achava realmente que Stacy era igual a ela?

Stacy poderia, na verdade, ser como Janice. Sua vida poderia ser uma busca por aquele amor que faria tudo ficar bem. Um amor que faria tudo ficar bem? Que tipo de merda ridícula e ingênua era aquela?, perguntou sua Fiona interior. Imagine os anos e décadas procurando sem nunca encontrar... Stacy tinha certeza de que sua mãe diria para ela ir a uma manicure ou comprar uma bolsa nova ou passar um batom. Ela se sentiria bem melhor.

Tanto Fiona quanto Janice acreditavam que sexo era igual a felicidade. Mas seus métodos e intenções não poderiam ser mais diferentes. Stacy estava numa encruzilhada, mas andar em qualquer direção seria arriscado. Uma direção poderia significar escolher uma cirurgia de remoção de coração. A outra garantia a eternidade de uma ferida no coração que ela deixaria guardada lá dentro.

Stacy sentou-se à sua mesa por três horas, encarando as letras gravadas em ouro no cartão que ela tinha pegado do belo Jorge. Ela devia simplesmente ligar para ele. Em um único golpe fatal, poderia se livrar de sua revirginização e declarar sua lealdade a Fiona. Remoção de coração machucaria a princípio. Mas depois a dor — toda a dor, bem como todo o amor — iria embora para sempre. Além do mais, ela ganharia experiência e a atenção masculina de que precisava tanto — DE GRAÇA!

No fim da tarde daquele sábado Fiona enfiou sua cabeça de capacete cor de corvo dentro do escritório de Stacy e encontrou-a com o cartão de Jorge numa das mãos e o telefone na outra.

— Está fazendo a coisa certa — disse Fiona. — Tire o resto do dia de folga — já eram cinco horas — e me conte tudo amanhã. Ligue para minha casa. Não importa se for cedo. Aí falaremos sobre o seu futuro.

Stacy saiu do escritório. Ela ainda não tinha feito a ligação e, em seu estado de ansiedade, tinha acabado esquecendo o encontro com o misterioso vizinho Garoto Vampiro. Quando entrou no apartamento, encontrou um bilhete dele que dizia:

Stacy,

Vou me atrasar alguns minutos. Peço desculpas por isso, de verdade. Tenho um compromisso que não pode ser adiado. Estarei pensando em nosso encontro o tempo todo e estou esperando ansiosamente para encontrá-la oficialmente às 7:40 no telhado.

Oliver, 4C

Oliver. Seu nome era bem inglês. Ela gostava daquilo. Stacy segurou o bilhete e ousou ter esperança. Mas não havia tempo para aquilo. Ela tinha de ir ao supermercado, tomar banho, se vestir, se produzir. Lembrou com um sobressalto que esta era a sua última noite como não-revirginizada. Oliver era a sua última chance de seduzir um homem da maneira normal. Se ela falhasse ali, se acabasse sendo um fracasso mortal também, bom, talvez aquilo fosse um sinal de que ela *devia* ligar para Jorge, embarcar no trem de Fiona e ceder a seus impulsos moralmente confusos. Ela se tornaria Fiona Júnior. Uma mulher jovem poderia ser ainda pior.

Uma mulher jovem poderia ser melhor também. Stacy iria segurar todos os seus impulsos. Faria uma investida séria em Oliver. Ele era estranho e misterioso, mas tinha força (ela supunha). Ele achava que tinham uma ligação. Talvez sua inabilidade social se enredasse bem com as tendências anti-humanas dele. Eles podiam ser o anticasal, evitando todas as outras pessoas, vivendo no escuro — uma vida sombria de bilhetes sob a porta e cerveja no telhado. Podia funcionar.

Stacy sabia que Oliver era tímido, então ela teria de jogar leve e sutilmente com ele. Nada de ataques selvagens (como acontecera com Charlie), nada de declarações de tesão (com Brian), nada de convites para entrar em seu apartamento e em suas calcinhas (Jason), nada de transações financeiras (Jorge), nada de levantação silenciosa de pernas (Schlomo) e nada de récitas pornográficas (Stanley). Ela teria de seduzir Oliver com... ela não tinha certeza do que precisaria. Homens tímidos e passivos não faziam parte da rotina de Stacy. Mas, como ela tinha descoberto nos últimos cinco dias e meio com suas tentativas de adiar o estigma da revirginização, o desespero é a mãe da invenção.

Ela tinha acabado de trazer o último dos apetrechos quando a porta do telhado rangeu e se abriu. Oliver se encolheu com o sol, ainda brilhante no céu às 7h45 em julho. Ele estava bacana com jeans e uma camiseta Black Dog. Eles sorriram um para o outro. Depois desviaram os olhos. O desconforto e a luz do dia totalmente de frente fizeram-na ficar enjoada (ela imaginava o que aquilo provocava em Oliver; ele devia se transformar num monte de cinzas de restos mortais). Muitos bilhetes educados e sedutores não faziam um relacionamento. Ela imaginou se suas cinco viagens de baixo para cima nas escadas escuras e úmidas do telhado valeriam para alguma coisa.

Stacy alisou sua saia de algodão e disse:

— Nunca sei quanto fluido de isqueiro usar. — Ela queria relaxá-lo (e a si mesma) e sabia por experiência própria que oferecer um frasco de fluido de isqueiro a um homem era como oferecer *bourbon* a um Kennedy.

— Nem eu — disse ele.

Oliver não parecia um homem que gostava de ar livre. Ele ficou ansioso e inquieto. Ela o havia constrangido.

— Você está com sede? — perguntou ela, apontando para sua área de piquenique improvisada. Uma toalha limpa e uma geladeira portátil com doze Sierra Nevadas.

Ele agarrou uma cerveja mas preferiu ficar de pé, uma das mãos no bolso. Stacy dosou o carvão. Se dissesse que gostava dele, ele podia ficar mais à vontade.

— Eu não tinha certeza se você ia subir — disse ela. — É legal ouvir sua voz. Eu estava imaginando como seria.

— Já ouvi sua voz antes — disse ele. — Mas parece diferente pessoalmente

O que ele estaria querendo dizer com aquilo? Teria escutado através das paredes? Pouco provável. Teria de perguntar a ele mais tarde. Mas ela disse:

— Gostei dos bilhetes.

— É — disse ele. E pegou o gargalo da garrafa. — Estou meio sem graça com aquele que deixei aqui na noite passada.

— Não fique — disse ela. — Eu gostei.

— Toda aquela história sobre sentir uma ligação. E dizer que você talvez não existisse de verdade.

— Por que você pensaria que eu não existo de verdade? Você me viu.

— É mais tipo assim, será que essa ligação realmente existe? — disse ele. — A gente nunca nem conversou.

Ela sorriu.

— Estamos conversando agora.

— Quer uma cerveja? — perguntou ele. Ela assentiu e ele trouxe uma garrafa. Eles ficaram de pé a poucos centímetros um do outro. Ele cheirava a sabão Ivory e cerveja. — Só moro em Nova York há um ano. É assim que as pessoas se conhecem aqui?

Ela tomou um gole. A bebida gelada limpou sua garganta.

— As pessoas normalmente se conhecem em bares.

— Já fui a um monte de bares — disse ele.

— Quando foi a última vez que você se apaixonou? — Ela não acreditava que tinha feito aquela pergunta. Sabia que sua próxima pergunta deveria ter sido, "Onde morava antes de vir para Nova York?", mas não estava interessada naquilo. Devia era se concentrar na conversa sobre o que interessava. Seu passado emocional interessava. Esperava que ele não perguntasse sobre o dela.

— Quando eu tinha vinte e dois anos — disse ele.

— Então faz tanto tempo assim? — perguntou ela.

— Cinco anos. — Ele só tinha 27. Um homem mais novo. — Desde então tive poucas namoradas, mas não fiquei preocupado com nenhuma.

— É assim que você sabe que está apaixonado? — perguntou ela.

Stacy nunca tinha se sentado e feito uma lista concreta de maneiras de você saber que está apaixonada. Ficar preocupada com um homem: Stacy não tinha lembrança disso. Quando era estudante, se concentrara nas várias maneiras de seduzir. Com Brian, ela tinha passado bastante tempo imaginando por que estava com ele.

Oliver disse:

— Pensar nela o tempo todo, imaginar suas reações, tentar descobrir o que ela pensaria das coisas, ou o que ela diria. Querer sua opinião sobre coisas comuns, como preços no supermercado ou comerciais de TV. Isso é o amor. É a natureza do amor. Quando você não está com a pessoa, você pensa nela. E quando está com ela, olha para ela e não acredita no quanto você é sortudo.

Stacy e Oliver tomaram cada qual um gole de cerveja e olharam um para o outro por cima das garrafas marrons. Estaria ele considerando sua boa sorte por estar no telhado com ela agora?, imaginou Stacy. Teria ele imaginado o que ela pensava de comerciais de TV? Ela não podia dizer que estava fazendo aquilo a respeito dele. Mas também andava muito ocupada.

— Estou com inveja — disse ela, finalmente. — Não tenho uma definição concreta do que significa estar apaixonada.

— Você pode usar a minha — disse ele. — Para notar os sinais.

Sinal dado. Stacy estava precisando daquilo, já que andava cruzando sem direção a auto-estrada durante quase um ano.

— Vou usar — disse ela. — E, como gesto de gratidão, vou cozinhar.

Ela acendeu um fósforo e jogou no carvão.

A chama de fogo subiu quase dois metros. Stacy cambaleou. Ela conhecia aquele cheiro, aquele odor de cabelo queimado (uma vez tinha feito depilação dos pêlos da perna com laser). Desesperadamente, apalpou sua cabeça. Nenhum dano aparente. Oliver andou até ela, sem tirar a mão do bolso de sua calça jeans, e friamente esvaziou sua cerveja na churrasqueira.

— Você está bem? — perguntou. — Suas sobrancelhas estão soltando fumaça.

Os dedos de Stacy voaram para as sobrancelhas. Ela não gostou do que sentiu ao tocá-las. Stacy pegou a espátula de metal e olhou seu reflexo. Suas sobrancelhas, em grande parte, ainda estavam lá. Mas os pêlos estavam estranhamente retorcidos e escuros, muito bizarros com sua pele branca e cabelos vermelhos.

Stacy devia ter gemido.

— Deixe-me ver — disse Oliver.

Ela levantou o rosto para ele. Ele inclinou-se mais para perto. Stacy, ainda que parcialmente chocada, conseguiu apreciar seus cabelos negros despenteados, os olhos azuis e a pele suave e sem marcas. Seus dedos — delgados e longos — se estenderam para tocar suas sobrancelhas tostadas. Os bicos dos tênis dele estavam a centímetros das suas sandálias.

— Você está bem — disse ele —, mas não posso dizer o mesmo da churrasqueira.

Stacy virou-se na direção da churrasqueira. Os carvões nadavam numa piscina de cerveja ainda borbulhante.

— Sou amaldiçoada — anunciou ela. — Este é apenas o último chute que levo no ego depois de uma semana inteira de desastres. Você devia ter me levantado.

— Quase fiz isso — disse ele. — Não tive coragem.

Ela tinha esperado um protesto árduo do tipo "Apenas a morte poderia me manter longe de você".

— Se é assim que você se sente — disse ela, indignada. Tinha sido para isso que ela arriscara se desfigurar? — Vamos simplesmente esquecer tudo. Vou descer para cuidar de minhas sobrancelhas.

Ela agarrou sua manta e a geladeira portátil e saiu batendo a porta do telhado. Oliver a seguiu, aliviado, ela presumiu, por sair da luz direta do sol.

Quando chegaram ao corredor, Oliver colocou a mão no cotovelo dela, fazendo-a parar.

— Estou tão abaixo de você em qualquer escala — disse ele. — Por que iria querer passar seu tempo comigo?

— Você nem me conhece — disse ela, sacudindo o cotovelo para se livrar. Usando a insegurança como recurso para rejeitá-la... aquilo era muito cansativo.

— Sei que você tem muita experiência. Isso é intimidador. Só estive com sete mulheres em toda a minha vida e...

Ela levantou a mão.

— As paredes *são* finas, mas o meu som fazendo sexo decididamente não pode ter saído do meu apartamento, passado através da cozinha dos Rothenberg e ido até a sua sala. Não que eu tenha feito isso recentemente. — Estaria ele se referindo ao seu vem-cá-meu-bem com Jason no corredor? — Do que está falando? — perguntou.

— Estou falando sobre o site na Internet — disse ele, parecendo confuso e, subitamente, mais jovem do que os seus 27 anos. Como ela poderia ter investido a noite final da sua busca sexual neste garoto confuso? Ela gostava mais do estilo espancador misterioso dele.

— Você acha que vender roupa de baixo para a calcinhas-com faz de mim uma piranha? — perguntou ela.

— Não isso. O outro site — respondeu ele.

— Não faço idéia...

— O sacana.com — disse ele, evitando os olhos dela.

Uma noção assustadora baixou em Stacy. Stanley Bombicci tinha encontrado uma maneira de satisfazer a fantasia dele sem sua participação ativa? Ela agarrou Oliver pelo pulso e arrastou-o para o seu apartamento. Depois ligou seu computador, logou-se no AOL e dirigiu Oliver para a cadeira da escrivaninha.

— Mostre-me — disse ela.

Oliver, com jeito de especialista, digitou no teclado dela. E disse:

— Não vou ao sacana.com por causa das mulheres. Vou para praticar.

— Praticar masturbação? — perguntou ela, encarando o monitor sobre o ombro dele.

— Praticar *hacking* — disse ele. — Invadir sites pornôs é muito fácil. Isso me deixa ligado.

Então Oliver, o Garoto Vampiro era um *hacker* profissional? Stacy suavizou um pouco com essa informação. Você nunca sabe quando pode precisar de um *hacker*. Ela colocou as mãos nos ombros dele e apertou seus seios contra a parte de trás de sua cabeça. Planos de sedução sutil e dissimulada abortados. A pressão estava ligada a toda.

— Aqui está — disse Oliver enquanto carregava a página do sacana.com. Ele digitou algumas senhas e acessou o site.

Uma mulher falante e em movimento apareceu no monitor do computador. Ela disse:

— Olá, meu nome é Stacy.

Ela era uma belezoca ruiva com cabelos longos e olhos castanhos, pele branca, cerca de 1,70. Usava uma peça com a marca da calcinhas.com, o conjunto Empregada Francesa Apaixonada — um microminiuniforme de vestidinho (muito curto na frente), calcinha preta de renda, chinelinhos pretos — e segurava um espanador. A semelhança não era total, mas era definitivamente aproximada. Sua dublê do sacana.com (Stacy Sacana) era uma criatura cheia de graça e elegância. Stacy inclinou-se sobre Oliver e clicou o botão que dizia DEIXE-ME BRINCAR.

Stacy Sacana disse:

— Estou loucamente apaixonada por um homem que não sabe que eu existo! Seu nome é Stanley e eu o quero *tanto*. Escrevi uma carta para ele. Posso lê-la para você?

Oliver apertou o botão SIM. Stacy Sacana tirou seus seios para fora de seu traje para encontrar sua carta escrita à mão. Ela leu: "Querido Stanley. Você é como um Deus para mim. Eu adoro o seu corpo. Só imaginar o seu pau enorme faz meus mamilos doerem. Minha xoxota está ensopada. Quero que você coloque o seu pau dentro da minha boceta e me coma como um cachorro..." Os roteiros *online* de Stanley eram bem menos criativos do que aqueles que ele escrevia para uso pessoal — o denominador comum pornô. Na tela, Stacy Sacana largou a carta na cama ao seu lado e rolou por ela, acariciando o seu traje e a si mesma. Era uma visão ridícula, mas a modelo era bonita de tirar a respiração.

— Agora que eu a vi de perto — disse Oliver —, você não se parece nada com ela.

Como Stanley podia ter feito isso? Certo, ela o tinha humilhado naquele encontro. Mas usar sua semelhança (especiamente uma semelhança vastamente superior) e o *nome real*? Aquilo simplesmente não estava certo. Embora, se estivesse querendo se vingar dessa maneira, ele não iria jamais chegar perto dela novamente. Ou iria? Ela deveria comprar um pitbull? Uma arma surpresa?

— Você está aborrecida? — perguntou Oliver. — Parece aborrecida.

— É só a forma das minhas novas sobrancelhas — disse ela. — Entendo agora por que você pensou que eu não existia de verdade.

Stacy estava ultrajada. Mas ela também se sentia, não havia maneira delicada de dizer isso, estimulada. Ver uma mulher que devia ser ela lendo um tributo vigoroso para um homem que estava atormentado pela atração que sentia por ela? Perturbador na verdade, mas também excitante. Stacy Sacana tirou sua roupa e começou a se masturbar com um vibrador.

— Desligue isso — disse ela.

Oliver desligou o computador. Depois, disse:

— Sinto muito. Você vê por que eu estava nervoso. Pensei que você era uma fantasia que se tornou realidade. Só que essa mulher não é você. É melhor que ela não seja você.

— Só que você é o único que sabe disso! — disse ela. Quantos homens haviam visto aquilo?, imaginou. Alguém que conhecia? Ia estrangular Stanley pelo saco. Ia arrancar o pau dele. Assim que terminassem os dez anos que ela passaria embaixo de uma pedra.

— Estou feliz que seja — disse Oliver. — Eu jamais amaria uma fantasia.

Amor, ela pensou, era a fantasia. A mulher era irrelevante.

— Você não estava se apaixonando por mim.

— Não quando pensei que ela era você — disse ele, levantando os olhos do computador. — Você é ainda mais bonita, agora que eu não a vi nua.

Ele olhou para ela, encarou-a, na verdade. O desejo estava ali, ela sabia, e não pelo que ele tinha visto na tela. Se antes ele tivesse pensado que ela era uma fantasia, agora a olhava como se fosse um mistério.

— Oliver — disse ela, olhos nos olhos. — Nunca amei ninguém. Não da maneira que você descreve. Estou bastante sem jeito para a sedução também. E fico imaginando se sua atração vem de uma idéia errada.

— Minha idéia errada já foi apagada — disse ele, ficando de pé.

— Então você gosta da proximidade — disse ela. — De viver no mesmo andar do mesmo prédio.

— Imagine a sorte — disse ele, dando um passo na direção dela. — Você se sente atraída por mim.

Inegavelmente. Especialmente quando ele se moveu, silencioso e macio. Seus olhos não poderiam ser mais azuis.

— Você tem de me dizer — disse Oliver.

— Me sinto atraída por você.

Ele agiu. O próximo movimento levou-os para o sofá. Depois para o chão, com um ruído. Este beijo, pensou ela, era de verdade. Ao contrário dos outros desta semana, parecia cheio de... alguma coisa. Era o oposto de vazio, aquilo ela sabia. E seus lábios eram suaves e quentes, seus braços apertados contra suas costas, agarrando-a como a um animal empalhado, como se ela não tivesse necessidade de oxigênio. Eles pararam de se beijar e se olharam. Congelados por fora; emocionados e pulando por dentro. Ele abriu a boca e Stacy a cobriu com um novo beijo.

E aí o interfone tocou. Ela o ignorou. Mas o toque continuou. Ela contou vinte segundos. Oliver afastou-se.

— Não parece que seu visitante vá embora.

Ela ajeitou a roupa e atendeu o interfone.

— Alô?

Um guincho de volta:

— Stacy! Estou tão feliz que você esteja aí. É Jason.

Jason, o belo homem peludo? Da última vez que se viram, ele tinha se recusado a entrar e ver sua coleção de bolsas, murmurando coisas sobre respeito de manhã cedo.

— Arrependido da sua decisão? — perguntou ela.

— Sim. Quero subir — disse ele.

Oliver observava e escutava, no chão. Stacy sorriu para ele, seus cabelos negros parecendo um tornado em sua cabeça, as roupas meio vestidas.

— Estou passando o aspirador agora — disse ela. — Me ligue amanhã.

— Não, Stacy, eu tenho de vê-la. Cometi um grande erro na segunda-feira à noite. Estou me sentindo um idiota.

— Você pode me dizer o quanto é idiota amanhã — disse ela e baixou o volume do interfone para zero. Ela voltou para Oliver no chão.

Sentando-se, ele perguntou:

— Esse era o cara com quem você estava discutindo no corredor no início desta semana?

— Você não deveria ficar escutando atrás da porta.

Oliver sacudiu a cabeça e ficou de pé. Ele arrumou as roupas.

— O que foi? — disse Stacy.

— Esse cara se tocou. Você gosta dele. Você disse que gostava, no corredor. Você só está me usando para voltar para ele.

— Não estou! — disse ela. — Não gosto do Jason!

Os olhos azuis de Oliver entristeceram-se.

— Você disse que gostava.

— Mudei de idéia — rebateu ela.

— E se você mudar de idéia a meu respeito?

O feitiço estava se quebrando. Ela colocou os braços nos ombros dele.

— Me beije — disse ela.

Ele sacudiu a cabeça.

— Não estou querendo uma ficada de uma noite com minha vizinha de porta. Eu teria de me mudar. Gosto do meu apartamento. Tenho minha conexão DSL ilegal perfeitamente instalada.

— Não vai ser uma ficada de uma noite — disse ela.

— Não quero ser um relacionamento secundário para você — disse ele. — Você tem negócios não terminados com esse cara Jason. Se não der certo, sabe onde me encontrar.

Ele beijou-a castamente nos lábios e saiu pela porta.

Eram nove da noite.

Capítulo Dezoito

Sábado à noite

Sentada na beira da sua cama sem uso, Stacy segurou o cartão de Jorge na mão pequena e trêmula. Na outra mão (ainda mais trêmula), segurava o telefone sem fio. Apertando sete teclas, ela cruzaria a fronteira para a terra-de-mulher-nenhuma. Abriria mão de todas as declarações de propriedade, conscientemente, para jamais voltar à terra da alta moralidade. Ela respirou fundo. Sua sorte no amor era ruim. Sua sorte na sedução era pior. Sua busca — evitar essa coisa de revirginização — tinha se tornado um albatroz, uma má sorte (um albatroz de má sorte?). Jorge era a maneira garantida de cortar toda aquela história deprimente pelo pescoço, libertando-a no final. Ele era o capacho em que ela pisaria para entrar em outro mundo, um mundo que, segundo Fiona, abundava de sucesso e felicidade. Ele era o explosivo que ela usaria para botar abaixo suas paredes confinantes de inércia. Pelo menos ele era coisa garantida.

Tudo o que ela tinha de fazer era discar. E foi o que fez.

— Acompanhantes Executivos, Jasmine falando — disse a voz no telefone.

— Jorge De Beof está disponível? — perguntou Stacy.

— Quem eu devo anunciar?

— Uma amiga.

— Uma amiga anônima ou devo ir adiante e dizer a ele que estamos com Stacy Temple no telefone?

Ela quase jogou longe o telefone.

— Como sabe meu nome?

— Temos identificador de chamadas para nossa proteção. — Jasmine não precisava explicar mais nada.

— Diga a ele que é Stacy da noite passada — disse Stacy.

— Fique na linha, por favor.

Ela ficou. Em vez de música, o telefone estava conectado à NPR, o antigo emprego de Stacy. Ela escutou *This American Life* e sentiu uma súbita onda de arrependimento e depressão. Por que tinha saído de lá? E o que estava fazendo?

Ela ia desligar quando ouviu Jasmine dizer:

— Srta. Temple? Alô?

— Minha pia está transbordando — disse Stacy. — Tenho de desligar. Ligo mais tarde — e desligou. Mer. Da. Ela deitou-se de costas na cama. Amanhã seria uma virgem de novo, e não havia nada que pudesse fazer a respeito. Talvez aquilo não fosse uma desgraça tão grande, racionalizou. Talvez estivesse tudo bem se desistisse, na verdade.

Mas não estava. Ela ficou imaginando o rosto feliz de Janice em seu quarto cor-de-rosa. Era a imagem da alegria e do regozijo. Pegou o antigo espelho de mão de prata que mantinha em sua mesa-de-cabeceira e segurou-o em frente ao rosto enquanto ficava na cama. Não era um bom ângulo. A carne em suas faces se esticava para baixo, fazendo-a parecer tensa e desfigurada. Este era o rosto da solidão, cinco minutos além da fronteira da juventude. Ela deixou o espelho de lado no colchão e rolou na cama.

Depois de muitos minutos de aparvalhamento, Stacy levantou-se para se vestir novamente. Cuidadosamente (e artisticamente) aplicou uma maquiagem (incluindo novas sobrancelhas) e aspergiu Obsession nos pulsos. Ainda tinha mais uma opção para tentar antes de desistir completamente e se render ao fracasso. Todo mundo tinha dito a ela a semana inteira para "simplesmente ir até um bar" e aquilo era exatamente o que ela faria.

O bar no SoHo Grande Hotel era conhecido por três coisas:

1) modernidade, atraindo celebridades e supermodelos; 2) titânio (o metal do momento) nos interiores; e 3) coquetel CoCo Canal, uma combinação mortal de café expresso, Bailey's e creme de cacau. Stacy tinha ido lá apenas duas vezes, as duas com Fiona, para sessões de bebedeira e cortejamento de investidores. Fiona tinha um contador cuidadosamente calibrado para saber exatamente quanto dinheiro um inves-

tidor estaria querendo repartir. Aparentemente, este número cresceria na proporção direta da importância da celebridade vista. Se, por sorte, algum deles estivesse sentado numa banqueta no bar do SoHo Grande Hotel e entrasse Jennifer Lopez com um séquito de 20 dançarinos ridiculamente atraentes, malvestidos e de pele morena, com diversos fãs persistentes, Fiona conseguiria arrancar um adicional de 200 mil dólares acima do preço mínimo de compra de 400 mil (uma extração em dinheiro da qual Stacy era testemunha). Mas se alguém estivesse no mesmo exato bar e entrasse Mira Sorvino com dois membros dos Backstreet Boys, o preço subiria apenas 30 mil (poderia subir até 50 mil se Mira ficasse com Nick ou Keith). Sem celebridades, nenhuma munição para atirar dólares para o céu.

Naquele sábado à noite em particular, Stacy estava apenas passando os olhos pela entrada do bar em busca de um rosto. O objetivo de sua passada de olhos era um homem barbeado, solteiro, se isso fosse possível (depois de desligar com o Acompanhantes Executivos, Stacy estava de volta à arrogância da moralidade). Ele teria de estar procurando pelo bar com os olhos também, intencionalmente, não estando neste lugar em particular por nenhuma outra razão do que encontrar uma mulher atraente para uma troca mutuamente prazerosa.

Ela se sentou sozinha no bar, bebendo um martíni-vodca, levemente envergonhada mas confiante em seu traje (Stacy não era o tipo que expunha a barriga nem de leve, mas hoje à noite ela usava uma saia apertada curta e uma camiseta *baby-look* de corte alto, tudo preto). Ela avaliou o salão cheio e quente, uma, duas, três vezes, até que parou os olhos num par de longas e rígidas pernas em jeans. O camarada (cabelos curtos castanhos, chumaços repicados espalhando-se por sua testa) estava sentado numa mesa ao lado da janela. Seus companheiros de mesa, garotos/homens meio grosseiros, estavam rindo alto, bobos com o harém de moças que os cercavam. Mas esse cara, não. Ele estava se divertindo, feliz por estar ali, mas não era um participante ativo. Ele tinha o sorriso bonito e torto que ela amava, e tinha algo nele que o fazia "aproximável". Ele parecia o tipo de homem cujos sentimentos eram facilmente machucados. Já que ofender homens parecia ser a habilidade especial de Stacy nos últimos tempos, ela acreditava que era o cara perfeito para ela.

Ela sorriu. Ele notou e deu um sorriso tímido de volta (adorável!). Ela bebeu seu drinque, lambendo um pouco o copo. O homem ficou de pé (alto!) e veio até ela. Certo. Ela também ficou de pé. Assim era o normal. Sorriso, paquera e você está a meio caminho. Quem ligava se ele era um completo estranho, com um milhão de anos-luz separando-o de seu universo? Quando ele chegou mais perto, Stacy viu que estava usando uma camiseta do Supertramp (despretensioso!) e seus olhos eram castanhos e profundos, como se, através deles, você pudesse encontrar o amor de mil filhotes de *Golden Retriever*.

— Oi. — A voz dele soou de maneira inequívoca.

— Jesus do céu — respondeu ela. Não era à toa que tinha ficado imediatamente atraída por ele. — Você é Tony McGuinty.

— E você é?... — perguntou ele.

— Stacy Temple — disse ela, apertando aquela mão de astro do cinema. Felizmente, tinha autocontrole para não dizer o que estava pensando: *Sou sua maior fã. Venero você. Todas as fantasias sexuais que tive no último ano foram com você. Você foi um bombeiro, um policial, um cientista trabalhando na cura do seu próprio desejo insaciável, um motorista de caminhão de sorvete e um chofer. E aqui está você, entregue a mim pela Deusa em pessoa, em minha hora de maior necessidade, para reforçar minha confiança, me livrar da revirginização e me levar à mais alta esfera dos sentidos. Louvada seja, Deusa! Você não me abandonou.*

Em vez disso, ela simplesmente falou:

— Você está ótimo.

— Você também — disse ele. — Estou aqui com uns amigos. Gostaria de se juntar a nós?

Ela olhou para onde ele estava sentado. Os rostos se desenharam mais claramente agora, e ela se deu conta de que o louro de rosto fofo era Nathan Decapulet, o cara descabelado e magro era Luke Hasson e o outro, forte, barbudo e moreno, era Daniel Blake. Reportagens no *New York Post e Daily News* tinham coberto amplamente as apertações-de-peitinhos e agarrações-de-bundas dessa galera, um grupo de astros de cinema jovens, ricos, heterossexuais e bêbados conhecidos como a Companhia do Sexo.

— Estou bem aqui — disse ela. Ele sorriu (charmoso!) e comprou outro martíni para ela. Ela disse:

— Fui a uma projeção de *Atração química* no início da semana. — Realmente já fazia tantos dias assim? — Você estava ótimo. Não consigo parar de pensar em você. Quer dizer, não consigo parar de pensar nele. No filme. Ah, que inferno. Não consigo parar de pensar em você no filme.

— Muito obrigado por dizer isso — disse ele (educado!). — Eu ficaria ainda mais feliz se você fosse crítica de cinema.

— Sou distribuidora de lingerie.

— Um trabalho que vale bem mais a pena — disse ele.

Ela estava *apaixonada por ele*. Ele era o Homem Perfeito. Uma rajada de alegria profana e o quebrar de um copo tiraram sua atenção um do outro para a mesa da Companhia do Sexo.

— Acho que vou ser jogado para fora daqui em breve — disse ele.

Você quer ir para a minha casa? Stacy desejou ter coragem de dizer aquilo. O que ela disse na verdade:

— Isso é muito ruim.

Ele puxou sua garrafa de Bass.

— Gosto do seu cabelo.

— E eu gosto do seu.

Ele entortou os olhos.

— Aconteceu alguma coisa com suas sobrancelhas?

— Acidente bizarro com churrasco — disse ela.

— O que está fazendo sozinha num bar? — perguntou ele. — Você não sabe que os homens vão ficar no seu pé se você ficar sentada aqui com essa aparência? É indecente. Você deveria estar em casa, onde é mais seguro.

— Na verdade, estou numa missão — confessou ela. Ele era tão fácil de conversar. Ela se sentia completamente confortável com ele, mesmo que fosse famoso.

— Uma missão impossível? — perguntou ele.

— Parece que sim. — Ela bebeu seu drinque. — Tenho só mais um dia antes de me tornar uma celibatária há um ano completo. Vim aqui com a esperança de conhecer um homem. Ouvi dizer que bares são um bom lugar para se fazer isso. Não tenho tido muita sorte até agora nesta semana, fora dos bares. Na verdade, tive quase uma dúzia de encontros fracassados, todos eles embaraçosos e/ou arrasadores de ego.

Ele sorriu (desarmador!) e disse:

— Parece um filme.

— Comédia ou tragédia? — perguntou ela.

— O final perfeito seria se você terminasse transando com um astro de cinema famoso e bonito — disse ele. — Seria uma recompensa divina depois da sua semana de dor e sofrimento.

E como.

— Isso é uma oferta?

— Me dê um minuto. — Ele voltou para sua mesa e abaixou-se para falar com seus amigos. Ela não conseguia ouvir o que estava dizendo, mas no mesmo segundo todos os rostos na mesa se viraram em sua direção. Os homens todos começaram a rir. Depois Nathan Decapulet, o próprio, saiu da mesa. Ele era muito maior do que tinha pensado. Tony e o Ator Mais

Promissor de Sua Geração andaram pelo salão (as mulheres desmaiando e gemendo por toda parte) na direção de Stacy Temple, cabeça vermelha e rosto rosado — a vendedora de lingerie pudica e com mais de 30. Ela se sentiu abençoada.

— Este é Nat — disse Tony.

O Homem Mais Sensual do Mundo pegou sua mão. Ela apertou-a e sorriu.

— Então você quer fazer sexo com um belo astro de cinema? — disse Nathan.

Ela não colocaria as coisas tão grosseiramente.

— Eu não disse...

— Porque todas as mulheres neste bar, ou melhor, todas as mulheres nesta cidade querem dormir com um belo e famoso astro de cinema — disse Nathan num tom afirmativo de desinteresse proposital. — Eu gostaria de saber o que a faz tão especial para achar que, de todas as mulheres neste bar, de todas as mulheres nesta cidade, um astro de cinema bonito e famoso iria dormir com você?

Que merdinha imundo, esse Nat, pensou. Stacy teria de se lembrar de sua conversa palavra por palavra, para contar a Charlie para que ele pudesse publicar na noir.com.

Antes que ela pudesse responder ao que não tinha se dado conta de que era uma pergunta retórica, Nathan disse:

— Vou dizer a você o que a torna especial. Posso sentir que você é o tipo de mulher que gosta de chupar pau. Posso jurar que anda querendo chupar o pau de todos os caras da nossa mesa. E se é metade da mulher que eu penso que é, não vai se contentar com apenas um astro de cinema. Hoje à noite você pode ter todos nós.

Tony, enquanto isso, estava de pé ao lado de Nathan, sacudindo a cabeça como se *(como se)* estivesse surpreso pelas travessuras do seu amigo mais famoso.

— Estou orgulhosa — disse Stacy, os dedos trêmulos tocando sua clavícula. — E certamente adoro chupar um pau. Mas, para ser honesta, posso ser apenas metade da mulher que você pensa que sou. E vocês são quatro. Então isso significa que eu teria de chupar dois paus dos seus? Mas talvez eu seja apenas um quarto da mulher que você pensa que sou, e eu chuparia apenas um pau. E, mesmo se eu fosse a mulher que você pensa que sou, esta é uma oferta tudo-ou-nada? Preciso saber, porque não tenho muita certeza de quantos paus eu quero chupar, ou quantos paus de astros famosos e bonitos eu posso engolir numa noite. Se isso durasse quatro noites, seria uma história diferente. Mas, para dizer a verdade honesta para você, na verdade sou apenas um oitavo da mulher que você acha que sou. O que significa que só meio pau fica chupado. Eu ia querer, mas poderia levar um tempo. A possibilidade de chupar meio pau de cada um de vocês por noite durante oito noites está fora de questão?

Nathan piscou. Ele disse para Tony:

— Essa garota é maluca.

— Mas é boa de conta — disse Tony.

Eles bufaram e deixaram Stacy sentada exatamente como estava, sozinha num bar, bebendo um drinque pomposo e arrumadinho de dez dólares, sentindo-se como um-dezesseis avos da mulher que era quando tinha entrado ali meia hora mais cedo. O orgulho pedia que ela terminasse seu drinque. E aí ela saiu, com a barriga e a miséria expostas.

Capítulo Dezenove

Sábado à noite — ainda

Assim que ela alcançou a calçada lá fora, uma gigantesca limusine — tão negra quanto o humor de Stacy — estacionou na beira da calçada do SoHo Grand Hotel. Vários passantes pararam para olhar. Stacy juntou-se a eles. Sua noite estava arruinada, mas se pudesse dar uma olhada em, digamos, Madonna, se sentiria um pouquinho melhor.

A porta se abriu. A perna de uma mulher apareceu. Era uma perna e tanto, longa, musculosa, cintilando em meias pretas finas. Uma perna glamourosa. Pertencente a alguém famoso e bonito. A multidão se acotovelou perto da limusine. A segunda perna surgiu. Stacy tinha certeza de ter reconhecido a ponta daquele salto de couro de grife. Antes que pudesse fugir, o restante do corpo de Fiona Chadornnay emergiu.

— Stacy Temple! — chamou Fiona. — Achei que tinha visto você aí em pé.

A multidão encarou a mulher fatal de 57 anos, elegante esta noite com um vestido Prada preto, longo, tomara-que-caia, e maravilhosos diamantes. Ela devia ter vindo de um bazar beneficente para estar vestida de maneira tão conservadora, pensou Stacy. Seu cérebro gritou "Corra! Corra!". Mas Stacy sabia muitíssimo bem que teria de ficar ali e manter uma conversação. A primeira pergunta de Fiona seria "O que está fazendo aqui e por que não está com Jorge?" — uma questão que Stacy não tinha humor para responder.

Fiona fechou a porta da limusine, andou até sua subalterna e perguntou:

— Como é que eu estou?

Stacy poderia falar sobre aquilo facilmente.

— Está radiante, brilhante, de parar o trânsito, de abrir a boca...

— Basta — disse Fiona. — O que está fazendo aqui?

Não adiantava mentir. Stacy foi ao cerne da questão.

— Vim aqui para pegar um homem, mas ao invés disso fui fodida mentalmente por uma dupla de atores de cinema grosseiros e arrogantes — disse ela. — Já tinha dado errado com outro cara mais cedo hoje à noite, quando fritei minhas sobrancelhas, depois de ter descoberto que Stanley Bombicci está usando meu nome e minha aparência na Internet como ajuda masturbatória para milhões de assinantes cheios de tesão. Não liguei para Jorge porque, não importa o quanto você pense que sou como você, eu simplesmente não poderia conviver comigo mesma se pagasse por sexo. E tem mais, dentro de doze horas serei virgem novamente. Ficarei fresca e inocente como um carneirinho, e pronta para ser abatida.

Fiona olhou para Stacy como se ela tivesse vomitado na calçada.

— Eu desagrado você? — perguntou Stacy. — Parece que estou fazendo isso com simplesmente todo mundo que encontrei esses dias.

Um homem de fraque preto apareceu ao lado de Fiona. Seu rosto era familiar para Stacy, mas ela não tinha certeza de como. Ele tinha cerca de 45 anos, rosto redondo precisando de um barbeador, pele morena, cabelos negros ondulados, óculos ovais empoleirados num nariz tamanho família. Ele colocou seu braço em torno da cintura de Fiona e disse:

— Pronta para entrar?

Fiona disse:

— Stacy Temple, este é Randy Gestalt.

O nome refrescou sua memória. Randy Gestalt, presidente e dono da Mercury Matrix. Ele tinha aparecido na capa da revista *Fast Company* alguns meses atrás. Era um dos mais jovens bilionários da América, tendo feito uma enorme fortuna à maneira antiga: comprava empresas falidas por uma merreca, desmontava ou reforçava-as artificialmente e depois as vendia a outras empresas com lucro. Se poderia pensar que vender empresas falidas era uma fórmula para desastres financeiros, mas havia sempre alguma megacorporação (AOL e CBS, por exemplo) que adoraria a chance de absorver uma empresa doente, presumindo que poderiam injetar nova vida com seu sopro mágico. Com muita freqüência, a pequena empresa morria de morte natural de qualquer maneira. Enquanto isso, a megacorporação era recompensada pela aquisição com descontos de impostos e boa divulgação (afinal de contas, se não fosse pela megacorporação, a equipe da fracassada.com estaria sem trabalho meses antes). A Mercury Matrix ganhava milhões com uma pontocom morta por vez. O responsável, Randy Gestalt, era adorado pela comunidade da Internet. Ele não era visto como o homem que atacava subitamente como uma águia para ficar com os ossos. Era visto como um cavaleiro branco, o homem que cavalgaria no pôr-do-sol para providenciar uma nova morada para a empresa órfã empobrecida, ou fazer um acordo com bancos e credores para se certificar de que a equipe ficaria desempregada mas com *alguma coisa*, mesmo se aquilo significasse dez centavos para cada dólar do pagamento devido a eles.

Fiona e Randy *juntos* podia significar apenas uma coisa. Stacy disse:

— Prazer em conhecê-lo, sr. Gestalt.

— Igualmente. Fiona? — Ele fez um gesto para ela se apressar, tinham de ir para dentro antes de entrarem em combustão espontânea.

— Vá você, preciso falar com Stacy — disse Fiona. Ela o beijou nos lábios, um beijo molhado. Ele não se moveu, não era homem de acatar ordens ou ser dispensado tão rapidamente por uma... bem, o que Fiona era para ele afinal?

A chefe de Stacy disse:

— Só cinco minutos, por favor, Randy. — Ele deu uma olhada em Stacy, perturbado com o fato de que uma garota com a barriga visível (um inseto, uma ralé) pudesse tirar dele a atenção de Fiona.

— Não gosto de entrar sozinho num restaurante e estamos atrasados — disse ele. — Vamos.

Fiona, que não era mulher de acatar ordens de nenhum homem, não importava qual fosse o relacionamento, disse:

— Stacy, entre conosco.

Randy pegou o braço de Fiona. Fiona pegou o braço de Stacy, e os três entraram no hotel. Graças a Deus passaram direto pelo bar e foram até o restaurante do hotel. O Grand Café era famoso por três coisas: 1) visão de celebridades; 2) interior em mogno (a madeira da moda) e 3)Duck Wellington, uma combinação mortal de molho de *brandy*, pato assado, cogumelos *sauté* e massas finíssimas.

Aparentemente, Randy Gestalt estava falando sério. Assim que entraram, Gestalt acenou para alguns outros homens de fraque e atravessou o salão para falar com eles. Stacy e Fiona foram deixadas no posto do *maitre d'* para conversar.

Stacy começou.

— Não precisa fingir. Você mais Randy Gestalt é igual ao fim da calcinhas.com. A equipe vai ganhar alguma coisa com a venda?

— Não — disse Fiona. — Mas eu vou ficar com cinqüenta por cento das minhas ações a sessenta por cento do preço real. Janice vai ganhar vinte e cinco por cento de suas ações a trinta por cento do seu valor. A equipe vai ganhar o seguro COBRA e uma indenização de uma semana de trabalho.

— E Stanley?

— Ele não fechou o negócio — disse Fiona.

— Os bancos?

— Felizes por pegarem o que puderem da venda e da potencial revenda.

— Os fornecedores? — Incluindo Harry Watuba da Tecidos Bolt, que estaria recitando uma maldição sobre seu nome a partir de agora e até sua falência.

— Não tenho certeza sobre eles — disse Fiona. — Randy tem uma fórmula para quem vai pegar o que e quando.

— Minhas ações? — perguntou Stacy.

— O que você tinha garantido vai perder valor quando tornarmos a venda pública — disse Fiona.

— Minhas opções de compra?

— Não existem mais.

— Você não pode adiar o anúncio até segunda-feira à tarde para que eu possa vender minha parte de manhã? — perguntou Stacy.

Fiona sacudiu a cabeça.

— Isso seria vazamento de informação ilegal, Stacy. Além do mais, o fato de eu aparecer aqui com Randy hoje à noite é o equivalente a publicar um anúncio de página inteira no *Wall Street Journal*.

Stacy teve de perguntar:

— Se eu não tivesse aparecido aqui hoje você teria me ligado para me contar ou eu teria de descobrir como as outras pessoas?

Atrás das duas mulheres, um grupo festivo de dez ou doze pessoas esperava por sua mesa. Seus risos e roupas escandalosas ofendiam as orelhas e os olhos de Stacy. Fiona mal os notou. Ela estava olhando para Randy, ainda do outro lado da sala, apertando mãos e dando tapinhas em costas, durante toda a sua conversa. Finalmente Fiona disse:

— Então você não ligou para Jorge.

— Liguei — disse Stacy — mas desliguei.

— Nunca esperei realmente que você fizesse isso — disse ela, levantando um dedo indicador para Randy (linguagem internacional para "um minuto"), que estava acenando para ela se juntar a ele. — Vou dizer algo que vai chocar e espantar você — Fiona começou.

— Além *disso*?

— Randy e eu estamos noivos.

Isso não era tão chocante e espantoso para Stacy como as outras notícias (de que ela estava fora de um trabalho sem nada para receber por ele há dez segundos, e de que Fiona estava intencionalmente e sem remorsos ferrando a equipe inteira e todo mundo que tinha ousado fazer negócios com a calcinhas.com simplesmente para salvar a pele fina e espinhosa do seu traseiro ossudo).

Fiona olhou para sua antiga subalterna com um sorriso e as sobrancelhas arqueadas.

— Estou muito feliz por você — disse Stacy.

— Não se trata de amor — disse Fiona.

— Não poderia ser isso — concordou Stacy.

— Eu disse a você que meu próximo movimento seria bem grande.

— Você já o conhecia antes? — perguntou Stacy. Como se aquilo importasse.

Fiona assentiu.

— Há alguns anos. Quando Stanley começou a falar besteiras alguns dias atrás, liguei para Randy. Nunca deixei Janice nem ninguém saber completamente o quanto as coisas estavam indo mal financeiramente. Nossa contadora sabia, claro. Ela é que implorou para eu ligar para Randy e fazer alguma coisa rápida. Naquele ponto, ainda havia esperança de encontrar um comprador. Randy e eu nos encontramos. Conversamos. Tomamos algumas decisões duras. — *Umas decisões bem melosas também, aparentemente*, pensou Stacy. — E aqui estamos.

O grupo atrás delas estava ficando cada vez mais impaciente esperando por uma mesa. Randy estava agora acenando aborrecido para Fiona juntar-se a ele.

— Estou indo para casa — disse Stacy. — Boa sorte para você, Fiona. Você me ensinou muito. — Sobre o que ela não queria ser.

Fiona beijou-a gentilmente, mais gentilmente do que Stacy teria pensado ser possível, e disse:

— Entrarei em contato.

Era uma promessa, uma ameaça, um pouco de ambos. Stacy disse:

— Vou descontar o cheque de dois mil.

— Gostaria que tivesse sido mais — disse Fiona e depois escapou na direção do seu futuro marido, os saltos altos distorcedores de mentes deixando pequenas marcas no chão de mogno.

O apartamento de Stacy nunca pareceu tão bom; ela estava feliz por estar em casa. Tinha sido uma noite horrível. Possivelmente a pior de todas. Sua busca tinha terminado. Ela tinha falhado. Seu emprego já era. E agora tinha a oportunidade perfeita de começar de novo nas duas principais áreas da sua vida.

Decidindo declarar publicamente sua mudança de filosofia, Stacy ligou seu computador para escrever um e-mail para Charlie, descrevendo os eventos da noite e anunciando seus planos de renovação. Ela não tinha idéia de quais seriam esses planos, mas às vezes, quando os dedos de Stacy tocavam o teclado, seus dedos teclavam idéias que ela jamais teria se estivesse deitada em sua cama, olhando para o teto, remoendo as coisas.

Assim que ela se logou na AOL, encontrou alguns e-mails esperando por ela. Mais da metade eram de pretendentes da match.com. Ela deletou todos. Depois foi até o site e deletou seu perfil.

O único e-mail que abriu era de Charlie. Ele estava bem melhor, embora a estudante de medicina com quem tinha ficado tivesse sido sumariamente dispensada porque, como ele escreveu, "seus lábios eram muito grandes, e ela tinha muitos dentes. Sempre que ela me pagava um boquete, eu ficava com medo". Junto com suas confissões, ele tinha anexado um link para o último artigo de Gigi XXX na swerve.com. Relutantemente, Stacy clicou no link e contemplou a mesma foto do corpo flexível de Gigi reclinada sobre a cama.

Título da coluna: Seduzida e traída.

Já começou ganhando, pensou Stacy, enquanto começava a ler o texto. Começava assim:

"Na noite passada encontrei meu namorado na cama com outra mulher. Não fiquei com ciúmes, só fiquei irritada por ele não ter me convidado para ficar com eles. Comecei a tirar minhas roupas para fazer isso, mas ele disse: 'Não.' Eu perguntei por quê. Estou reproduzindo aqui exatamente o que ele disse, provando que minha honestidade é firme e que sou leal a vocês, leitores, mesmo quando a pessoa mais importante da minha vida deixou de ser leal a mim. Ele disse: 'Não gosto mais de você e não sinto atração sexual por você há meses. Venho fazendo os movimentos, mas não posso mais. O aluguel do apartamento está em meu nome. Você pode sair na hora em que quiser, mas faça isso antes do fim da semana, porque a PiranhaVagabundaCachorra precisa fazer a mudança dela na sexta.' Certo, PiranhaVagabundaCachorra não é o nome verdadeiro dela. Gigi XXX também não é meu nome verdadeiro. É tudo fingimento. Meu pseudônimo. As dezenas de colunas que

escrevi sobre sexo fenomenal com meu namorado (*ex-namorado*; preciso me acostumar com isso), a tsunami de amor que temos *(tivemos)* pelo outro. Não importa o quanto o relacionamento era real e bonito para mim, ele só estava 'fazendo os movimentos'. Ele não me ama. Não sente atração por mim. E eu me autodenomino uma autoridade em amor e sexo. Não consegui ver a porra dos sinais!

"Estou maldizendo os homens. Ter amado tão profundamente e desejado tão desesperadamente sem perceber o mais leve sinal de que ele não me correspondia mais me torna desqualificada para estar num relacionamento, ainda mais para escrever sobre eles. Não entendo os homens e jamais entenderei. Se eu tivesse que ficar com outro, poderia ser um sério perigo para mim mesma. Poderia até magoar outra pessoa, idéia que, não me importo em dizer, é altamente tentadora nesse exato momento; estou pensando numa certa PiranhaVagabundaCachorra com o nome do meu namorado tatuado em seu seio direito. Quase vomitei as tripas de Nova York quando vi aquela tatuagem. Gostaria de ter vomitado. Tudo em cima dela.

"Para as mullheres que escreveram cartas sobre sua inabilidade de conseguir fazer sexo ou sua falta de esforço ou sua confusão sobre as coisas mais simples (p. ex., Heidi de Houston, que uma vez perguntou, 'O que quer dizer quando ele pede uma dedada?'), desculpem por ridicularizar vocês. Estou prostrada, humilha-

da, degradada, patética e implorando perdão. Eu estava errada sobre tudo; não sei nada. Para a virgem por acaso sobre a qual escrevi esta semana, ofereço um último conselho: Continue sem fazer o que você não está fazendo. Fique na sua caverna. É escura e fria, mas você estará a salvo lá. Vou me juntar a você, para que tenha companhia. Quando o tesão chegar, sempre teremos nossas lembranças para tocar uma siririca.

"Então é adeus, leitores. Os bons editores da swerve.com querem que eu fique (eles estão com a impressão ridícula de que conhecerei 'outra pessoa mais cedo do que pensa'). Mas para ser completamente honesta (e leal), não posso encarar este espaço sem o meu ex. Mesmo depois de ele ter me botado para fora do meu apartamento — me deixando sem teto e desesperada, com uma vagabunda barata, tatuada e loura falsa pronta para se mudar — sem nem me conceder uma trepada de despedida em nome dos velhos tempos (isso é que é pé na bunda), ainda o amo. Escrever sobre qualquer outra pessoa seria uma traição. Não o farei. E talvez, se ele souber disso, voltará para mim."

Stacy leu a coluna novamente desde o início. Qualquer rancor que sentisse por Gigi tinha sumido. *Pobre mulher*, pensou. Pelo menos em seu estado de não-associação Stacy evitava a dor de um fim de namoro doloroso. Mas ela também não tinha ficado cega de amor.

Ela clicou no botão RESPONDER A GIGI no final da coluna e teclou:

"Gigi, Stacy Temple aqui. A virgem por acaso. Sinto muito pelo que aconteceu com você. Já faz quase uma semana desde que escrevi a última vez, e ainda estou na mesma situação de antes. Sem ação, mas cheguei a algumas conclusões. Primeiro (já que você se juntou à turma da castidade), uma vida sem sexo e amor *vale a pena* ser vivida. Milhões de pessoas levam existências produtivas, sem sexo incluído, no mundo inteiro. Mas uma vida com sexo e amor vale *mais* a pena. Eu quero mais. E quero que seja real, e sério, mesmo se terminar me machucando. Oficialmente estou fora. Da caverna. Não a verei lá, mas deixarei a luz acesa para você."

ENVIAR, clicou.

Capítulo Vinte

Stacy Temple, 32 anos, cabelos vermelhos, bochechas rosadas, sobrancelhas chamuscadas, desempregada, pobre, intocada e azarada, acordou numa tarde ensolarada e úmida de julho em Nova York como a própria imagem da felicidade. Ela estava também se questionando, perguntando a si mesma e ao teto, "Então, como é que alguém começa o primeiro dia de uma nova vida?". Na primeira manhã de liberdade e frescor totais, o que alguém comeria no café da manhã? Mais importante: o que vestiria?

Com uma minissaia vermelha e uma touca Coco Peebles na cabeça, Stacy jogou seus pés para fora da cama. Era o aniversário de um ano do seu último encontro sexual. Tecnicamente, já que ela tinha dado a última com Brian à noite, Stacy descobriu que ainda tinha algumas horas antes que sua revirginização fosse oficial. Não que ela tivesse mais qualquer plano para correr atrás dessa história. Estava longe, muito longe, muito, muito longe da sua busca por sexo, e tinha passado para coisas maiores e melhores (que poderiam incluir sexo, mas não apenas trepadas).

O que ela realmente desejava, profundamente, com o maior ardor, naquele instante, era uma pizza. Ela saiu da cama, colocou o fone na tomada (tinha desligado na noite passada) e ligou para o Salvatore's. Havia aquele adorável adolescente albanês que fazia as entregas... *Não, não, não*, ela se lembrou. *Esqueça*.

Enquanto esperava a chegada da pizza, Stacy tomou banho, se maquiou e se perfumou. Deslizou para dentro do robe de seda Gatinha Cor-de-rosa (uma promoção especial da calcinhas.com no Dia dos Namorados), com o penhoar combinando e chinelos de pelúcia e saltos baixos. Arrumou seus cabelos vermelhos lisos num coque no alto da cabeça, algumas mechas caindo em torno do seu rosto. Não tinha a intenção de seduzir o adolescente albanês. Mas uma garota mesmo assim gostava de ficar apresentável. Fez a cama e limpou o quarto.

A meia hora passou rapidamente. O telefone tocou. Era o rapaz da pizza, explicando que tinha tocado várias vezes sem resposta. Stacy lembrou que tinha baixado o volume do interfone na noite passada e pediu a ele que tentasse novamente. Quando ouviu o zumbido, abriu a porta do prédio. Ela estava faminta. Tinha se esquecido de comer na noite passada (depois do churrasco frustrado no telhado, a comida tinha perdido temporariamente seu apelo) e uma refeição líquida de martínis sempre a fazia suplicar por sal e gordura no dia seguinte. Apertou o cinto de seda do robe e abriu a porta do apartamento, praticamente salivando por sua pizza. Finalmente a porta do elevador em seu andar se abriu.

O cheiro de pizza tomou conta das suas narinas. Ela fechou os olhos, com antecipação. Sua vida era uma massa de incertezas, mas ela ainda poderia apreciar os pequenos prazeres. Quando abriu os olhos, ao invés do adolescente albanês, ela viu seu amigo Charlie de pé no solado da porta, segurando a caixa de pizza. Jason, o belo homem peludo, segurava sua *Diet coke*. Brian, seu ex, estava à direita de Jason; Jorge, o garoto de programa, à esquerda de Charlie. Stanley, o pornógrafo, tentava se acotovelar na frente de Brian. Taylor Perry, sua antiga colega, estava próxima a Stanley. E espreitando atrás do grupo, Oliver, seu vizinho Vampiro/hacker, andava no corredor.

— Pizza no café da manhã? — disse Charlie.

— É uma da tarde — disse ela. — Onde está o garoto da entrega?

— Dei a ele uma nota de vinte — disse Charlie enquanto apreciava os trajes dela. — Ele achou que estava se dando bem. Mal sabe ele o que estava esperando aqui em cima.

— Podemos entrar? — disse Jorge.

Stacy abriu a porta. Os seis homens e uma mulher, cada um dos candidatos na corrida perigosa de uma semana inteira para recuperar um status sexualmente ativo, entraram no apartamento e sentaram-se em seu sofá e suas cadeiras. Stacy gentilmente fechou a porta e juntou-se ao grupo na sala de estar.

— Só para constar — disse Stanley —, fui o primeiro a chegar lá embaixo.

— Eu estive aqui ontem à noite — disse Jason.

— Você esteve do lado de fora. Eu estava aqui na noite passada — disse Oliver.

Charlie levantou a mão.

— Não tenho a menor idéia de quem é esse cara — ele apontou para Oliver —, mas o resto de nós já está lá embaixo há uma hora. Nós todos nos sentimos mal sobre como as coisas aconteceram com você esta semana e queremos outra chance — disse ele.

— Juntos? — perguntou Stacy. A idéia não era desagradável para ela. Os homens e Taylor sacudiram as cabeças em uníssono. — Um de cada vez? — perguntou Stacy.

— Nós gostaríamos de cada um ter uma chance de expor nossos motivos, e depois você pode escolher um de nós — disse Jason.

— Eu os vi vindo pelo corredor — disse Oliver. — Achei que merecia uma chance também.

— Deixem-me entender isso direito — disse Stacy, ardendo, tão vermelha quanto seu robe. — Cada um de vocês me deseja terrivelmente e estão tão mobilizados pela paixão e arrependimento que vieram implorar por meus favores. Descobrindo os outros lá embaixo, vocês conceberam essa competição altamente democrática. Como conclusão, escolherei um homem, ou mulher, e o resto de vocês vai embora sem nenhum sentimento ferido?

O grupo assentiu. Era totalmente Zen: Deixe de lado o desejo e tudo será seu. Pare de procurar e você encontrará. Stacy banhou-se na glória do momento. Era a fantasia de ego mais maravilhosa, a de qualquer mulher. Um excesso de afluência. Uma grande onda de adoração. Depois da semana que tivera, essa manifestação de pavões (e mais a fêmea simbólica), a luxúria da escolha, era a maneira perfeita de começar novamente.

— Quem começa? — perguntou ela, praticamente esfregando as mãos de alegria.

— Nós tiramos zerinho ou um lá embaixo — arriscou Charlie. Jorge, depois Jason, Stanley, Brian, Taylor e eu. Mas, já que Oliver chegou à festa atrasado, ele pode começar.

Stacy pediu a Jason e Jorge que se afastassem para que ela pudesse olhar entre eles no sofá. Oliver estava de pé no centro da sala. Stacy considerou a idéia de pegar sua câmera, mas aquilo poderia parecer grosseiro.

— Não tive tempo de preparar um discurso — disse Oliver. — Então isso pode parecer desajeitado. Depois que saí daqui na noite passada, fui para um bar e olhei as mulheres. Uma tentou ficar comigo. Ela era bonita. Muito bonita, na verdade. Mas tudo em que eu podia pensar era em beijar você. Quando voltei para cá, imaginei o que você estaria fazendo, se estava escutando música, que tipo de música você gosta, se estava lendo, que tipo de livros você gosta. Qual foi o último vídeo que você alugou. Se você cozinha ou pede comida pronta. Passei o resto da noite pensando em você. E decidi que, de manhã, eu perguntаria. Então, aqui estou. Qual foi o último vídeo que você alugou? — Ele passou a mão nos cabelos negros e grossos e olhou para ela com seus olhos azuis.

— *The Big Lebowski* — disse ela.

— Adoro esse filme — disse ele. — Obrigado.

Ele sorriu para ela. Ela sorriu de volta. Perguntou:

— É isso?

— Tenho um milhão de perguntas, mas posso ir fazendo uma de cada vez, durante um longo tempo.

— Acabou? — perguntou Jorge. Oliver assentiu.

O belo Jorge levantou-se do seu lugar no sofá. Seu profissionalismo se mostrava mesmo num domingo de manhã. Usando um impecável terno leve de verão Hugo Boss, Jorge ficou de pé, orgulhoso e grande.

— Nos últimos cinco anos, não fiz sexo sem ser pago para isso — disse ele. Os outros homens na sala olharam para ele com uma mistura de aversão e inveja. — Mulheres ricas e poderosas chegaram a gastar cinco mil dólares por uma hora do meu tempo, e fui o melhor amante das suas vidas. Elas me disseram isso. E não tinham motivo para mentir. Muitas dessas mulheres ricas e poderosas também eram bonitas. Mas raramente eram jovens. Quando a vi naquela noite, Stacy, fiquei surpreso. Você é jovem, bonita e doce. Eu teria transado com você por preços bem baixos. Mas você fugiu de mim. Nenhuma mulher jamais fugiu de mim. E aquilo me fez pensar.

Stacy imaginou que ele não costumava fazer muito aquilo. Ele continuou:

— Não posso deixar uma cliente escapar assim tão fácil. Estou me oferecendo a você, sem enfatizar minhas habilidades técnicas, Stacy, pelo preço mais baixo de todos, de graça. O dia inteiro. Cancelei todos os meus compromissos.

Stacy imaginou se isso era como pegar um daqueles discos de instalação da AOL no correio. Experimente uma vez e você vai fazer a assinatura mensal. Stacy agradeceu a Jorge. Ele se sentou de volta perto dela e deu um tapinha em seu joelho.

Próximo: Jason. Ele olhou para Jorge enquanto se levantava.

— Não estou oferecendo apenas sexo a você, Stacy — disse ele. — Estou oferecendo meu coração. Sei que gostei de você quando almoçamos, mas tenho muita consciência do meu, bem, excesso de pêlos. Achei que você ia ficar totalmente sem atração. Quando você disse a Charlie que queria me ver, esperei que aquilo significasse que você gostava de mim também. Mas aí ele me disse que você estava nessa missão sexual e queria me usar. Fiquei desapontado, ferido, insultado e intimidado. Foi por isso que não entrei depois do filme. Depois de alguns dias, entretanto, passei a ver sexo com você como um primeiro passo na direção de um relacionamento. Tem também o encanto de fazer sexo pelo sexo. Eu gostaria muito disso. É tudo em que venho pensando desde segunda-feira à noite.

Stacy polidamente aplaudiu a honestidade de Jason. Ela era tudo em que ele tinha pensado. E ela não tinha mais pensado nele nem uma vez desde que ele a dispensara.

Stanley Bombicci levantou-se abruptamente.

— Minha vez.

— Não tenho certeza se quero escutar você, Stanley — disse Stacy.

Ele levantou a mão.

— Passei um tempão preparando minha fala e você não pode me impedir de falar. Deixe-me começar dizendo que aprecio o bom senso de negócios de Jorge. E sei que muitas mulheres querem o relacionamento que Jason está falando. Mas o que estou oferecendo a você, Stacy, é o papel de uma vida inteira, o papel de musa. Através de mim, você pode ser a inspiração de milhões de fantasias masculinas. Na verdade, você já é.

— Eu sei, Stanley. Visitei o sacana.com na noite passada e vi minha dublê na tela — disse ela.

— Você entrou no meu site? — perguntou Stanley. — Você viu a modelo se masturbando? Eu sou o único cara aqui que ficou de pau duro?

— Obrigada, Stanley — disse Stacy. — Sua mensagem está sendo recebida em alto e bom tom.

— Mas tem mais — protestou ele, buscando seus papéis rabiscados no bolso.

— Guarde para o seu próximo roteiro — disse ela. Relutantemente, ele se sentou.

Brian, seu ex que agora era noivo, tomou lugar.

— Bem, como você sabe, Stacy, vou me casar daqui a três meses. Você foi a última mulher com quem fiquei antes de conhecer Idit, e quero que você seja a última mulher com quem eu transo antes de começar um casamento fiel. Um último grito — não foi esta a frase que você usou quando transamos na noite anterior ao fim do nosso namoro? — era mesmo. Brian continuou: — Esses caras querem relacionamentos, mas eu sei que não é isso o que você quer. Nós terminamos porque você não tinha tempo para um relacionamento comigo, e você não vai ter com mais ninguém. Seu trabalho vem em primeiro lugar. Então se você deseja sexo sem qualquer ligação, sou o seu homem. — Brian fez aquela expressão de sobrancelha meio levantada que Stacy conhecia tão bem. Ela não conseguia evitar a lembrança de sua afeição de boa natureza.

Taylor, que estava escutando extasiada, disse:

— Ela não tem mais nenhum trabalho. Então isso abre um buraco em seu argumento, Brian.

— Não tem mais a calcinhas.com? — perguntou Charlie.

— Desde hoje — disse Taylor —, todo mundo sabe. E minha oferta para você vir para a filhotes.com ainda está valendo, Stacy. Quando ouvi dizer que Fiona tinha ferrado com a equipe para se salvar e que você ia sair com umas migalhas, me senti horrível por você. Mas não foi aquela simpatia falsa que alguém em minha posição poderia ter, olhando para baixo, para os menos afortunados, do meu lugar a salvo no melhor website da cidade. Senti uma tristeza genuína por você, e isso me fez perceber que meus sentimentos por você são reais e profundos e que talvez possamos fazer uma séria tentativa de relacionamento. Eu meio que descobri que você gosta de homens. E que você mentiu para mim sobre ter uma ex-namorada. Você provavelmente nunca esteve com nenhuma mulher antes de mim. Você não gosta da simetria? Somos ambas virgens no lesbianismo. Acho que, se você precisar, podemos construir isso. Começar dando uma a três com um desses caras.

Todos os homens na sala se ofereceram para ajudar.

— Muito generoso de vocês — disse Stacy. — E obrigada, Taylor, por pensar em meu conforto.

— Acho que é minha vez — disse Charlie. Ele se levantou e começou a falar suavemente. — Nós somos amigos desde a universidade. Apesar de todos esses anos dizendo tudo um ao outro, eu nunca disse o que sinto por você — falou ele. — Você, Stacy, é a mulher com quem eu sempre pensei que ficaria no final. Achei que a gente ia ficar por aí com outras pessoas em relacionamentos insignificantes por duas décadas, e aí um dia, quando estivéssemos esgotados e cansados de casos, a gente ia se virar um para o outro e se casar. 'Um dia' chegou mais rápido do que eu pensei que chegaria. É hoje. Agora. Dois amigos que são tão íntimos como nós deviam ficar juntos. Química sexual, a gente provou que tem isso na quinta-feira. Esses últimos casos com aquela publicitária e a estudante de medicina confirmam isso para mim. Estou pronto para me tornar um homem sério. Quero me casar e ter filhos. Com você. — Stacy ficou de pé e beijou Charlie nas duas bochechas. Ela fez um gesto para ele se sentar.

Terminada a exibição, Stacy pegou o lugar em frente ao sofá e sorriu para cada um deles. Disse:

— Como vocês todos sabem, uma descrição palavra por palavra da última hora vai ser gravada diligentemente em meu diário. E, sempre que me sentir triste, vou ler a transcrição de novo e de novo. Sou grata por tudo o que vocês disseram para mim. Significa muito. Aqui. — Ela bateu no coração.

— Anda logo, Stacy — disse Stanley.

— Sim, já vou chegar lá — disse ela. — Stanley, por mais que eu adorasse ser a foda de masturbação para um exército de fracassados babacas, por que você não sai do meu apartamento imediatamente?

Sem muito protesto, o rei da sacanagem saiu. Mas primeiro ele pegou seus papéis, rasgou-os em pedaços e jogou-os nela.

Limpando os pedaços de papel, Stacy se virou para o ex-namorado.

— Brian, o que nós vivemos foi bom. Suspeito que você veio aqui por um senso de responsabilidade comigo. Agora você só é responsável por Idit. Boa sorte e adeus.

Brian saiu.

— Jorge — disse ela, virando-se na direção do elegante garoto de programa. — Vou ficar com o seu cartão. Você pode ter notícias minhas.

— Vou ter de cobrar o preço cheio — alertou ele.

— Você não está a trabalho para revelá-lo aqui — disse ela, apertando sua mão em despedida.

Stacy sorriu para Taylor, que estava recostada na parede perto da coleção de bolsas.

— Jamais vou esquecer como foi beijar uma mulher, Taylor. Foi suave e doce e bom. Mas não acho que queira fazer de novo. Sobre a oferta de trabalho, você saberá, mas meus instintos me dizem que preciso de uma folga por um tempo. Pelo menos alguns meses.

Taylor assentiu, acenou e disse *adieu*.

E aí ficaram três.

— Jason — disse Stacy, colocando a mão em seu ombro. — Conheço umas quinze mulheres que absolutamente adorariam você. Posso dar a algumas delas o seu telefone? — O belo homem peludo ainda era um bom partido. Mas Stacy estava procurando um tipo diferente.

Ele saiu.

Olhando de Oliver para Charlie, Stacy soube o que tinha de fazer.

— Oliver — disse ela. — Por que você não espera por mim no quarto? Preciso falar com Charlie a sós.

Oliver encarou-a, confuso. Ela disse:

— É ali — e apontou. Ele superou a surpresa e saiu apressado.

Quando ele saiu, Charlie disse:

— Como você pode ficar com essa criança no meu lugar?

— Ele não é criança — disse ela.

Depois de beijar Oliver na noite anterior, Stacy tinha tido certeza de sua hombridade. Ela também tinha ficado impressionada com o domínio dele no teclado. Além disso, Stacy estava extasiada pela idéia de começar do zero com um homem que não tinha muita bagagem e que não sabia nada sobre ela. Charlie, por outro lado, sabia tudo. Não apenas detalhes como livros, filmes, comida favorita, estação, designers de sapatos. Ele sabia todos os segredos e histórias de Stacy — e ela sabia as dele. Onde estaria o mistério? Ela queria descobrir alguém, e ser descoberta. Ser uma virgem no sentido emocional. Ela jamais seria novidade para Charlie. Nem ele para ela.

— Não sei se acredito no que você disse sobre se casar e ter filhos — disse ela.

Ele sorriu para ela.

— Também não sei se eu mesmo acredito.

— Se nós tivermos que ficar juntos para sempre, não deveríamos tomar essa decisão assim.

— Eu sei, eu sei — disse ele. — Você realmente vai deixar o Oliver ser o seu namorado?

— Não sei. — *Coisas estranhas aconteceram*, pensou.

— Almoço na quinta? — perguntou ele.

— Com certeza.

Stacy deu um abraço forte em Charlie e ele saiu. Ela trancou a porta e andou vagarosamente até o quarto.

Oliver estava sentado na beira da cama. Ela se sentou perto dele e eles se beijaram. Despreocupados, mas com urgência, tão de tirar o fôlego como na noite anterior. Ele enganchou um braço em torno do pescoço dela, o outro em torno da sua cintura, e a apertou tão forte, que ela praticamente ficou atrás dele.

Enquanto beijava sua orelha, ele disse:

— Que história é essa de revirginização?

Ela explicou brevemente a situação a ele. Ele escutou com atenção, olhando diretamente para ela. Seus olhos eram um milagre — os mais azuis e claros que ela jamais vira. Se beijaram novamente. Stacy se sentiu rolando abaixo pela montanha para dentro do esquecimento erótico. Ele definitivamente a excitava, poderosamente. Mas ela poderia amar Oliver? Enquanto ele a segurava, ainda mais apertado do que antes, Stacy teve um brilho cegante de percepção. Ocorreu a ela que talvez ela pudesse. Amá-lo. Algum dia, no futuro não tão distante (nem tão funesto).

— A gente pode tirar a roupa? — perguntou Oliver. — Desrevirginizar você?

Stacy piscou e disse:

— Por que tanta pressa?

Este livro foi composto na tipologia Lapidary 333 BT, em corpo 13/17,5, e impresso em papel Off-set 90g/m² no Sistema Cameron da Divisão Gráfica da Distribuidora Record.